ノーラ・ロバーツ/著
香山 栞/訳

リッツォ家の愛の遺産（上）

Legacy

扶桑社ロマンス
1576

わたしの子供や孫たち、そのあとに続く子孫全員に捧《ささ》ぐ

リッツォ家の愛の遺産（上）

登場人物

エイドリアン・リッツォ――――――フィットネスインストラクター
レイラン・ウェルズ――――――グラフィック・ノベル作家
リナ・テレサ・リッツォ――――――エイドリアンの母。
〈ヨガ・ベイビー〉経営者
ドム――――――エイドリアンの祖父。
イタリアンレストラン経営者
ソフィア――――――エイドリアンの祖母
ヘクター・サング――――――エイドリアンの友人。映像作家
ティーシャ・カーク――――――エイドリアンの友人。
ビジネス・マネージャー
ローレン・ムーアヘッド――――――エイドリアンの友人。弁護士
ミミ・クレンツ――――――エイドリアンの乳母
ハリー・リース――――――〈ヨガ・ベイビー〉広報責任者
ジャン・マリー・ウェルズ――――――レイランの母
マヤ――――――レイランの妹。
エイドリアンの幼馴染み
ロリリー・ウィンスロップ――――――レイランの妻。美術教師
ビック――――――レイランの共同経営者
ジョナ――――――レイランの共同経営者

第一部　大志

善行を成す力を手に入れることこそ、大志の真の正当な最終目的だ。
――フランシス・ベーコン卿《きょう》

1

ジョージタウン

エイドリアン・リッツォは父親と初めて対面したとき、危うく殺されそうになった。

当時七歳だったエイドリアンはあちこち移動する生活を送っていた。普段は母親のリナと――ふたりの世話係のミミと――ニューヨークで暮らしていたが、ロサンゼルスやシカゴ、マイアミに数週間滞在することもあった。

夏はメリーランド州の祖父母の家に少なくとも二週間泊まった。エイドリアンにとって、犬が二匹いて、広い庭やタイヤのブランコがある祖父母の家はどこよりも楽しかった。

マンハッタンにいるときは学校に通い、ダンスのレッスンを受けたり体操をしたりする。学校も嫌いではないけれど、ダンスや体操のほうがずっといい。

母の出張に同行するときは、学校に行けないエイドリアンのためにミミがホームスクーリングを行ってくれて、滞在先についても学んだ。今回はワシントンＤＣに一カ月滞在しているので、ホームスクーリングの一環として、さまざまな記念建造物をめぐり、ホワイトハウス・ツアーに参加し、スミソニアン博物館を訪れた。

ときどき仕事を手伝うこともあって、それもすごく楽しかった。母のフィットネス・ビデオに出演するときは、ダンスエクササイズやヨガのポーズのルーティーンを学ばないといけないけれど。

でも、エイドリアンは学ぶのもダンスも大好きだった。

エイドリアンは五歳で親子向けのビデオに母と出演した。もちろんヨガのビデオだ。彼女は母が経営する〈ヨガ・ベイビー〉のベイビー本人なのだから。

母から、また一緒に別のビデオを――たとえばエイドリアンが十歳になったら、同世代の子供を対象としたビデオを――作ろうと言われたときは、わくわくして誇らしかった。

母はいろいろな年齢層や人口統計を熟知し、マネージャーやプロデューサーともよくそういう話をしている。

それに、フィットネスのこともよく知っている。心と体のつながりや、栄養や瞑想《めいそう》についても。

ただ、料理は苦手だった――レストランを経営するおじいちゃん《ポピ》やおばあちゃん《ノンナ》とは大違いだ。それに、ミミと違ってゲームも好きじゃない。きっとキャリアを築くのにずっと忙しすぎたのだろう。

母はしょっちゅうミーティングやリハーサルをして、レッスンの計画を立て、人前に出たりインタビューを受けたりしている。

エイドリアンはわずか七歳にして悟った。リナ・リッツォは子育ての仕方がわからない母親なのだと。

とはいえ、エイドリアンが化粧品を使って遊んでも、もとの場所にきちんと戻せば母は気にしないし、一緒にエクササイズを行っている最中に娘がミスしても決して怒らない。

何より今回の旅は、母がビデオ撮影やインタビューやミーティングをすべて終えたら、飛行機でニューヨークへ帰らずに車で祖父母を訪ね、そこで長い週末を過ごすことになっている。

エイドリアンは週末だけでなく一週間泊まりたいと説得するつもりだが、今は戸口の床に座って、母が新しいルーティーンを行うのを眺めていた。

リナが今月この家に滞在することにしたのは、人数分の寝室と同じくらい彼女にとって必要不可欠な鏡張りのホームジムを備えていたからだ。

リナがスクワット、ランジ、ニー・リフト、バーピーを行う――エイドリアンはその手のエクササイズ用語をすべて把握していた。リナは終始鏡に向かって――視聴者に向けて――指示を出し、励ましの言葉をかけ続けた。

時折、悪い言葉を口にしては動作をやり直すこともあった。

ほかに誰もいなくてカメラもないから、メイクもしていないけど、母はきれいだ。まるで汗だくのプリンセスみたい。ノンナと同じグリーンの瞳、日に焼けたような肌――本当は日光浴もしていないのに。髪はクリスマスシーズンに買うあたたかくていいにおいがする袋入りの栗《くり》のような色で、今はシュシュでまとめている。母はすらりと背が高い――ポピほどではないけれど。エイドリアンも大人になったら、背が高くなりたかった。

今、母はぴったりしたショートパンツにスポーツブラを身につけている――でも、ビデオを撮影したり人前に出たりするときは、エレガントじゃないからと言って、これほど肌を露出しない。

心と体の健康を意識するように育てられたエイドリアンは、母が抜群のプロポーションで体が健康的に引きしまっているのを知っていた。

リナは独り言をつぶやきながら移動し、ビデオの要点をまとめた紙にメモを書きこんだ。今回のビデオはダンスエクササイズ、筋力トレーニング、ヨガの三部構成で、各三十分のレッスンに十五分のトータルボディワークアウトのボーナス特典付きだ。

タオルをつかんで顔をふいた拍子に、リナは娘に気づいた。

「やだ、エイドリアン！　びっくりさせないで。そこにいたなんて知らなかったわ。ミミはどこにいるの？」

「キッチンよ。今日のディナーはチキンとライスとアスパラガスだって」

「最高ね。ミミを手伝ってきたら？　わたしはシャワーを浴びないと」

「どうして怒ってるの？」

「怒ってなんかないわ」

「ハリーと電話で話してたとき、ママは怒ってた。わたしは誰にも言ってない、とりわけ口の悪いタブロイド紙の記者なんかに話してないって怒鳴ってた」

リナは頭痛がするときのようにシュシュをさっと外した。「個人的な話を立ち聞きするのはやめなさい」

「立ち聞きなんかしてないわ、聞こえちゃっただけ。ハリーに怒ってたの？」

エイドリアンはリナの広報担当者が大好きだった。ハリーはこっそりM&Mやフルーツキャンディの小袋をくれたり、おもしろいジョークを言ったりしてくれる。

「いいえ、ハリーに怒ってたわけじゃないわ。さあ、ミミを手伝っていらっしゃい。わたしも三十分後にはおりていくと彼女に伝えて」

母がいなくなると、エイドリアンは思った。母はかんかんに怒ってる。たぶんハリーではなく、別の誰かに。というのも、練習中に何度もミスしては悪い言葉を使っていた。

これまでミスしたことなんかほとんどないのに。

それとも、頭痛がするだけだろうか。心配しすぎると頭が痛くなることがあると、ミミが言っていたし。

エイドリアンは立ちあがったが、食事作りの手伝いはつまらないから、フィットネスルームに足を踏み入れた。鏡の前に立った少女は年齢の割に背が高く、カールした黒髪がグリーンのシュシュからはみだしていた――ポピも昔は黒髪だったらしい。彼女は金色がかったグリーンの瞳だが、いつか母のように色鮮やかなグリーンになるようずっと願っていた。

エイドリアンはピンクのショートパンツに花柄のTシャツ姿でポーズを取ると、頭のなかで音楽を流しながら踊り始めた。

ニューヨークにいるときはダンスのレッスンや体操が大好きだが、今はレッスンを受ける側ではなくインストラクターになった自分を想像した。

ターン、キック、宙返り、開脚跳び。クロスステップ、サルサ、跳躍！　エイドリアンは思いつくままに続けた。

そんなふうに二十分間ひとりで楽しんだ。それはエイドリアンの人生で最後の純粋無垢《むく》な二十分だった。

次の瞬間、誰かが玄関のブザーを押し、連打し続けた。

その怒りに駆られた音を決して忘れることはないだろう。

自分で玄関ドアを開けてはいけないことになっているけれど、だからといって様子を見に行けないわけではない。リビングルームを通り抜けて廊下に出ると、ミミがキッチンから出てきた。

ミミが真っ赤なキッチンクロスで手をふきつつ、足早に玄関へ向かう。「もういいかげんにして。いったい何をそんなにあわてているのかしら?」

エイドリアンに向かってダークブラウンの目をぐるりとまわしてから、キッチンクロスをジーンズのウエストにはさんだ。

小柄な女性にしては力強い声で、ミミは叫んだ。「落ち着いてったら!」

ミミと母は同い年で、かつて同じ大学に通っていたらしい。

「頭がどうかしてるんじゃない?」ミミがそう吐き捨てて鍵を開け、ドアを開いた。

エイドリアンが見守るなか、ミミの顔に浮かんだいらだちが――ちゃんと片づけていないエイドリアンの部屋を見たときのようないらだちが――怯《おび》えに変わった。

それからは何もかもがあっという間の出来事だった。

ミミはドアを閉めようとしたが、男がドアを押し開け、彼女を突き飛ばした。彼は大柄で、ミミよりはるかに大きかった。白髪交じりの短いひげ。もっと銀髪が多いブロンドの髪。まるで走ってきたみたいに真っ赤な顔。大男がミミを押しのけたことにショックを受け、エイドリアンはその場に凍りついた。

「あの女はどこだ?」

「彼女ならここにはいないわ。こんなふうに押し入るなんて信じられない。出ていって。今すぐ出ていってちょうだい、ジョン、さもないと警察に通報するわよ」

「この嘘《うそ》つきめ」男がミミの腕をつかんで揺さぶった。「彼女はどこだ? あんなことをべらべらしゃべって、あの女はわたしの人生を破滅させるつもりか?」

「手を離して。酔っぱらってるのね」

男は手を振り払おうとしたミミを平手打ちした。その音が銃声のように頭のなかで鳴り響くと、エイドリアンは飛びだした。

「ミミを叩《たた》かないで! 彼女を放して!」

「エイドリアン、二階へ行って。今すぐ二階へ行きなさい」

だがエイドリアンは頭に血がのぼり、両手で拳を作った。「この人を追い払わないと!」

「こいつか?」男がエイドリアンに向かって歯をむきだしにした。「こいつのせいで、あの女はわたしの人生を台無しにしたのか? ちっともわたしに似てないじゃないか。きっといろんな男と寝た挙げ句、この私生児をわたしに押しつけようとしてるんだな。

冗談じゃない。なんて忌々しい女だ」

「エイドリアン、二階へ行くのよ」ぱっとこちらを見たミミは、エイドリアンと違って怒りではなく恐怖の表情を浮かべていた。「今すぐに！」

「あの女は二階にいるんだな、そうだろう？　嘘つきめ。嘘つきにはこうしてやる」

男が今度は平手ではなく拳でミミの顔を立て続けに二回殴った。

ミミが崩れ落ちると、エイドリアンは恐怖に襲われた。助けを呼びに行かないと。だが、階段の途中でカールした髪を男につかまれ、引っ張られて頭がのけぞった。

思わず悲鳴をあげ、母を呼んだ。

「そうだ、ママを呼べ」男に平手打ちされ、エイドリアンの顔が燃えあがった。「わたしはママと話がしたいんだ」

男がエイドリアンを引きずるようにして階段をのぼっていくと、ローブ姿のリナが寝室から駆けだしてきた。髪はシャワーで濡《ぬ》れたままだ。

「エイドリアン・リッツォ、いったい――」

リナはぴたりと立ちどまり、男と見つめあったままその場に凍りついた。「その子を放して、ジョン。その子を放してくれたら、あなたと話すわ」

「おまえはもう充分しゃべった。おかげで、わたしの人生は台無しだ、忌々しい田舎者め」

「わたしは記者になんかしゃべってないわ――あなたのことは誰にも話してない。あの記事の出所はわたしじゃないわ」

「嘘をつくな！」エイドリアンはまたしても髪を引っ張られ、あまりの強さに頭が燃えるように熱くなった。

リナは用心深く二歩踏みだした。「その子を放して。それから話しあいましょう。わたしが問題を解決できると思うわ」

「もう手遅れだ。今朝、大学から停職処分を受けた。妻は打ちひしがれてる。子供たちも泣いてるよ――このちびがわたしの子だとは一瞬たりとも信じていないが。おまえはこのためにここへ、わたしの街へ戻ってきたんだろう」

「いいえ、違うわ、ジョン。仕事で来ただけよ。記者とは話してないわ。あれから七年以上経《た》つのよ、ジョン、わたしが今さらそんなことをするはずないでしょう。娘が痛がってるわ。娘を傷つけるのはやめてちょうだい」

「この人がミミを叩いたの」母はシャワーとシャンプーのにおいがした――かすかなオレンジの花の甘いにおいが。一方、この見知らぬおじさんは汗とバーボンのにおいでくさかった。「ミミが顔を殴られて倒れたの」

「なんてこと――」リナはジョンから目を離し、二階の手すりから階下を見おろした。血まみれの顔のミミがソファの背後へと這《は》っていく。

リナはジョンに視線を戻して言った。「もうこんなことはやめてちょうだい、ジョン、誰かが本当に傷つく前に。どうか――」

「わたしはもう傷ついてるんだ、このあばずれ！」

エイドリアンの顔や頭皮が燃えるようにひりひりするのと同じく、男の声にも烈火のごとき怒りが感じられた。

「こんなことになってお気の毒だと思うわ。でも――」

「わたしの家族も傷ついてる！　傷つくのがどういうことか見せてやろうか？　まずおまえの私生児からだ」

エイドリアンはいきなり放り投げられ、恐ろしい浮遊感を味わった次の瞬間、階段の一番上の段に激突した。燃えるような痛みが頭から手首や手、腕へと広がった。ふたたび頭が木に打ちつけられたとき、男に飛びかかる母の姿が目に映った。

母は二度殴られたけれど、殴り返し、男を蹴った。あまりに凄《すさ》まじい音に、エイドリアンは耳をふさぎたくなったが、動けず、震えながら階段を這うことしかできなかった。

逃げてと母に大声で言われても、逃げられなかった。

母は両手で首を絞められて揺さぶられながらも、男がミミにしたように拳で相手の顔を殴っていた。

母も男も血まみれだった。

まるで抱擁でもするように密着していたが、ふたりは敵意をむきだしにしていた。母は男の足を踏みつけるなり、思いきり膝蹴りし、よろめいてあとずさった男を突き飛ばした。

手すりにぶつかった男は宙を舞った。

エイドリアンの目の前で、男は両腕を振りまわしながら落下し、母が花やキャンドルを飾ったテーブルに衝突した。恐ろしい音が響き渡り、男の頭や耳や鼻から血が流れだした。

エイドリアンの目の前で……。

次の瞬間、リナがエイドリアンを抱きあげ、自分のほうを向かせると、胸に娘の顔を押しつけた。

「見ないで、エイドリアン。もう大丈夫だから」

「痛いっ」

「そうよね」リナは娘の手首に手を添えた。「けがを治してあげる。ミミ。ああ、ミミ」

「警察がこっちに向かってる」ミミは片方のまぶたが腫れあがって半分しか開かず、すでにあざが黒ずみ始めていた。よろよろと階段をのぼってきて床に座りこむと、ふたりを抱きしめた。「助けが来てくれるわ」

少女の頭上で、ミミが声を出さずに言った。〝彼は死んだわ〟

エイドリアンはこの痛みや、若木骨折した手首を固定してくれた救急救命士の穏やかなブルーの目を決して忘れないだろう。小型ライトで彼女の目を照らし、指が何本見えるかと尋ねた声も穏やかだった。

警察官たちのことも忘れないだろう。けたたましいサイレンが鳴りやんだあと、最初に到着したダークブルーの制服警官たちのことを。

だが、そのほぼすべてがぼんやりとして、遠い彼方《かなた》のことのように思えた。

エイドリアンたちは裏庭と小さな鯉《こい》の池を見渡せる二階の居間で身を寄せあっていた。ミミは病院に搬送されたので、制服警官は主に母と話している。

母はあの男がジョナサン・ベネットという名前で、ジョージタウン大学で英文学を教えていると伝えた。少なくとも、知りあったときはそうだったと。

次に、ここで起きたことや起こりそうだったことを説明した。

やがて、ひと組の男女が入ってきた。男性はとても背が高く、茶色のネクタイを締めていた。肌はダークブラウンで、歯は真っ白だ。女性はショートカットの赤毛で、顔じゅうにそばかすがあった。

テレビドラマと同じように、ふたりはバッジを見せた。

「ミズ・リッツォ、わたしは刑事のライリーで、彼はパートナーのキャノン刑事です」女性刑事がまたベルトにバッジを引っかけた。「つらいと思いますが、あなたとお嬢さんにいくつか尋ねなければならないことがあります」

ライリーはエイドリアンに微笑《ほほえ》みかけた。「エイドリアンね」

エイドリアンがうなずくと、ライリーはリナに視線を戻した。「あなたがエイドリアンに彼女の寝室を見せてもらってもかまいませんか？　あなたがキャノン刑事と話すあいだ、わたしはそこでお嬢さんと話します」

「そのほうが早く終わりますか？　友達が――娘の乳母が――病院に搬送されたんです。鼻の骨を骨折し、脳震盪《のうしんとう》を起こしたようです。それにエイドリアンも、救急救命士によればおそらく左手首を若木骨折しているだろうと。あと頭も打っているそうなので」

「あなたもちょっとけがをしているようですが」キャノンにそう言われ、リナは肩をすくめて顔をしかめた。

「おなかのあざは治ります、顔のあざも。彼はわたしの顔を集中的に狙ってました」

「今から病院に搬送しましょう。診察を受けてから、病院で話をうかがいます」

「わたしとしてはむしろ……階下《した》で話を終えてから病院に行きたいんですけど」

「わかりました」ライリーはエイドリアンに目を戻した。「あなたのお部屋で話してもいいかしら、エイドリアン？」

「いいけど」エイドリアンは骨折用のサポーターでつっている腕を胸にぎゅっと抱えながら立ちあがった。「ママを刑務所には行かせないわ」

「ばかなことを言わないの、エイドリアン」

エイドリアンは母を無視して、ライリーの瞳をじっと見つめた。グリーンだけれど、母より淡い色だ。「そんなことさせない」

「わかったわ。ただ話すだけだから、それならいいでしょう？　あなたの部屋はこの二階にあるの？」

「右手の二番目のドアです」リナが答えた。「さあ、エイドリアン、ライリー刑事と一緒に行きなさい。そのあとミミの様子を見に行きましょう。大丈夫だから」

エイドリアンが先に立って歩きだし、淡いピンクと新緑色の部屋に足を踏み入れると、ライリーはまた笑みを浮かべた。ベッドの上には大きなぬいぐるみの犬がいた。

「とてもすてきな部屋ね。それに、すごく片づいているわ」

「今朝、掃除しなくちゃいけなかったの。片づけないと桜を見に行けないし、アイスクリームサンデーも食べさせてもらえないから」先ほどのリナのように、エイドリアンは顔をしかめた。「サンデーのことは内緒よ。本当はフローズンヨーグルトを食べることになってるの」

「ふたりだけの秘密ね。お母さんはあなたの食事に関してとても厳しいの？」

「うん、ときどき。ううん、たいていは」エイドリアンの瞳が涙で光った。「ミミもあの男の人みたいに死んじゃうの？」

「彼女はけがをしたけど、そこまで深刻じゃないわ。それに今ごろは病院でちゃんと治療してもらっているはずよ。この子と一緒にここに座りましょうか？」

ライリーはベッドの端に腰かけると、大きな犬をぽんと叩いた。「この子はなんていう名前なの？」

「バークレーよ。クリスマスにハリーからもらったの。わたしたちはニューヨークに住んでいて、しょっちゅう旅行するから、本物の犬は飼えないの」

「この子はまるで本物みたいね。いったい何があったのか、わたしとバークレーに教えてくれる？」

まるでダムが決壊したかのように、エイドリアンは話しだした。

「あの男の人が何度も何度もブザーを押したから、誰が来たのかわたしも見に行ったの。玄関のドアは自分で開けちゃいけないことになってるから、ミミが来るまで待ったわ。ミミがキッチンから出てきてドアを開けた。すぐにまた閉めようとしたんだけど、あの人が無理やり押し開けて、ミミを突き飛ばしたの。ミミはもう少しで倒れるところだったわ」

「あなたは彼のことを知ってたの？」

「ううん。でも、ミミは知ってた。ジョンって呼んで、出ていってちょうだいって言ってたから。あの人は怒って怒鳴り、悪い言葉を使ったわ。わたしが使っちゃいけない言葉を」

「そう」ライリーはまるでバークレーが本物の犬であるかのように撫《な》で続けた。「彼がどんな言葉を使ったか、だいたい想像がつくわ」

「あの人はママに会いたがったけど、ミミはママがいるのにいないって答えた。ママは二階でシャワーを浴びてたの。彼は怒鳴り続けて、ミミを平手で叩いた。叩いちゃいけないのに。誰かを叩くのはいけないことだわ」

「ええ、いけないことよ」

「彼がミミの腕をつかんで叩いたから、わたしはミミを放してって叫んだ。そうしたら、あの人がわたしを見たの――それまではわたしに気づいてなかったけど、こっちを見たの。その目を見て、怖くなった。でも、ミミを叩いたあの人にわたしは怒ってた。ミミがわたしに二階へ行きなさいって言うと、彼はミミを叩いた。あの人はミミを――拳で殴ったの」

涙が頬を伝い、エイドリアンは傷を負っていない手で拳を作った。「血だらけだったわ。ミミが倒れて、わたしは駆けだした。ママを呼びに行こうとしたんだけど、あの人につかまって、髪を思いきり引っ張られた。そのままわたしを引きずって階段をのぼっていくから、ママを大声で呼んだの」

「もう話すのをやめたい？　続きはあとで話してもいいのよ」

「ううん、大丈夫。部屋からママが飛びだしてきて彼を見ると、わたしを放してってって何度も繰り返した。でも、あの人は放してくれなかった。ママのせいで人生が台無しになったたって言い続けて、悪い言葉もたくさん使った。本当に悪い言葉を。ママは、わたしは誰にも言ってない、問題は解決できる、だから娘を放してって言い続けた。わたしはあの人に髪をぐいぐい引っ張られて、ひどい名前で呼ばれ、それから──放り投げられたの」

「放り投げられた？」

「階段に。階段に投げつけられたの。階段にぶつかったとき、手首が燃えるみたいに熱くなって頭も打ったけど、何段も転げ落ちなかった。二、三段落ちただけ。ママは叫びながら突進し、あの人と取っ組みあった。彼はママの顔を叩いて、両手をこんなふうに……」

エイドリアンは首を絞めるまねをした。

「わたしは動けなかった。ママは顔を叩かれると叩き返し、思いきり叩いてキックした。ふたりが殴りあいを続けるうちに……彼が手すりから落ちた。ママはあの人を押しのけて、わたしのところに来ようとしたの。ママは顔を血だらけにしながら、あの人を押しのけた。彼は手すりから落ちたけど、あれは自分のせいよ」

「そう」

「ママがわたしのところに来て抱きしめてくれたとき、ミミが這うように階段をあがってきて、助けが来るって言ったの。全員血だらけだった。彼に叩かれるまで、わたしは誰にも叩かれたことがなかった。あの人がお父さんだなんて絶対にいやよ」

「どうして彼があなたのお父さんだとわかったの？」

「彼が叫んだ言葉とか、あの人に言われた言葉でわかったわ。わたしはばかじゃない。それに、あの人はママの大学で教えてるんでしょう。ママから、お父さんとは大学で出会ったって聞いてたから」エイドリアンは肩をすくめた。「つまり、そういうことでしょう。あの人はみんなを叩いて、くさいにおいがしたし、わたしを階段から落とそうとした。手すりから落ちたのは、彼が意地悪だったからよ」

ライリーはエイドリアンの肩を抱いた。まあ、たしかにこの子の言うとおりだろう。

　ミミはひと晩入院することになった。リナは病院のギフトショップで花を購入し、病室に届けた——それが彼女にできる精一杯のことだった。エイドリアンは生まれて初めてレントゲンを撮り、腫れが引いたら生まれて初めてギプスをはめることになる。

ミミが作っていたディナーを完成させる代わりに、リナはピザを注文した。

これだけのことがあったのだから、娘にピザを買ってあげるくらい当然だろう。それに、自分だって特大のグラスでワインを飲んで当然だ。

リナはグラスにワインを注ぎ、エイドリアンがピザを食べるあいだに、長年のルールを破って二杯目のワインを注ぎ足した。

これから何本も電話をかけなければならないけれど、今はまだいい。気持ちが落ち着くまで、すべて棚上げにしよう。

ふたりはフェンスで仕切ってプライバシーが守られた裏庭の木陰で食事をした。エイドリアンが食べているあいだ、リナはワインを飲みながら、ひと切れのピザをちびちびかじっていただけだったが。

屋外で食事をするにはやや肌寒いし、エイドリアンをピザで満腹にするにはちょっと遅すぎるものの、今日はそんなことが気にならないくらいひどい一日だった。

今夜、娘が眠れるといいけれど。正直言って、どうやって寝かしつければいいのかよくわからない。その手のことはミミにまかせていたから。

泡風呂がいいかもしれない――仮の腕つりサポーターを濡らさなければ大丈夫だろう。ギプスやその費用を考えると、またワインを注ぎ足したくなった。

だが、その欲求に抗《あらが》った。リナは自制心が強いタイプだ。

「どうしてあんな人がわたしのパパなの？」

リナが娘のほうを向くと、金色がかった瞳が彼女を見据えていた。

「それは、若いころのわたしがまぬけだったからよ。ごめんなさい。そうでなかったらよかったと思うけど、でももしわたしがまぬけじゃなかったら、あなたは存在しないことになっちゃうでしょう。過去はやり直せないけど、現在や未来はよりよいものにできるわ」

「ママが若くてまぬけだったとき、彼はもっといい人だったの？」

リナは思わず噴きだし、その拍子に脇腹が悲鳴をあげた。七歳児にどこまで話していいのだろう？

「ええ、いい人だと思っていたわ」

「前にも叩かれたことがあるの？」

「ええ。でも一度だけよ。それきり、彼とはもう二度と会わなかった。男性は一度でも暴力をふるえば、きっと何度もそうするから」

「ママはパパを愛してたって言ってたけど、うまくいかなかったのね。それに、パパはわたしたちのことを望んでいないみたいだから、もうあんな人のことはどうだっていいわ」

「彼を愛してると思ってた。そう言うべきだったわね。わたしは当時まだ二十歳だったの、エイドリアン。年上の彼はハンサムでチャーミングで優秀な若き教授だった。わたしは自分がイメージした彼に恋をしただけ。別れて以来、あの人のことを気にかけたことは一度もないわ」

「どうして今日、あの人はあんなに怒ってたの？」

「誰かが、どこかの記者がわたしたちのことを突きとめて記事を書いたからよ。どうしてそんなことになったのか、誰が記者にしゃべったのかはわからない。わたしじゃないことだけはたしかよ」

「あの人のことなんて、もうどうでもいいからよね」

「そのとおり」

どこまで話せばいい？　リナはふたたび自問した。現状を考えると、たぶん何もかも打ち明けるべきだろう。

「彼は結婚していたの、エイドリアン。奥さんと子供がふたりいたのよ。当時は知らなかった。彼が嘘をついていたから。離婚に向けて話しあいをしている最中だと言われて、彼を信じたの」

本当にそうだった？　今となってはもう思いだせない。

「そう信じたかっただけかもしれないけど、とにかくジョンを信じたわ。彼は大学の近くに小さなアパートメントを持っていたから、事実上、独身みたいなものだった。その後、彼が嘘をついていた相手はわたしだけじゃないとわかって、真実を知ったとき、別れることに決めたわ。でも、彼はなんとも思わなかったみたい」

それはまったくの真実とは言えない。あのときは彼に怒鳴りつけられ、脅され、突き飛ばされた。

「別れたあと、妊娠していることに気づいた。もっと早く気づくべきだったわ。わたしはジョンに打ち明けなければならないと思った。妊娠を知らせたときよ、殴られたのは。あのときの彼は、今日と違って酔っぱらっていなかったけど」

酒は飲んでいたものの、酔っぱらってはいなかった。今日と違って。

「わたしは彼に何も望んだり求めたりしないし、彼がおなかの子の父親だと誰かにもらして自分を辱めるようなまねはしないと言って立ち去った」

リナは、ジョンから脅迫されたり、おなかの子を堕《お》ろせと要求されたりした醜いやりとりは省略した。そんなことを話しても意味はない。

「学校はやめずにきちんと卒業してから、わたしは実家に戻った。ポピやノンナが助けてくれたわ。それ以降は、あなたも知ってのとおり、妊娠中にフィットネスのレッスンを始め、ビデオを作った——まず妊婦向けのビデオを、次に母親と赤ちゃん向けのビデオを作った」

「〈ヨガ・ベイビー〉ね」

「そうよ」

「でも、あの人はずっと意地悪だったわ。わたしもあんなふうになっちゃうの？」

ああ、自分は母親失格だ。リナは自らの母親ならなんて言うか、精一杯考えた。

「あなたは自分が意地悪だって思うの？」

「ときどき、怒ったときとか」

「わかるわ」リナは微笑んだ。「意地悪は、自らそうしようと思ってするものだと思うの。でも、あなたは自分で選んで意地悪するわけじゃない。たしかにジョンの言うとおり、あなたは彼に似てないわ。リッツォ家の血があまりにも濃いから」

リナはテーブルの上に手をのばし、エイドリアンのけがをしていないほうの手をつかんだ。大人同士が話しているように聞こえるかもしれないけれど、それが自分にできる精一杯だ。

「わたしたちが気にしない限り、彼はどうでもいい人よ、エイドリアン。だから、あんな人は気にしないようにしましょう」

「ママは刑務所に入ることになるの？」

リナは乾杯するようにワイングラスをかかげた。「あなたがそんなことはさせないんでしょう？」するとエイドリアンの瞳にさっと不安がよぎるのが見えたので、リナは娘の手をぎゅっと握った。「冗談よ、ただの冗談。刑務所に入れられたりしないわ、エイドリアン。警察は何が起きたか理解したはずだもの。あなたも刑事さんに本当のことを話したんでしょう？」

「うん。そうするって約束したから」

「わたしもよ。ミミもそう。だから、そんなふうに心配するのはもうやめなさい。わたしたちに関するゴシップ記事が出て、今回の事件が起きたから、またいろんな記事が出まわるでしょうね。すぐにハリーと話すわ、彼なら問題を解決するのを手伝ってくれるはずよ」

「それでも、ポピとノンナの家に行ける？」

「ええ。ミミの具合がよくなって、あなたがギプスをはめてもらって、わたしがあれこれ用事を片づけたら、すぐに」

「すぐに行ける？　本当にすぐに？」

「ええ、できるだけ早く。たぶん、数日後には行けるわ」

「そんなにすぐ？　だったら、大丈夫ね」

いいえ、状況がよくなるまでは長くかかるだろう。そう思いながらも、リナはワインを飲み干した。「ええ、そのとおりよ」

2

リナのキャリアは予想外の妊娠がきっかけだった。大学生だった彼女は、ほんの数カ月後にはパートタイムで個人レッスンやグループレッスンを行うフィットネスインストラクターとなり、フィットネス・ビデオ業界にも進出した。しばらく時間はかかったものの、決意と不屈の精神と抜け目ないビジネスセンスによって、しっかり道を切り開いた。

あのジョージタウンの家にジョン・ベネットが押し入ってくる何カ月も前に、リナのキャリアは〈ヨガ・ベイビー〉の売上によって見事に開花した。ビデオやＤＶＤ、本の出版――次の本の企画も進行中だ――メディアへの露出などによる収益は、二百万ドルを上まわる。

魅力的で機転の利く彼女は朝の情報番組のほぼすべてに招かれ、深夜のトーク番組にも出演した。さまざまなフィットネス雑誌に寄稿し、自身の写真で雑誌の売上にも大いに貢献している。

リナは若く美しい女性で、すらりと背が高く、体も鍛えられて引きしまっている。彼女はそのすべてのアピールの仕方を心得ていた。

二、三度だが、テレビドラマにカメオ出演したこともある。

スポットライトを浴びるのは好きだし、そのことや自分の野心を恥ずかしいとは思わない。リナは健康とフィットネスと精神の安定がコンセプトの自社製品を心から信頼し、その広告塔として自分以上の適任者はいないと自負している。

忙しく働くのはまったく苦ではなかった。出張やぎっしり予定が詰まったスケジュールには張りあいを感じ、さらに計画を立てた。

現在は自社のフィットネス器具の企画が進行中で、栄養士や医師に相談しながらサプリメントの開発にも着手している。

そんななか、リナは彼女の人生を一変させた軽率な男を突き飛ばし、死へといたらしめた。

あれは自己防衛だ。すぐに警察もリナの行為を自分自身や娘や友人を守るためのものだったと結論づけた。

ひどい話だが、この事件が世間の注目を集めたおかげで、〈ヨガ・ベイビー〉の売上は急上昇し、リナの名前も広まり、仕事のオファーも増えた。

ほどなく、彼女はその波に乗ることに決めた。

あの最悪な日から一週間後、リナは現状を最大限に利用する計画を胸に、ジョージタウンからメリーランド州の田舎町へと車を走らせていた。

巨大なサングラスをかけ、彼女のメイクの腕前をもってしてもあざは隠せなかった。肋骨《ろっこつ》もまだ痛むけれど、若干変更したワークアウトのルーティーンや長めの瞑想をすでに始めた。

ミミも時折、頭痛にさいなまれている。骨折した鼻は治りつつあり、目のまわりのあざも黒から青みがかった黄色へと薄れた。

エイドリアンはギプスが邪魔そうだったが、そこに寄せ書きをしてもらったときは喜んでいた。医師によれば、二週間後にまたレントゲンを撮らなければならないらしい。

もっとひどいことになっていてもおかしくなかった。リナは絶えずそう自分に言い聞かせている。

後部座席に座るエイドリアンは、ハリーに買ってもらった新品のゲームボーイで遊んでいた。リナは青空を背にした淡いラベンダー色のメリーランド州の山々の尾根に目をやった。

昔はあの山脈や静けさ、あまりにものんびりした生活から逃げだし、活気や人々であふれ返る外の世界に飛びこみたいという衝動に駆られたものだ。

今もその気持ちは変わらない。自分は小さな町や田舎暮らしには向いていない。毎日毎日ミートボールやピザソースを作り、レストランを経営するなんて真っ平ごめんだ——そこが代々受け継がれてきた店であろうとなかろうと。

無性に渇望するのは、群衆や都市、そしてスポットライトだ。

マイホームとは言わないまでも、今やニューヨークがリナの本拠地だ。彼女にとっての家とは仕事があって活気に満ちあふれた場所のことで、それはずっと変わらない。

ついに州間高速道路七〇号線をそれるといっきに車の数が減った。道路はなだらかな丘や緑の草原を縫うようにのび、ぽつんぽつんと人家や農場が見える。

まあ、帰省はできても長居はできない。少なくとも、リナ・テレサ・リッツォには。

「もうすぐね！」後部座席からエイドリアンの歓声があがった。「見て！　牛よ！　馬もいる！　ポピとノンナが馬を飼ってたらよかったのに。それか鶏でもいいわ。鶏を飼うのも楽しそう」

エイドリアンが窓を開け、うれしそうな子犬のように顔を出した。カールした黒髪が風にあおられて波打つ。

きっとネズミの巣みたいにからまるだろう。

やがて、矢継ぎ早に質問が飛んできた。

〝あとどれくらいで着く？〟〝タイヤのブランコに乗ってもいい？〟〝ノンナはレモネードを作ってくれるかな？〟、〝犬たちと遊んでもいい？〟

〝……していい？〟〝ポピとノンナは……？〟〝どうして……？〟

回答役はミミに一任した。リナは近々ほかの質問に答えなければならない。

やがて真っ赤な納屋の角を曲がった。十七歳になる前に、彼女はあの二階で処女を失った。相手は酪農場主の息子で、アメフトチームのクォーターバック、マット・ウィーヴァーだ。ハンサムでたくましく、温厚だったけれど、お人好《ひとよ》しではなかった。

当時、ふたりは愛しあっていた。十六歳なりの愛し方で。彼はリナと──いずれ──結婚したがっていたが、彼女には別の計画があった。

その後、マットは別の誰かと結婚して子供をひとりかふたりもうけ、今も父親と一緒に農場で働いているらしい。

彼にとってはいいことだ。リナは本気でそう思った。自分には決して合わない人生だけれど。

ふたたび角を曲がって、トラベラーズ・クリークの小さな町をあとにした。そのわびしい町の広場に、イタリアンレストラン〈リッツォ〉は祖父母の代から鎮座している。

店を建てた祖父母は、ようやくあたたかい土地への引っ越しを受け入れた。とはいえ、移住先のアウター・バンクスでも〈リッツォ〉の姉妹店をオープンしたのではなかっただろうか。

レストラン経営はリッツォ家に受け継がれる才能だと祖父母は言っていたが、どういうわけか――ありがたいことに――その遺伝子はリナに受け継がれなかった。

リナは小川に沿って車を走らせ、三つの屋根付き橋のひとつに向かった。屋根付き橋のおかげで、写真家や観光客がここを訪れ、結婚式まで行われるようになった。たしかに、ちょうど小川がカーブするところにかかった屋根付き橋はすてきだ。赤い壁と青い三角屋根の橋を走り抜けると、いつものようにミミとエイドリアンがそろって歓声をあげた。

後部座席でゴムボールみたいに飛び跳ねているエイドリアンを無視して、リナはふたたびハンドルを切り、ようやく蛇行する小道に入ると、この町の名前の由来となった小川にかかる二番目の橋を渡って丘の上の大きな家へ向かった。

大きな黄色い雑種犬と耳の長い小柄なビーグル犬が駆け寄ってきた。

「トムとジェリーだわ！　ハイ、トム！　ハイ、ジェリー！」

「車を停《と》めるまでシートベルトを外さないで、エイドリアン」

「ママ！」だが娘は言いつけを守り、座席で飛び跳ねた。「ノンナとポピよ！」

家をぐるりと取り囲む広いポーチから、ドムとソフィアが手をつないで現れた。カールした栗色の髪が顔を縁取るソフィアは、ピンクのスニーカーを履いていても背丈が百八十センチ近くあった。その妻を見おろすドムは百九十五センチを上まわる。

日陰になったポーチにたたずむ両親はいたって元気そうで、同世代の人たちより十歳ほど若く見えた。もういくつになったのだろう？　母は六十七か八で、父はそれより四歳ぐらい年上だったはずだ。高校時代の恋人同士が結婚し、もう五十年近く経つ。

ふたりは息子を生後四十八時間以内に亡くし、三度の流産を経験した末に、医者からもう赤ん坊には恵まれないと告げられ、胸が引き裂かれるような悲しみを味わった。だが、ふたりが四十代のとき、思いがけずリナ・テレサが誕生したというわけだ。

リナは広いカーポートに駐車してある真っ赤な小型トラックとどっしりした黒のSUVの隣に車を停めた。母のお気に入り――ターコイズブルーの流線型のオープンカー――は別のガレージに大切にしまわれているのだろう。

ブレーキをかけたとたん、エイドリアンが飛びおりた。「ノンナ！　ポピ！　ハイ、トム、ハイ、ジェリー！」エイドリアンが犬たちを抱きしめると、トムは身をすり寄せ、ジェリーは身をくねらせて彼女をなめた。そして、エイドリアンは全速力で祖父の腕のなかに飛びこんだ。

「わたしが過ちを犯そうとしていると思ってるんでしょう」リナは切りだした。「でも、あの子を見て、ミミ。エイドリアンにとってはこれが最善なのよ」

「娘には母親が必要よ」ミミはそう答えながらも笑顔を張りつけて車からおり、ポーチに向かった。

「別にあの子をバスケットに詰めて、葦《あし》のなかに置き去りにするわけじゃあるまいし。たかがひと夏のことじゃない」

母がポーチの階段をおりてきて、リナを出迎えた。ソフィアはあざができた娘の頬に片手を当て、何も言わずに抱きしめた。

この悲惨な一週間で初めて、リナは泣き崩れそうになった。

「だめよ、お母さん。泣いている姿をエイドリアンに見せたくない」

「本物の涙を恥じることはないのよ」

「わたしたちはもう当分泣かなくていいわ」あえてリナは身を離した。「元気そうね」

「あなたも、とは言えないわね」

リナは笑顔を作った。「でも、相手のほうが大変なことになったんだもの」

ソフィアは思わず噴きだした。「こんな状況でもそうやって笑えるんだから、さすがわたしの娘ね。いい天気だから、ポーチに座りましょう。おなかがすいたんじゃない。食事を用意してあるわ」

イタリア人の血なのか、レストラン経営の遺伝子のせいか、リナの両親は自宅に来る客はみな、おなかをすかせていると思いこんでいるところがある。

エイドリアンが前庭で犬たちと遊ぶあいだ、大人たちはポーチで円テーブルを囲んだ。そこには、パンやチーズ、イタリア風の前菜《アンティパスト》、オリーヴ、エイドリアンが飲みたがっていたレモネードがたっぷり入ったガラスのピッチャーと、まだ正午になったばかりなのにワインもあった。

リナもワインをグラスに半分だけ飲むと、ドライブでこわばった体がほぐれた。

一同は先日の事件にはいっさい触れなかった。もちろんエイドリアンが駆け戻ってきてつかの間、ドムの膝に座って新品のゲームボーイを見せびらかしたり、レモネードを飲んだり、犬たちについてしゃべったりするあいだも。

父は忍耐強い。リナはそう思った。昔から子供たちにとても忍耐強く接し、相手をするのが上手だった。それに白髪交じりの頭でも、金褐色の目のまわりに笑いじわがあっても、とびきりハンサムだ。

リナは、ドムとソフィアは完璧なカップルだと昔から思っていた――ふたりともすらりと背が高く、体が引きしまった美男美女で相性もぴったりだ。

その一方、自分は両親とはちょっと違うと感じていた。

ずっとそうだったのだ。両親とも、この家とも、地元住民がクリークと呼ぶこの町とも、なんとなくしっくりこなかった。

だから、自分に合う生活を別の場所で見つけた。

エイドリアンは、祖父母がギプスにうやうやしくサインし、祖母が犬たちの絵とそれぞれの名前を書き加えるのを見て、くすくす笑っている。

「あなたたちの部屋を用意してあるわ」ソフィアが言った。「荷解《にほど》きができるよう荷物はわたしたちが運ぶから、どうぞ休んでちょうだい」

「わたしは店に行かないといけないが」ドムが言った。「ディナーには戻るよ」

「実は、エイドリアンは何日も前からタイヤのブランコに乗りたがっていたの。ミミ、この子を裏手に連れていって、少し遊ばせてやってくれる?」

「わかったわ」ミミは立ちあがって非難がましくリナを一瞥《いちべつ》したが、陽気な声でエイドリアンに呼びかけた。「さあ、ブランコに乗りに行きましょう」

「うん! さあ、行こう、トム、ジェリー!」

エイドリアンが家の脇をまわりこんで駆けていき、ミミがそれを追うのを待ってから、ドムが口を開いた。「どういうことだ?」

「ミミとわたしは泊まらないわ。ニューヨークへ戻って、ワシントンDCで始めたプロジェクトを終わらせないといけないから。ワシントンDCで完成させるのは無理だし……。それで、しばらくエイドリアンを預かってもらいたいの」

「リナ」ソフィアがテーブル越しに手をのばして娘の手をつかんだ。「あなたもせめて数日間は休むべきよ。あざを治して、エイドリアンを安心させてあげるために」

「あざを治すために休んでる暇はないし、ここ以上にエイドリアンが安心できる場所はないわ」

「母親がいないのに？」

リナは父のほうを向いた。「あの子にはお父さんとお母さんがいる。わたしは今回のゴシップ記事の一歩先を行かないといけないの。こんなことで自分のキャリアやビジネスの足を引っ張られるなんてごめんだわ。だから、一歩先んじて主導権を握るのよ」

「あの男に殺されていたかもしれないんだぞ――おまえも、エイドリアンもミミも」

「ええ、ちゃんとわかってるわ、お父さん。あの場にいたから。エイドリアンはここが大好きだし、きっとここでの生活を謳歌《おうか》するはずよ。もう何日も前からずっとここの話をしていたの。診断書を持参したから、次回のレントゲンはこっちの病院で撮ってもらえるわ。ワシントンDCの医者によれば、エイドリアンは一、二週間以内にはギプスを外して着脱式のサポーターに変えられるそうよ。よくあるけがだし、軽症だから――」

「軽症だと！」

父が癇癪《かんしゃく》を爆発させると、リナは両手をあげた。「ジョンはあの子を階段から投げ落とそうとしたの。わたしはその前にエイドリアンのもとにたどり着けなかった。彼をとめられなかったの。もしジョンがあんなに酔っぱらってなかったら、あの子は本当に階段から投げ落とされて、手首どころか首の骨が折れていたはずよ。そのことは決して忘れないわ」

「ドム」ソフィアが夫の手をさすった。「どのくらいあの子を預かってほしいの?」

「夏が終わるまで。長期間だってことも、お母さんたちに相当な負担をかけることもわかってるけど」

「エイドリアンのことは喜んで預かるけど」ソフィアが淡々とこたえた。「こんなやり方は間違ってるわ。今、あの子を置き去りにするのは絶対に間違いよ、リナ。でも、エイドリアンにはここで安全に楽しく過ごしてもらうわ」

「ありがとう。エイドリアンはもうすぐ学期末だけど、まだミミがいくつか宿題を用意してるから、お母さんたちに指示があると思うわ。新学期が始まるころにはエイドリアンにとっても、わたしにとっても、今回の事件は過去のことになってるはずよ」

両親はしばし押し黙ったまま、リナをじっと見つめた。父の金褐色の目と母のグリーンの瞳を見て、エイドリアンがふたりの血を色濃く受け継いでいることを実感した。

「あの子はここに置き去りにされることを知ってるのか?」ドムが問いただした。

「おまえがエイドリアンを残してニューヨークに戻ってしまうことを?」

「まずお父さんたちに頼んでからと思ったから、まだ何も言ってないわ」リナは立ちあがった。「今から話してくる。ミミとわたしはすぐに出発しないといけないの」リナは立ちどまった。「お父さんたちをまたしてもがっかりさせたことは自覚してるわ。でも、こうするのがみんなにとって最善だと思うの。わたしは仕事に専念する時間が必要で、今エイドリアンが必要としているような気遣いはできない。それに、あの子はここでお父さんたちと一緒にいれば、記者に写真を撮られて、その写真が載ったタブロイド紙をスーパーマーケットで目にすることもないはずよ」

「だが、おまえはマスコミに身をさらすんだろう」ドムが思いださせるように言った。

「ええ、こっちが主導権を握ってコントロールできる形でね。お父さん、男性の多くはお父さんみたいな人じゃないわ。優しくも愛情深くもなく、大勢の女性が顔にあざを作る羽目になる」リナは目の下を人さし指で叩いた。「たくさんの子供が腕にギプスをはめることになる。チャンスがあれば、わたしは必ずその手の問題について議論するつもりよ」

自分が正しいと信じきっているリナは、激怒しながらその場をあとにした。同時に、自分が間違っているかもしれないという不安にいらだちを覚えた。

一時間後、エイドリアンはポーチにたたずみ、母とミミを乗せた車が遠ざかるのを見送っていた。

「わたしのせいで、あの人はみんなを傷つけた。だからママは、わたしにそばにいてほしくないのね」

ドムは長身の体を折り曲げて孫娘と目を合わせ、エイドリアンの肩にそっと両手をのせた。

「それは違う。今回のことはおまえのせいなんかじゃない。リナはこれからすごく忙しくなるから、おまえをわたしたちに預けたんだよ」

「ママはいつだって忙しいわ。だから、わたしの面倒を見ているのはミミよ」

「わたしたちと一緒に夏を過ごしたいんじゃなかったの？」ソフィアがエイドリアンの髪を撫でおろした。「もし楽しくなかったなら――そうね、一週間後に、ポピと一緒にニューヨークまで車で送ってあげるわ」

「本当？」

「ええ、本当よ。でも、これから一週間はお気に入りの孫娘と過ごさせてもらうわ。一緒に楽しみ《ジョィア》ましょう」

エイドリアンの口元にかすかな笑みが浮かんだ。「ノンナの孫娘はわたししかいないでしょう」

「それでも、お気に入りには変わりないもの。あなたがずっと楽しそうにしていたら、ポピがラビオリの作り方を教えてくれるわ。わたしはティラミスの作り方を教えてあげる」

「でも、やらないといけない仕事もあるぞ」ドムがエイドリアンの鼻を人さし指でつついた。「犬たちの餌やりと庭仕事のお手伝いだ」

「どっちもここへ来たときに、わたしが喜んでやってることだわ。それは仕事じゃないと思うけど」

「楽しくても仕事は仕事だ」

「レストランに行って、ポピがピザ生地を放りあげるのを見ててもいい？」

「今年の夏はピザ生地の放り方を教えよう。ギプスが外れたら始めるぞ。じゃあ、そろそろわたしは店に行くよ。両手を洗っておいで、そうしたら一緒に店へ行こう」

「うん！」

エイドリアンが家のなかへ駆けこむと、ドムは背筋をのばしてため息をもらした。

「子供はたちまち元気になるな。あの子なら大丈夫だ」

「そうね。でも、リナはこの時間を決して取り戻せないわ。さてと」ソフィアは夫の頬をそっと叩いた。「あの子にあんまりたくさんキャンディを買ってあげちゃだめよ」

「ちょうどいい量しか買わないよ」

レイラン・ウェルズは〈リッツォ〉のふたり掛けのテーブルで、ばかげた宿題《ホームワーク》をしていた。自宅《ホーム》で行うべき家事があるのに、どうして学校の宿題までやらなきゃいけないのだろう？

十歳のレイランは、大人の世界や子供に押しつけられるルールに悩まされたり当惑させられたりすることが多かった。

算数の宿題はもう終わった。算数は理解できるから簡単だ。だけど、ほかの多くの宿題はそうじゃない。たとえば、南北戦争について山ほど質問に答える宿題とか。たしかに、アンティータムやなんかはここから近いし、戦場はかっこいい。でも、みんな過去のことだ。

北軍が勝って、南部連合軍が負けた。スタン・リー（一九六〇年代にマーベル・コミックの原作を手がけた現マーベル・メディア名誉会長）が言うように、〝もうわかっていることさ〟――ちなみに、スタン・リーは天才だ。

レイランは一問答えては、いたずら書きをし、また別の質問に答えると、スパイダーマン対ドクター・オクトパスの壮大な戦いを想像した。

今は母がラグ・タイムと呼ぶ、ランチが終わってディナーが始まるまでの時間帯で、ほとんどの客が高校生だ。彼らは店の奥のビデオゲームで遊んだり、ピザを食べたりコーラを飲んだりしている。

しかしレイランは、ばかげた宿題を終えるまでは遊べない。それが、母の決めたルールだ。

ほとんど人がいないテーブル席を見渡し、母が働いているカウンターの奥の広い厨房《ちゅうぼう》に目をやった。

半年前、母は自宅のキッチンでしか料理を作っていなかった。だが、それは父親が出ていくまでの話だ。

母は今、いろいろな請求を支払うためにここで料理をしている。〈リッツォ〉と書かれた大きな赤いエプロンをつけ、不格好な白い帽子をかぶりながら。その帽子は料理人や調理補助スタッフ全員とおそろいだった。

母はここで働くのが好きだと言っている。巨大なコンロの前で働く母はとても楽しそうだし、その言葉は本心なのだろう。

それに、レイランは母が本当のことを言わないときはたいていわかった。

たとえば彼や妹に何もかも大丈夫だと言ったとき、母の目はそう言っていなかった。

レイランも最初は怖かったが、大丈夫だと言い張った。マヤは最初泣いていた。まだ七歳で、女の子だから仕方ない。でも、妹もなんとか乗り越えた。

ほとんどは。

レイランはウェルズ家を背負う男になったものの、だからといって宿題をサボったり平日に夜更かししたりできるわけではないと早々にわかった。

レイランはまた南北戦争に関する質問に答えた。

マヤは母の許可をもらって、友達のキャシーの家で宿題をしている。たいして勉強するわけではないのに。だが、レイランは許可をもらえなかった。

たぶん、昨日宿題をする代わりに親友とその親友ふたりとバスケットボールをやって遊んだせいだろう。

実は、一昨日も宿題をサボった。

ドクター・オクトパスでも母の逆鱗《げきりん》には太刀打ちできない。だから、レイランはミックやネイトやスペンサーの家で遊ぶ代わりに、放課後は〈リッツォ〉へ直行する羽目になった。

ミックやネイトやスペンサーと〈リッツォ〉で一緒に過ごせるなら、それほど悪くはない。だが、みんなの母親も激怒していた。

ミスター・リッツォが店に来たのを見て、レイランはちょっと気分がよくなった。彼は厨房に入ると、ピザ生地を作り始めた。母やほかの料理人も作れるけれど、ミスター・リッツォはピザ生地を放りあげてくるっとまわり、背後で受けとめるというような技も披露してくれる。

それに、あまり忙しくないときにはレイランにもやらせてくれて、好きなトッピングでオリジナルピザも作らせてくれる——しかも無料で。

レイランはミスター・リッツォと一緒にやってきた子供には、あまり注意を払わなかった。女の子だったからだ。だが腕にギプスをしているのを見て、ほんの少し興味を引かれた。

宿題の最後のまぬけな質問に答えながら、ギプスをしている理由をあれこれ考えた。井戸に落ちたのかな、それとも木から？　家が火事になって窓から落ちたとか。

レイランは南北戦争の質問にすべて答えた——やっとだ！　そして、最後の宿題に取りかかった。

算数は簡単だから最初にやり、その次に退屈な歴史を片づけた。

楽しいから最後に取っておいたのは、今週習った綴《つづ》りの単語を使った作文だ。

レイランは算数よりも作文が好きだった。絵を描くのと同じくらい好きだ。
（1）歩行者：逃走中の銀行強盗の車が歩行者をはねた。
（2）隣人：惑星ゾークのエイリアンが侵略してきたとき、世界中の人々はあの気さくな隣人のスパイダーマンが守ってくれると期待した。
（3）摘出する：邪悪な科学者が大勢の人々を誘拐し、恐ろしい実験のために彼らの内臓を摘出した。

ジャンがふたり掛けのテーブルに座ったとき、レイランは十個ある単語のうちの最後の作文を書き終えるところだった。

「ばかばかしい宿題を全部やったよ」

すでにシフトを終えたジャンはエプロンも帽子も外していた。夫が出ていったあとに髪を短く切ったが、ピクシーカットはわれながらよく似合っていると思う。それに、ほとんど手がかからないのもありがたい。

レイランは髪を切ったほうがよさそうだ。昔はひまわり色のブロンドだったのに、今はジャンと同じダークブロンドに変化した。息子の成長を実感しつつ、宿題を見せるように手振りで促した。

レイランはきれいなグリーンの目を——ジャンの父親と同じ色の目をぐるりとまわすと、テーブル越しにバインダーをよこした。

本当に成長したものだ。息子の髪はもう綿飴《わたあめ》のようにふわふわしたブロンドではなく、毛が太くなりややウェーブがかっている。赤ん坊のころの丸々した顔がすっきりし、彫りの深い大人びた顔立ちになった——いつの間にそんなに年月が経ったのだろう？

かわいかった息子は、こんなにもハンサムになっていた。

少年のレイランに未来の大人の姿が垣間見えても、ジャンは宿題を確認した。息子はすぐに怠けようとするからだ。

単語の宿題を読みながら、彼女はため息をもらした。「立場。〝暗黒の騎士《ダークナイト》〟ことバットマンは正義のために全力で戦わなければならない立場だ〟」

レイランはにやりと笑った。「いい文章だよね」

「一時間足らずで宿題を終わらせられるほど頭がいいのに、どうしてそんなに時間と労力をかけて必死に宿題から逃れようとするの？」

「宿題がいやでたまらないからだよ」

「そうね。でも、それがあなたの仕事よ。今日はよくやったわ」

「じゃあ、ミックの家に行ってもいい？」

「算数がそんなに得意なのに、平日があと何日あるか計算できないの？　土曜日まで遊びに行くのは禁止。もしまた宿題をサボったら――」

「二週間遊びに行くのは禁止なんだろう」レイランは不満げというより、悲しそうな口調で言葉を継いだ。「でも、それじゃあ何をすればいいの？　これから何時間も」

「心配はいらないわ」ジャンはバインダーを息子に返した。「してもらうことが山ほどあるから」

「家事か」レイランが不服そうに言った。「宿題を全部やったのに」

「あら、やるべきことをやったご褒美がほしいの？　じゃあ、あげるわ！」ジャンは満面の笑みを浮かべ、目を輝かせながら両手を叩いた。「顔じゅうにキスをするのはどう？」息子に向かって身を乗りだす。「今この場で、みんなの前で顔じゅうにキスをしてあげる。うーん、いいわね。チュ、チュって」

息子は身をよじりながらも、にやにやするのをこらえられなかった。「もうやめてよ！」

「大きな音をたてて顔じゅうにキスをしたって恥ずかしくないでしょう、わたしのかわいいレイラン」

「母さんは変だよ」

「それはあなたのせいよ。さてと、あなたの妹を迎えに行って家に帰りましょうか」

レイランは重そうなバックパックにバインダーを押しこんだ。

そのころには、ビールやワインを飲んだり、友達と待ちあわせて早めのディナーを食べたりする客が来始めた。

「さようなら、ミスター・リッツォ！」

ミスター・リッツォはピザ生地を受けとめてくるりとまわり、ウインクした。「チャオ、レイラン。ちゃんとお母さんの面倒を見るんだぞ」

「はい」

屋根付きのフロントポーチへ出ると、すでに数人がテーブルに座り、酒を飲んだり食事をしたりしていた。鉢植えの花の香りが、イカのフライやスパイシーソースやトーストのにおいと混ざりあっている。町の広場に沿って一定の間隔で並ぶ大きなコンクリートの鉢植え、店の一部に飾られた鉢植えやハンギングバスケット。

交差点で信号が青に変わるのを待つあいだ、ジャンは息子の手をつかみたくなるのをこらえた。

息子は十歳だし、横断歩道を渡るときに母親に手などつながれたくないはずだ。

「ミスター・リッツォと一緒にいた子は誰なの？」

「ああ、あの子は彼の孫娘のエイドリアンよ。夏のあいだ、彼らの家に滞在する予定みたいね」

「どうしてギプスをしてたの？」

「手首をけがしたからよ」

「どうして？」道を渡りながら、レイランがきいた。

「落ちたんですって」次の交差点へと歩きながら、ジャンは息子の視線を感じた。

「何？」

「母さんは例の表情をしてる」

「例の表情？」

「ぼくに悪いことを伝えたくないときの表情だよ」

たしかに、そういう表情をしていそうだとジャンは思った。それに、トラベラーズ・クリークくらいの小さな町で、すっかりコミュニティーの一部となっている〈リッツォ〉がからむとなると、いずれレイランの耳にも噂《うわさ》が聞こえてくるはずだ――この子は地獄耳だし。

「お父さんに暴力をふるわれたからよ」

「本当に？」レイランの父親もしょっちゅう意地悪なことを言ったりしたりしていたが、彼やマヤの手首を痛めつけたことは一度もなかった。

「リッツォ夫妻のプライバシーは尊重してちょうだいね、レイラン。それと、マヤとエイドリアンは同い年で友達になれるかもしれないから、今度リッツォ家にマヤを連れていこうと思ってるの。だから、このことはあなたの妹には内緒ね。もしエイドリアンがマヤやほかの誰かに話したいと思ったら、それは彼女の自由だけど」

「わかったよ。でも、お父さんが娘の腕を折るなんて！」

「骨折したのは手首よ。だけど、いずれにしてもひどいわよね」

「その人は刑務所に入ったの？」

「いいえ、亡くなったわ」

「嘘でしょ」びっくりするあまり――同時に、やや興奮し――レイランは爪先立ちになった。「あの子は自分の身を守るために、お父さんを殺すか何かしたの?」

「とんでもない。ばかなことを言わないでちょうだい。エイドリアンはまだ幼い女の子で、ひどい目に遭っただけよ。あの子を質問攻めにするのはやめてね」

ふたりは自宅の向かいにあるキャシーの家にたどり着いた。

レイランたちが今も自宅に住み続けられるのは、リッツォ夫妻が母を雇ってくれたからだ。父は出ていったとき、銀行口座から大半の預金を引きおろしていた。

それが父のしたひどいことのひとつだ。

その後、母はレイランがもう寝たと思った深夜に泣いていた。〈リッツォ〉の仕事を得るまでは。

だから、レイランはリッツォ夫妻を傷つけるようなことは絶対にしないし、言わない。

でも、あの少女にはすごく興味がわいてきた。

3

その夏、マヤと出会ったのをきっかけに何もかもが一変した。エイドリアンはお泊まり会を経験し、友達と遊び、内緒話もした。

生まれて初めて本物の親友ができたのだ。

エイドリアンはマヤにヨガやダンスのステップを教え――あと少しで宙返りも――、マヤからはバトンのまわし方やヤッツィー（サイコロを転がして競うゲーム）のやり方を教わった。

マヤは後ろ脚で歩ける犬のジンボーと、すぐすり寄ってくる猫のミス・プリスを飼っていた。

レイランという兄もいたが、彼はビデオゲームをしたりコミックを読んだり友達と駆けまわったりするのが大好きで、ほとんど顔を合わせることはなかった。

レイランの目はエイドリアンの母や祖母よりも鮮やかな濃いグリーンだった。まるでグリーンの絵の具をぎゅっと詰めこんだかのように。

マヤは兄をまぬけ呼ばわりしたが、レイランが妹と妹の友達を避けていたので、エイドリアンはその証拠を目撃したことがなかった。

それに、エイドリアンは彼の目がすごく気に入っていた。もしきょうだいがいたらどんなふうだろう。もちろん姉妹のほうがいいけれど、家に同世代の家族がいたら楽しそうだ。

マヤの母親はとても優しかった。ノンナは彼女を大切な人と言い、ポピは腕のいい料理人で働き者だと褒めている。ミセス・ウェルズが店で働くときは、ときどきマヤが遊びに来たり、あらかじめ頼めばほかの女の子たちも呼んだりできた。

ギプスが外れても、エイドリアンは着脱式のサポーターをさらに三週間しなければならなかった。でも泡風呂に入りたいときや、マヤの友達のキャシーに誘われて彼女の家の裏庭にあるプールで泳ぐときは、外すことができた。

六月下旬のある日、エイドリアンは大きな木陰でマヤとお茶会を開くために必要なものを取りに二階へ向かった。

レイランの寝室のドアが開いていて、エイドリアンは思わず足をとめた。いつもは〝立ち入り禁止〟と書かれた大きなプレートをかけて閉めてあるのに。

「そこは無断で入っちゃいけないの」マヤが言った。明るいブロンドの髪が三つ編みになっているのは、今日は彼女の母親が休みで時間があったからだろう。

マヤは片手を腰に当て、呆《あき》れたように目をまわした。「まるでわたしが入りたがってるみたいでしょう。この汚くてくさい部屋に」

戸口からはなんのにおいもしなかったが、たしかに散らかっていた。ベッドメイクはしていないし、服や靴がフィギュアとともに床に散乱している。けれど、エイドリアンが目を奪われたのは寝室の壁だった。レイランはさまざまな絵で壁を覆っていた。

スーパーヒーローや、怪物や超悪玉との戦闘シーン、宇宙船、風変わりな建物、恐ろしげな森の絵。

「これ全部、レイランが描いたの？」

「そうよ。いつも絵を描いてるの。上手だけど、くだらない絵ばっかり。お兄ちゃんはきれいなものをまったく描かないの。でも、母の日にママにあげた絵はきれいだった。あのときは、花束を描いて色を塗ってたわ。ママは泣いてた――すごく気に入ったからなんだけど」

エイドリアンはここにある絵もくだらないとは思わなかった――怖い絵もあるけれど、くだらなくなんかない。でも、マヤは親友だから黙っていた。

エイドリアンがほんの少し首をのばしてのぞきこんでいると、レイランが階段を駆けあがってきた。彼はぴたりと立ちどまるなり、目をすがめた。それから、大股で近づいてきてドアの前に立ちはだかった。

「この部屋は立ち入り禁止だ」

「わたしたちは入ってないわ。お兄ちゃんのくさい部屋に入りたい人なんかいないわよ」マヤは大げさに鼻を鳴らし、片手を腰に当てた。

「ドアが開いてたの」レイランが妹に言い返す前に、エイドリアンは口を開いた。「なかには入ってない、本当よ。壁の絵を見てただけ。とっても上手ね。特にアイアンマンの絵が気に入ったわ。この絵が」そうつけ加え、片方の腕をのばして拳を作り、飛んでいるポーズを作った。

激怒した目を向けられると、もう痛くないはずの手首がうずき、エイドリアンはとっさに身を縮めた。

レイランはエイドリアンがサポーターをしている手首をもう片方の手で覆うのを見て、彼女の父親のことを思いだした。

実の父親に骨を折られたら、誰だって怯えるはずだ。

だから気にしていないかのように肩をすくめた。それに、彼女がアイアンマンを知っていることに少し感心したのだ。

「気にしなくていいよ。あの絵はただの練習だ。もっと上手に描ける」

「スパイダーマンとドクター・オクトパスの絵もすごくかっこいいわ」

今度は少しどころじゃなく感心した。マヤのほかの友達はドクター・オクトパスとグリーンゴブリンも見分けられないのに。

「ああ、そうだな」女の子とのおしゃべりはもう充分だと判断し、彼は妹をあざけった。「ここには入るなよ」

そう言うなり、レイランは部屋に入ってドアを閉めた。

マヤが明るく笑った。「ほらね、まぬけでしょ」エイドリアンの手をつかむと、お茶会に必要なものを取りに自分の部屋までスキップした。

その晩、エイドリアンはベッドに入る前に紙と鉛筆を取りだし、お気に入りのスーパーヒーロー、ブラック・ウィドウを描こうとした。

だが、どの絵も、ただの棒に何かがくっついているようにしか見えなかった。悲しくなって、いつものように家や木、花、大きな丸い太陽を描いた。

その絵もたいしてうまくなかった。エイドリアンの絵はどれもそうだ——ノンナはいつも冷蔵庫に貼ってくれるけれど。

エイドリアンは絵を描くのが苦手だ。ノンナとポピからはのみこみが早いと言われるが、料理を作るのもパンを焼くのも下手だった。

わたしの得意なことってなんだろう?

自分を慰めるため、エイドリアンはヨガをやった——手首にあまり体重をかけないように気をつけながら。

毎晩のルーティーンを終えると、歯を磨き、パジャマに着替えた。

もう寝る準備が整ったと祖父に伝えに行こうとした矢先――今夜、祖母は〈リッツォ〉で働いている――開け放ったドアを祖父がノックした。

「おや、わたしの孫は光り輝いて、もう寝る準備ができたようだな。それに――」ドムは孫娘の絵を眺めた。「これはわたしたちのアートギャラリーに飾らないと」

「そんなの、赤ちゃんの落書きよ」

「何を芸術とするかは見る者しだいだ。それに、わたしはこの絵が気に入ったよ」

「マヤのお兄ちゃんのレイランは、すごく絵が上手なの」

「そうだな。あの子にはとても才能がある」ドムがちらっと見ると、エイドリアンはふくれっ面をしていた。「だが、レイランが逆立ちして歩いているところは見たことがないぞ」

「わたしはまだ逆立ちで歩いちゃいけないことになってるわ」

「でも、いずれまたやるだろう」ドムは孫娘の頭のてっぺんにキスをして、ベッドへ導いた。「さあ、バークレーとベッドに入るといい。そうしたら『マチルダは小さな大天才』の続きを読んであげよう。わたしの孫娘は大半のティーンエイジャーに比べ、かなりの読書好きだからな」

エイドリアンはぬいぐるみの犬と一緒にベッドにもぐりこんだ。「活発な精神と活発な体のためよ」

ドムが笑って本を手にベッドの端に座ると、エイドリアンは祖父に寄り添って身を丸めた。

ディナーの前に芝刈りをした祖父の体から芝のにおいがする。

「ママはわたしを恋しがってると思う？」

「そうに決まってるさ。毎週おまえに電話をかけてきて、おまえがどんな調子か、何をしたかきいてくるじゃないか」

もっと電話してくれればいいのに。でも、母は娘が何をしたかなんてほとんどきかない。

「明日はパスタの作り方を教えてあげよう。そのあとで、おまえも何か教えてくれないと」

「えっ？」

「おまえが考えたオリジナルのルーティーンとか」ドムはエイドリアンの鼻を人さし指でつついた。「〝活発な精神に活発な体〟だろう」

エイドリアンはそれを聞いて有頂天になった。「ええ！　ポピのために新しいルーティーンを考えるわ」

「あんまり難しくないのにしてくれよ。わたしは素人なんだから。じゃあ、本を読むとしようか」

今になって思い返すと、あの夏は牧歌的だったとエイドリアンは気づいた。現実や責任やルーティーンから解き放たれた休暇。もう二度とあんな休暇を謳歌することはないだろう。

ポーチでレモネードを飲み、庭ではしゃぐ犬たちの声が響く、長く暑い夏の日々。突然の嵐に空気が銀色に染まり、暴風に揺れる木々。一緒に遊び、笑いあう友達。ほんのつかの間だったが、健康でエネルギーに満ちあふれた思いやり深い祖父母は、エイドリアンを世界の中心に据えてくれた。

祖父母からはさまざまな料理のスキルを教わったが、その一部は一生忘れないだろう。エイドリアンは庭に生えている新鮮なハーブや野菜を収穫する喜び、祖父が野の花を摘んでくると祖母がどんなふうに微笑むのかを知った。

あの夏、家族やコミュニティーとはなんなのかも学んだ。それは決して忘れないし、家族やコミュニティーがたびたび恋しくなるだろう。

だが、日にちはどんどん過ぎ去っていった。独立記念日のパレードや花火。熱帯夜に灯《とも》されたカラフルなライト、音楽を響かせながら町にやってきたカーニバル。蛍をつかまえては放し、ハチドリを眺め、小川のせせらぎが聞こえるほど静寂に包まれた日中、広いポーチでチェリー味のアイスキャンディを食べた。

やがて、新学期用の道具や服がみんなの話題にのぼるようになった。友達は担任教師について話したり、新品のバックパックやバインダーを見せびらかしたりしていた。

そして、あんなに日が長く暑かった夏は駆け足で幕を閉じた。

祖母が荷造りを手伝ってくれるあいだ、エイドリアンは涙をこらえていたが、ついに泣きだした。

「ああ、エイドリアン」ソフィアは孫娘を抱きしめた。「これは永遠のお別れじゃないのよ。また遊びに来たらいいわ」

「でも、今回とは違うでしょう」

「だけど特別な休暇になるわ。あなたはママやミミが恋しいはずよ」

「でも、今度はノンナやポピや、マヤやキャシー、ミセス・ウェルズが恋しくなるわ。どうしてわたしはいつも誰かを恋しがらないといけないの?」

「たしかにつらいわね。ポピとわたしも、あなたがいなくなったら寂しいわ」

「みんな一緒にここで暮らせたらいいのに」

この大きな家に住めば、このすてきな部屋からすぐポーチへ出て犬たちに会えるし、庭や山を眺められる。「みんな一緒にここで暮らせば、誰も恋しがらずにすむわ」

ソフィアはエイドリアンの背中をさっと撫でると、身を引いてスーツケースにジーンズを詰めた。「ここはあなたのママの家じゃないわ、マイ・ベイビー」

「以前はそうだったでしょう。ママはこの家で生まれて、ここの学校に通ったじゃない」

「でも、もう違うの。みんな自分自身の家を見つけないといけないのよ」

「もしわたしが自分の家はここがいいと言ったら？　どうしてわたしの望みどおりにはならないの？」

ソフィアはかわいい孫の反抗的な顔つきを見て、胸に小さなひびが入った。エイドリアンの口調はリナにそっくりだ。

「大人になったとき、あなたはここで暮らしたいと思うかもしれない。それかニューヨークか別の場所で。そのときは決断すればいいわ」

「子供は何も決められないのね」

「だから、大人は愛するわが子が自分自身で決断できるようになるまで、子供の代わりに最善の決断をしようと努力するのよ。あなたのママは精一杯頑張っているわ、エイドリアン。リナが最善を尽くすと、わたしが保証する」

「わたしはここで暮らしてもいいとノンナが言ってくれたら、ママは許してくれるかもしれない」

ソフィアは胸に入ったひびが広がるのを感じた。「それは、あなたにとっても、あなたのママにとっても正しいことじゃないわ」ベッドの端に座り、涙に濡れたエイドリアンの顔を両手で包みこんだ。「あなたたちにはお互いが必要よ。ちょっと聞いてちょうだい」エイドリアンがかぶりを振ると言った。「わたしがいつもあなたに本当のことを話していると思う？」

「うん、思う。うん」

「今も話しているのは本当のことよ。あなたたちにはお互いが必要なの。今は悲しくて頭に来ているから、そう思えないかもしれないけど、でもあなたたちにはお互いが必要なのよ」

「ノンナとポピはわたしが必要じゃないの？」

「もちろん必要よ」ソフィアはエイドリアンをひしと抱きしめた。「マイ・ジョイ。だから、わたしたちに手紙を書いてちょうだい。わたしたちも返事を書くから」

「手紙？　手紙なんて一度も書いたことがないわ」

「じゃあ、これからは書いてちょうだい。すぐ始められるように、すてきな文房具をあげるわね。わたしの机のなかにあるから取ってくるわ。それをあなたのスーツケースに詰めましょう」

「ノンナがわたしだけのために手紙を書いてくれるの？」

「ええ、あなただけのために。それと、週に一度は必ず電話で話しましょう」

「約束する？」

「ええ、指切りげんまんよ」ソフィアはエイドリアンと小指をからませ、孫娘を笑顔にした。

大きな光り輝くリムジンが到着してもエイドリアンは泣かなかったが、祖父の手にしがみついた。

ドムは孫娘の手をぎゅっと握りしめた。「すごい高級車じゃないか！　豪華なドライブを楽しめるぞ。さあ」もう一度エイドリアンの手を握りしめる。「ママをハグしに行っておいで」

スーツにネクタイを締めた運転手がまず車からおり、ドアを開けた。続いておりてきたリナは、すてきなシルバーのサンダルを履き、鮮やかなピンクのシャツと同じ色のペディキュアを塗っていた。

反対側から現れたミミは、目をうるませながらも満面の笑みを浮かべた。

まだ八歳にもならなかったものの、まずミミに駆け寄るのは間違いだとエイドリアンにもわかっていた。だから、芝生を横切って母のもとに行き、身をかがめた母と抱擁を交わした。

「背がのびたんじゃない」リナは身を起こすと、エイドリアンのカールしたポニーテールを撫でおろした。そして、何か気に入らないことがあるとするように眉間にしわを寄せた。「ずいぶん日焼けしたわね」

「日焼け止めは塗ったよ。ポピとノンナに必ず塗るように言われたから」

「そう、それならいいわ」

「わたしのエイドリアンはどこかしら？」ミミが両腕をぱっと広げたとたん、エイドリアンは駆けだした。「ああ、あなたが恋しかったわ！」ミミはエイドリアンを持ちあげて左右の頬にキスすると、さらにぎゅっと抱きしめた。「背がのびて肌が黄金色になったわね。太陽みたいなにおいがするわ」

一同は抱擁を交わしたが、リナはここで食べたり飲んだりする暇はないと告げた。「シカゴから飛行機で飛んできたの。もうくたくただし、明日の朝には『トゥデイ・ショー』でインタビューを受けるのよ。エイドリアンの面倒を見てくれて、本当にありがとう」

「この子と過ごすのは喜び以外の何ものでもないわ」ソフィアはエイドリアンの両手を取ってキスをした。「純然たる喜びよ。あなたのかわいい顔が見られなくなると寂しいわ」

「ノンナ」エイドリアンは祖母に抱きついた。

ドムはエイドリアンを持ちあげると、くるりとまわって抱き寄せた。「ちゃんとママの言うことを聞くんだよ」孫娘の首にキスをして地面におろす。

エイドリアンはトムとジェリーを抱きしめずにはいられなかった。そして毛皮に顔を埋《うず》め、少し泣いた。

「早く来なさい、エイドリアン。もう二度と会えないわけじゃあるまいし。どうせまたすぐに夏がめぐってくるわ」

「クリスマスにもいらっしゃい」ソフィアが言った。

「まあ、そのときになったら考えましょう」リナは母親と父親の頬に順番にキスをした。「ありがとう。エイドリアンが……いろんなごたごたから遠く離れた場所にいたおかげで、ストレスがかなり減ったわ。長居できなくてごめんなさい。でも、明日の午前六時までにスタジオ入りしないといけないから」

リナが振り返ると、ミミはすでにエイドリアンをリムジンに乗せ、娘の注意をそらそうとライトの使い方を説明していた。

「あの子にとっては、ここで夏を過ごしてよかったんだわ。みんなにとっても」

「クリスマスには来てちょうだい」ソフィアが娘の手をぎゅっと握った。「もしくは、感謝祭でもいいから」

「来られるように努力するわ。じゃあ、体に気をつけて」

リナはリムジンに乗りこみ、ドアを閉めた。

エイドリアンは母からシートベルトを締めるように命じられても無視して、後部座席で正座した。そうすれば大きなリムジンの後方の窓から、大きな石造りの家の前で手を振る祖父母や、その足元の犬たちが見えるからだ。

「エイドリアン、ちゃんと座ってミミにシートベルトを締めてもらいなさい」リナがそう告げ、リムジンが屋根付き橋を通り過ぎようとした矢先、彼女の携帯電話が鳴った。「この電話には出ないと」リナはシートの端に移動した。「もしもし、リナよ。どうも、メレディス」

「炭酸水とジュースがあるわよ」ミミは明るい声で言いながら、エイドリアンのシートベルトを締めた。「それに、ミックスベリーやあなたが好きな野菜チップスも。車のなかでピクニックをしましょう」

「大丈夫」エイドリアンは祖父母が買ってくれた小さなショルダーバッグのファスナーを開き、ゲームボーイを取りだした。「おなかがすいてないから」

ニューヨーク市
その遠い昔の夏以来、エイドリアンには手紙を書く習慣ができた。祖父母には少なくとも週に一度は電話をかけ、時折Eメールや携帯メールも送るけれど、手紙は毎週必ず書いている。
エイドリアンは、母が購入した最上階の三フロアを占めるアッパーイーストサイドのペントハウスの屋上テラスに座り、九月の朝のあたたかいそよ風を味わいながら、新学期の一週目について手紙を書き始めた。

パソコンでタイプして送ることも可能だが、それではメールと変わらない気がする。文字を書くという行為自体が、手紙を個人的なやりとりにしているのだから。

マヤとはよく携帯メールで連絡を取りあい、時折手書きのカードを送ることもある。

エイドリアンにもう子守はいない——ミミはアイザックと恋に落ちて結婚し、今ではふたりの子供の母親だ。それに、エイドリアンは六週間後には十七歳になる。

ミミは今でもリナのもとで働いているが、重役補佐という肩書きでスケジュール管理を担い、ハリーとともにインタビューやイベントの予定を組んでいる。

エイドリアンの母親は著書やDVD、フィットネス・イベント、講演会、『LAW&ORDER:性犯罪特捜班』のカメオ出演を含むテレビ出演などによって、そのキャリアを大きく飛躍させた。

今や〈ヨガ・ベイビー〉は一大ブランドとなった。

マンハッタンに一号店がある〈エヴァー・フィット・ジム〉は全米各地に店舗を増やしている。フィットネス・ウェアや健康食品、エッセンシャルオイル、キャンドル、ローションなどの自社製品の販売、フィットネス機器のブランド化によって、女性ひとりの力で立ちあげた会社はわずか十数年で資産価値数十億ドルもの大企業へと成長した。

もっとも、〈ヨガ・ベイビー〉は恵まれない子供たちのためにサマーキャンプを支援したり、女性用シェルターに多額の寄付を行ったりしているため、母が利益を社会に還元していないとは言えない。

とはいえ、エイドリアンが放課後に帰宅しても、ほとんどいつも家は空っぽだった。実の母親よりドアマンとのほうが親しいと、ミミに冗談で言ったことがある。

実際、もっとも母と接する機会が増えるのは、毎年親子出演しているエクササイズDVDを制作する数週間だけだ。

でも、それがエイドリアンの人生だった。自分でさまざまな決断をくだせるようになったら、残りの人生をどう過ごしたいかはすでに決めてある。

実は、最初の決断はもうくだした。今はあたたかいそよ風を浴びながら、ハンマーが振りおろされるのを待っているところだ。

さほど待たされることなく、そのときはやってきた。

背後で勢いよくガラス戸が開き、音をたててとまった。

「エイドリアン、いったいどういうこと？　まだ荷造りも始めていないじゃない。わたしたちは一時間後には出発するのよ」

「一時間後に出発するのはわたしたちじゃなくて、お母さんよ」エイドリアンは訂正し、手紙を書き続けた。「わたしは行かないから、荷造りしなくていいの」

「子供じみたまねはやめてちょうだい。わたしは明日もロサンゼルスで朝から晩までスケジュールが埋まってるのよ。さあ、荷造りして」

エイドリアンはペンを置いて体の向きを変え、母と目を合わせた。「いやよ。わたしは行かないわ。これから二週間半、お母さんに国じゅうを連れまわされるつもりはない。ホテル暮らしもオンライン授業もしない。わたしはニューヨークに残って、お母さんが春にこのペントハウスを購入したあと、わたしを押しこんだ私立学校に通うわ」

「わたしの言うとおりにしなさい。あなたはまだ子供なんだから――」

「ついさっき、子供じみたまねはやめてと言ったじゃない。どちらも手に入れることはできないわ、お母さん。わたしはもう十六歳よ――あと数週間もすれば十七になる。転入して三週間しか通ってない学校には友達がまだひとりもいないのよ。それなのに、ホテルの部屋やスタジオやイベント会場で一日の大半をひとりで過ごすつもりはないわ。どうせ放課後はここでひとりぼっちなんだから」

「あなたの年齢じゃひとりで留守番はできないわ」

「でも、お母さんが新しい著書やＤＶＤにサインしたり、インタビューを受けたり、イベントに出演したりするあいだ、別の街でひとりぼっちでいるのは可能な年齢だっっていうの？」

「向こうではひとりぼっちじゃないでしょう」リナは困惑してまごつき、椅子に座った。「電話や携帯メールで連絡すれば、わたしが駆けつけられるじゃない」

「ミミは子供たちを二週間も置き去りにしたくないから、今回は同行しないんでしょう。だったら電話をかければ彼女が来てくれるわ。でも、わたしは自分で自分の面倒を見られるから。お母さんは気づいていないかもしれないけど、しばらく前からずっとそうしてきたし」

「わたしはあなたが必要とするものや、ほしがっているものをすべて与えてきたわ。そんな口答えをするのはやめてちょうだい、エイドリアン」困惑してまごついていたリナはショックを受け、憤った。「あなたは最高の教育を受け、そのおかげで自分が選んだ大学に進学できる。安全で豪華な家もあるわ。わたしはあなたにそういうものを与えるために、これまで一生懸命働いてきたのよ」

エイドリアンはじっとリナを見据えた。「お母さんがこれまで一生懸命働いてきたのは、お母さん自身が情熱と野心を持った女性だったからでしょう。それを非難する気はないわ。わたしは公立学校で満足だったし、向こうには友達もいた。でも、これからはお母さんに転入させられた学校で満足できるように頑張って、友達も作るつもりよ。二週間以上も休んだら、それがかなわないわ」

「ティーンエイジャーのあなたをニューヨークにひとり残して、パーティーをしたり学校をサボったり四六時中遊び歩いたりさせると思ったら大間違いよ」

エイドリアンはテーブルの上で腕を組み、身を乗りだした。「パーティー？　いったい誰とするっていうの？　わたしはお酒を飲まないし、煙草《たばこ》も麻薬もやらない。去年ボーイフレンドができそうになったけど、また一から出直す羽目になった。学校をサボる？　わたしは十歳からずっと優等生名簿に名を連ねてるわ。それに、もしそうしたければ、お母さんがニューヨークにいたって四六時中遊び歩けるわよ。どうせお母さんは気づきもしないもの。ねえ、わたしを見て」エイドリアンは両手を振りあげた。「自分でもいやになるほど、わたしは責任感が強いわ。そうでなければならなかったからよ。お母さんは精神の安定が重要だと主張しているし、わたしもそれを受け入れることにするわ。これからはもう二度と日常生活を乱されたりしない」

「わたしに同行しないつもりなら、あなたを預かってもらえるかポピとノンナにきいてみるわ」

「ふたりにはすごく会いたいけど、わたしはここに残って学校に通うわ。わたしを信用できないなら、毎日ミミにわたしの様子を確認してもらえばいいじゃない。それか、ドアマンに賄賂を渡してわたしの出入りを監視させたってかまわない。わたしは明日の朝、目が覚めたら学校に行き、午後には帰宅して宿題をするわ。お母さんが設置したホームジムでエクササイズもする。食事は自炊するか、デリバリーを頼むつもり。

わたしはパーティーにも、セックスにも、泥酔することにも興味がないの。ただ、普通に新学期を始めたいだけよ」

リナは立ちあがって壁際に移動すると、イースト・リバーをじっと眺めた。「あなたはまるで……。わたしはあなたのためにこの精一杯のことをしてきたわ、エイドリアン」

「わかっているわ」

あの遠い昔の夏、祖母が口にした言葉が頭によみがえる。〝あなたのママは精一杯頑張っているわ、エイドリアン〟

「わかってる」エイドリアンは繰り返した。「だから、わたしがお母さんに恥ずかしい思いなんかさせないと信用してちょうだい。それが無理でも、わたしがポピやノンナをがっかりさせるようなまねは絶対にしないとわかってるはずよ。わたしはただ学校に通いたいだけなの」

リナは目を閉じた。娘を無理やり同行させることは可能だ――自分は保護者なのだから。でも、どんな代償を払うことになるだろう？　そんなことをして、何かメリットがある？

「午後九時以降に出かけたり、別の地区に行ったりしないで――ブルックリンのミミの家に行くのは例外だけど」

「金曜日か土曜日の晩に映画を観《み》に行きたくなったら、十時になるかもしれない」

「わかったわ。ただし、その場合はわたしかミミに連絡をすること。わたしの留守中は誰もここに入れないでちょうだい——ミミと彼女の家族以外は。ハリーもいいわ。今回、彼も同行するけど一日くらいは飛行機で帰ってくるかもしれないから」

「わたしが求めているのは話し相手じゃなくて、安定した生活よ」

「わたしたちのうちの誰かが——わたしかハリーかミミが——毎晩電話するわ。何時にかけるかは言わないけど」

「抜き打ち調査でもするつもり？」

「あなたには責任感があると信用するのと、リスクを冒すのは別物だから」

「わかったわ」

リナの栗色の髪がそよ風になびく。「てっきり……あなたは旅行を楽しんでいるんだと思っていたわ」

「楽しいこともあったわ。ときどきは」

「もしあなたの気が変わったら、ミミかポピたちの家に泊まらせてもらうか、そのときわたしがいる街で落ちあえるように手配するわ」

きっと母は、〝だから言ったでしょう〟なんて言わずに手配してくれるだろう。そうわかっているので、いくぶん気持ちがやわらいだ。「ありがとう、でも、わたしなら大丈夫。学校生活で忙しいし、大学のことも調べるつもりだから。それに、やってみたいプロジェクトがあるの」

「プロジェクト？」

「少し前から考えていたプロジェクトよ」十六歳のエイドリアンは質問をうまくかわす方法を心得ていた。母の気をそらす方法も。

「それに、M&Mの大袋とコーラの大きなボトルを二、三本、ポテトチップスを五、六袋買いに行かないと。いわゆる必需品を」

リナの口元がゆるんだ。「本気でそんなことを言ってるなら、あなたを殴ってでも引きずっていくわよ。わたしはもう行かないと。もうすぐ迎えの車が到着するから。あなたを信用してるわ、エイドリアン」

「ええ、信じて」

リナは身をかがめてエイドリアンの頭のてっぺんにキスをした。「ロサンゼルスに到着するころにはこっちは深夜だから、電話はしないわ。携帯メールを送るわね」

「わかった。気をつけてね、いいツアーになるように祈ってるわ」

リナはうなずき、家のなかへと引き返した。振り返ったとき、エイドリアンがふたたびペンを手にしているのを見て、胸がきりきりと痛んだ。

まるでありふれた午後のように、娘は手紙を書き続けている。

リナは階段をおりながら、電話を取りだしてミミに連絡した。

「もしもし、リナ、そろそろ出発するころかしら？」

「ええ、もうじき出るわ。実はエイドリアンがニューヨークに残ることになったの」

「なんですって？」

「すっかり言いくるめられてしまったわ。もちろん、あなたなら絶対エイドリアンに同意しないでしょうけど。そもそもあなただったら新学期の三週目にナショナル・ツアーを予約する前にじっくり考えるわよね。娘が新しい学校に転入したばかりならなおさら。あっ、ちょっと待って」

リナは階下の固定電話で電話をかけた。「もしもし、ベン、リナ・リッツォよ。誰かに荷物をおろしに来てもらえるかしら。ありがとう。ミミ、わたしはエイドリアンを信用せざるを得なかったの。あの子がわたしの信頼を裏切ったことは一度もないし。それに、わたしが思っていた以上にあの子はタフだった。エイドリアンにとってはすごくいいことよね。明日、あの子に電話して様子を確かめてもらえる？」

「もちろんよ。あなたの留守中、エイドリアンがわが家に滞在したければ、そうできるようにするわ」

「あの子はもう決断しているの――もし気が変わったら、あなたに知らせるでしょうけど、もう決意は揺るぎそうにないわ」

「母親そっくりね」

「そうかしら？」リナは鏡の前で立ちどまると、髪や顔をチェックした。たしかに見た目はそっくりだ。娘を見ると、自分自身と似ている点がいくつもある。でも、容姿以外は……これまで充分に注意を払ってこなかった。

「とにかくエイドリアンなら大丈夫よ。だけど、ときどきあの子に電話をしたり、携帯メールを送ったりしてもらえる？」

「それくらいお安いご用よ。エイドリアンともあなたとも連絡を取りあうわ。ごめんなさい、リナ」そう告げるミミの背後で、叫び声があがった。「ジェイコブがまた妹の息の根をとめようとしているみたい。もう行かないと。気をつけて行ってきてね。それから、心配はいらないわ」

「ありがとう。またね」

ブザーが鳴り、リナは玄関に向かった。

そして仕事以外のすべてをいったん棚上げにした。機内ではいろいろと準備をしなければいけないし、これから先のスケジュールはぎっしり詰まっている。

4

ニューヨークにひとり残ったエイドリアンは、いつもどおり朝の日課を行った。目覚まし時計の音で目を覚ますと、モーニングヨガをしてからシャワーを浴び、手のかかる髪を整え、最低限のメイクをした。昔からメイクは大好きだけれど。

続いて大嫌いな制服に着替えた――ネイビーのパンツに白いシャツ、ネイビーのブレザー。毎日その制服を身につけるたび、高校を卒業したら絶対にネイビーのブレザーなんて自ら着るものかと心に誓った。

朝食はミックスフルーツを入れたギリシャヨーグルトと全粒粉パンのトースト一枚とジュースにした。

その後、ミミに叩きこまれたおかげで習慣化した皿洗いとベッドメイキングをすませた。

携帯電話でチェックすると、今日はほぼ一日晴れてあたたかいという予報だったので、ジャケットは着ないことにした。

バックパックを背負い、ペントハウスの専用エレベーターで一階におりた。学校までほんの五ブロックという距離に文句は言えない、とりわけこんなにいい天気の日は。エイドリアンは通学時間を使って計画のおさらいをした――ルーティーンから逸脱する計画のおさらいを。

今日はルールのひとつを完全に破るつもりだ。

そのとき携帯電話が鳴り、画面でかけてきた相手を確認した。「おはよう、ミミ」

「自分の務めを果たさないと」

「お母さんにきかれたら、あなたが電話したとき、わたしは学校に行く途中だったって報告すればいいわ。もちろん、わたしは学校へ行く代わりにジャージー・ショア行きの電車に乗って、浜辺で日光浴をして、偽造IDでビールを大量購入し、安いモーテルで赤の他人たちとセックスしまくるつもりだけど」

「いい計画ね。でも報告書には載せないことにするわ。あなたが大丈夫だってことはわかってる。だけどそれを確認するのは正しいことだし、わたしはそうしたいの」

「わかったわ」

「週末、うちへ遊びに来ない？」

「ありがとう、でもわたしなら大丈夫。もし気が変わったら、ふらっと行くかもしれないわ」

「何か必要なことがあれば電話してちょうだい」

「ええ。じゃあ、また」

エイドリアンは通話を切ると、携帯電話をしまった。

最初の計画がうまくいかなくても、予備の計画がある。でも事前に下調べはしたし、プランAが成功する可能性は高い。

ブレザーにIDをつけて短い石段をのぼり、荘厳なブラウンストーンの校舎にたどり着いた。ここには九年生から十二年生までの生徒が在籍する——裕福で優秀な生徒だけが。

校舎に入り、警備員のいる狭い入口を通過した。

この静寂や、つややかな木の床やきれいな壁は、以前通っていた古い学校の騒がしさや活気、少しへこんだ壁とは対照的だ。

前の学校のすべてが懐かしい。

あと二年だと自分に言い聞かせ、左手にあるホールの幅広い入口に背を向けた。あと二年経てば、自分自身で選択できる。

今日はある決断をくだし、それをひと足先に味わうつもりだ。

高校二年生にもなれば、大半の学生は仲良しグループを形成している。新入りのエイドリアンが仲間に入れてもらうには時間がかかるし、それに新学期が始まってまだすでにメンバーが固定した仲良しグループがエイドリアンをじろじろ見ながら品定めし、仲間に迎えるかどうか検討しているのは明らかだった。エイドリアンはもともと内気なタイプではないが、彼女のほうも様子をうかがっていた。

これから二年間で、体育会系の学生たちとは自然と親しくなれるだろう。スポーツはあまり得意ではないけれど、運動能力には自信がある。服も大好きだから——それも制服が大嫌いな理由のひとつだ——おしゃれな子と友達になるのも楽しそうだ。

パーティー好きや、恐ろしいほどまじめなインテリにはまったく関心がない。

例のごとく、お高くとまった連中やいじめっ子たちがこの学校にもいた——往々にして両者は交ざりあっている。

そして、オタクはいついかなるときも、あらゆる社会階層からはじきだされている。

だが、エイドリアンのプロジェクトにとって、彼らこそが本命だった。

彼女はランチの時間を選んだ。社会階層に加わるチャンスがほぼ確実に消滅するのを承知で。

グリーンサラダとグリルチキン、旬のフルーツ、炭酸水をのせたトレイを手に、体育会系のグループやおしゃれな女の子たちのテーブルを通り過ぎ、最下層のオタクが集まるテーブルへ向かった。

三週間足らずだ。

三人の学生が囲む食堂のテーブルの脇で立ちどまると、ざわめきや忍び笑いが聞こえてきた。

学校新聞のバックナンバーや去年の同期生アルバムに目を通し、念入りに下調べをしたエイドリアンは、ヘクター・サングに狙いを定めた。

野菜のピザを食べていた痩せっぽちのアジア人学生は彼女を見て、黒縁眼鏡の奥のダークブラウンの目をみはった。

「ここに座ってもいい?」

「えっ」

エイドリアンは黙って微笑み、向かい側に腰かけた。「わたしはエイドリアン・リッツォよ」

「ああ、やあ」

キャラメルクリーム色の肌にゴージャスなブレイズヘアの女子学生が、ヘクターの隣で大きな黒い瞳をまわした。「彼はヘクター・サングよ。このテーブルにはわたしたち以外誰も座らないのにって、彼は思ってるわ。わたしはティーシャ・カークよ」

彼女はシルバーのごつい指輪をした親指でエイドリアンの隣の少年を指した。顔を赤らめながら警戒している少年を。「その赤毛がローレン・ムーアヘッド——三世よ。あと五・三秒でそこをどかないと、あなたもオタク菌に感染して永遠に社会ののけ者になるわ」

　エイドリアンはティーシャのことも念入りに下調べしていた。彼女は恐ろしいほど優秀なインテリだが、正真正銘のオタクだ。全米優等生協会や全米育英会奨学金のミーティングよりも、『ダンジョンズ＆ドラゴンズ』のトーナメントや『ドクター・フー』の一挙放送に興味を示す。

「ふうん」エイドリアンは肩をすくめ、サラダにレモンを搾って、ひと口食べた。

「もう時間切れみたい。ということで、よろしくね、ヘクター、ティーシャ、ローレン。ところでヘクター、あなたに提案があるの」

　彼のピザが皿に落ちて小さな音をたてた。「えっ、なんだって？」

「仕事の提案よ。映像を制作してくれる人が必要なんだけど、あなたはその手のことに興味があるそうね。だから、プロジェクトを手伝ってもらえないかと思って」

　ヘクターがさっとふたりの友人を交互に見た。「学校の課題のため？」

「いいえ、十五分の動画七本を含むシリーズを制作したいの。一日一本で一週間分になるシリーズよ。ナレーション入りのと、リアルタイムで音声を録音したものを作りたいわ。三脚にカメラを設置して、ひとりで作ろうかと思ったんだけど、それだとわたしが求めるような動画にならないの」

　ようやくヘクターがエイドリアンに目を戻した。そこには興味の色が浮かんでいた。

「どんな動画なんだい？」

「フィットネス・ビデオよ。ヨガとかダンスエクササイズとか、筋力トレーニングとか。それをＹｏｕＴｕｂｅに投稿するの」

「どうせぼくたちをからかってるんだろ」

エイドリアンはローレンのほうを向いた。頭皮近くまで刈りこまれた真っ赤な髪が縁取る牛乳のように白い顔には、そばかすが散っている。淡いブルーの目、ゆうに数キロは太りすぎの体。

本人が望めば、肥満解消を手伝えるのに。

「そんなことするわけないじゃない。わたしはただ、動画を撮ってくれる人が必要なの。一本につき五十ドル払うわ。七本だから三百五十ドルね。報酬額の交渉には応じるわよ、適度な範囲でなら」

「検討してみるよ。撮影はいつから始めたいんだ？」

「土曜日の朝から――というか夜明けよ。夜明けや夕暮れどきに撮影したいの。自宅にうってつけの大きなテラスがあるから」

「ぼくにはアシスタントが必要だ」

エイドリアンはまたサラダを食べ、考えこんだ。「動画一本につき七十五ドル。それをアシスタントと好きなように分けてちょうだい」

「夜明けって何時だ？」ローレンがきいた。

事前に時刻を調べていたエイドリアンが答える間もなく、ティーシャが言った。「土曜日の日の出時刻は午前六時二十七分。日の入り時刻は東部夏時間で午後七時二十分よ」

「どうして知ってるのかなんて、きかないほうがいい」ローレンが忠告した。「とにかく、ティーシャはそういうことを知ってるんだ」

「すごいわ。手伝ってくれるなら、夜明けまでに機材を設置したりあれこれ準備したりできるように来てちょうだい。自宅の住所を教えるわ。それと、ここに大まかにまとめた台本が入ってるから」

エイドリアンはポケットからUSBフラッシュメモリを取りだし、ヘクターのトレイの横に置いた。「目を通して考えてみたら、返事を聞かせて」

「あなたのお母さんは〈ヨガ・ベイビー〉の社長なのよね？」

エイドリアンはティーシャにうなずいた。「そうよ」

「だったら、どうしてお母さんのスタッフに手伝ってもらわないの？〈ヨガ・ベイビー〉には制作会社があるでしょう」

「これは自分自身のために作る、わたしの作品だからよ。もし仕事を引き受けてくれるなら、あなたたちを通すようにドアマンに伝えておくわ。きっとこのプロジェクトで週末が丸二日つぶれると思うわ。もしかしたら、もっと長くかかるかも。撮影後の編集作業にどのくらい必要かわからないから」

「台本に目を通してみるよ。たぶん明日には返事ができると思う」ヘクターが小さく微笑んだ。「気づいてると思うけど、これでもうきみの学校での評判はがた落ちだ。それだけのリスクを冒す価値があったならいいけど」

「わたしもそう願うわ」

それから放課後まで、エイドリアンはにやにや笑いや嫌味《いやみ》や忍び笑いを無視して過ごした。

ようやく校舎の外に出ると、ヘクターとその仲間が追いかけてきた。

「エイドリアン、きみの企画の概要をざっと見てみたよ。これならできそうだ」

「よかったわ」

「それで、実際に引き受ける前に撮影現場を見せてもらいたいんだ。きみが望むような撮影に適してるか、確かめるために」

「もし時間があるなら今から案内するわ。ほんの数ブロック先だから」

「ああ、今からでかまわない」

「わたしたち全員でお邪魔するわ」ティーシャが言った。

「ええ、どうぞ」

「ところで……」ヘクターはエイドリアンと肩を並べて歩きながら眼鏡を押しあげた。「空き時間にきみのお母さんのビデオを二、三本見てみたよ。最高のクオリティーだった。ぼくもいい機材は持ってるけど、きみのお母さんがスタジオ撮影で使用したものには及ばない」

「母と同じような動画を撮りたいわけじゃない。わたしは自分自身の作品を作りたいの」

「ぼくはきみのお母さんや、きみについてちょっと調べてみたよ」

エイドリアンは肩越しにローレンを振り返った。

ローレンは討論《ディベート》クラブに所属するオタクだ。体育の授業ではどのチームからも敬遠される一方、風紀委員には自分から立候補して、あれこれ口を出したいタイプだろう。

「それで?」

「世の中には常に人をだます連中がいる、だから調べておきたかったんだ。きみのお母さんは本当にきみのお父さんを殺したのか?」

エイドリアンがそのことをつつかれるのはこれが初めてではないが、ローレンほど単刀直入に尋ねた人はいなかった。

「あの人はわたしのお父さんじゃなくて、生物学上の父親よ。それに、あのとき彼はわたしを殺そうとしていたの」

「なぜそんなことを？」

「卑怯《ひきょう》な酔っぱらいで、たぶん頭がいかれてたからじゃないかしら。わからないけど、あの人を見たのは、あれが最初で最後よ。もう十年近く前のことだし、今回のプロジェクトとはまったく関係ないわ」

「もう、ローレンったら、よしなさいよ」ティーシャがローレンを思いきり肘打ちした。「あなたのおじさんだってインサイダー取引で刑務所に入っていたでしょう」

「まあね。だけど、あれはホワイトカラーの犯罪で――」

「白人の血を守り続けてきた一族の子息がいかにも口にしそうなことね」ティーシャが言い返した。「ローレンの家はWASPのなかでもとびきりのWASPなの。三代続く上流階級で、高収入の弁護士の家系よ」

「だから議論好きなのね」エイドリアンが言った。

「そうなの。あなたが〝上〟と言えば、ローレンは〝下〟と言い、それについて一時間は議論するわ」

「自分の立ち位置によって〝上〟が何を指すかは異なる」

ティーシャがまたローレンを小突いた。「彼を焚《た》きつけないでね」

「さあ、着いたわ。なかに入って、上へあがりましょう。こんにちは、ジョージ」

ドアマンがエイドリアンに満面の笑みを向け、ドアを開けた。「今日の学校はどうでしたか？」

「いつもどおりよ。彼はヘクター。それからティーシャとローレンよ。三人とも、これからときどきわが家へ来ることになると思うわ」

「わかりました。みなさん、よい一日を」

居住者用の小さな店舗が並ぶ、いい香りのするロビーを横切ると、エイドリアンは電子キーを取りだした。複数のエレベーターを通り過ぎ、ペントハウスAの専用エレベーターの前で足をとめる。

「もしあなたたちが土曜に来ることになったら、警備員とフロントデスクに名前を伝えておくわ。フロントデスクから電話がかかってきたら、あなたたちがあがってこられるようにエレベーターのロックを解除するから」

「きみは何階に住んでいるんだい？」エレベーターに乗りこみながら、ローレンがきいた。

「四十八階よ。そこが最上階なの」

「まあ、大変」ティーシャは青ざめたローレンの横でつぶやいた。「彼は高所恐怖症なの」

ローレンについて事前に調べたとき、その情報は出てこなかったため、エイドリアンは本気で同情し、ローレンのほうを向いた。

「ごめんなさい。あなたはテラスに出なくても大丈夫よ」

「別に、たいしたことじゃない」ローレンは両手をポケットに突っこんだ。「たいしたことじゃないよ。ぼくなら大丈夫、大丈夫だ」

その言葉を裏切るように、早くも彼の右のこめかみに小さな汗の粒が浮かび、頬を伝っていた。

だが、エイドリアンは見て見ぬふりをした。誰だって恥ずかしい思いはしたくないはずだ。

「土曜日は別のエレベーターを利用してちょうだい。それに乗れば、わが家のメインフロアの玄関に到着するわ。こっちへ来るには電子キーと暗証番号が必要なの」

ティーシャが眉を動かした。「見せびらかし屋《スワンク》ね」

エイドリアンは肩をすくめた。「母はおしゃれ好き《スワンク》なの」

エレベーターの扉が開くと、リナのホームジムが現れた。鏡張りの壁に沿って並ぶダンベルのラック、その両脇のラックや戸棚にはバランスボール、ヨガマット、ヨガブロック、エクササイズバンド、縄跳び用の縄、筋力トレーニング用のメディシンボールやケトルベルがおさめられている。

壁に設置された巨大な薄型テレビ、その下の細長いガス暖炉。こぢんまりとした開放的なキッチン、エナジードリンクがぎっしり詰まったワインセラー。ガラス戸のキャビネットには、〈ヨガ・ベイビー〉で販売している水のボトルが並んでいる。

ガラスの壁の向こうに広々としたテラスとその先の街並みが見えた。

「マシンはないの?」ティーシャがホームジムを歩きまわりながらきいた。

「母の世界では、自分自身の体がマシンなの」

「有機物と機械は別物よ」

「ターミネーターは有機物と機械の両方の側面がある」ローレンが指摘した。

「スカイネット(『ターミネーター』に登場する架空のAIコンピューター)が誕生するのは、まだずっと先の未来よ」ティーシャが指摘した。「でも、あなたのお母さんが言いたいのは、自分の体と体重を利用して体を鍛えるってことよね」

エイドリアンは一拍置いてから口を開いた。「そのとおりよ。バスルームを使いたければ、キッチンの左側の先にあるわ」鍵を開けて、ガラス戸を開いた。「動画はここで撮りたいの」

「すばらしい」ヘクターがテラスに出た。「すばらしいよ。家具はどかしてスペースを作ろう」デッキの上のカバーがかかったジャグジーからモーター音が聞こえる。彼はそちらをちらっと見て言った。「その電源も切っておこう。こんな高層階でも、街の騒音がある程度は聞こえるんだな。だけど、それはそれで雰囲気が出ていいだろう。ここから撮れば、背後の川も映りそうだ」

「それに日の出も」エイドリアンが言い添えた。「夕暮れどきの撮影は、別の角度にしましょう。そうすれば、クライスラー・ビルディングやエンパイア・ステート・ビルディングが見えるから。午前中や午後は、どの角度から撮るのが一番かまだわからないの。でも、いろんな角度から撮影したいわ」

「ああ、いいね。光を反射させる機材を貸してもらえないか、父さんにきいてみるよ。もしかしたらいいカメラも使わせてもらえるかもしれない」

「ヘクターのお父さんは撮影技師なんだ」ガラス戸のすぐ手前でたたずんでいるローレンが口を開いたものの、テラスには出てこなかった。「彼は今、刑事ドラマの『ブルー・ライン』を撮影してる。ところで、ここには健康飲料以外の飲み物は何かあるかい？　たとえば、炭酸飲料とか？」

「炭酸飲料はこの家では禁止されているの——でも、土曜日のために買っておくわ。メインフロアのキッチンに行けばジュースがあるわよ」

「ぼくはジュースを飲まなくても生きのびるよ」

「オーケー、それじゃ……」ヘクターはさらに歩きまわって、さまざまな角度を確認した。「シリーズのうちの一本をリハーサルできるかな？　どんな感じか確かめておきたい」

「もちろんいいわ。それなら、わたしは着替えないと。この格好じゃエクササイズはできないから」

「じゃあ、着替えてきたら？」ティーシャが言った。「わたしとヘクターで家具の一部を移動するわ。そのあいだに、ローレンもコーラか何かを買いに行けるし」

「お店ならロビーを出てすぐのところにあるわ」エイドリアンは室内に戻ると、バックパックから十ドルを取りだした。「わたしのおごりよ」

「やった」

エイドリアンがヨガパンツとタンクトップに着替えて戻ると、ヘクターとティーシャによってテーブルとソファふたつずつと椅子一脚がテラスの端へと移されていた。

エイドリアンは南東を向くようにヨガマットを広げた。

「このあいだ試してみたの。この角度なら、わたしと川と日の出が画面におさまるはずよ」

「試しに、ぼくのカメラで動画を撮ってみよう。夜明けとは光やなんかが違うけど、タイミングや角度は確認できるから、今後の計画を立てやすい」

「ぜひそうして」エイドリアンはエレベーターの扉が開くと振り返った。ローレンがエイドリアンのバックパックの上に電子キーを戻し、キッチンカウンターに紙袋を置いた。

「コーラとポテトチップスやなんかを買ってきたよ」

母のことが頭をよぎり、エイドリアンは思わず噴きだした。「引っ越してきて以来、この家にコーラとポテトチップスが持ちこまれたのは初めてよ」

「きみたちはいったい何を食べているんだ？」

「おやつにってこと？」エイドリアンはコーラを配るローレンに微笑んだ。「フルーツや生野菜、ひよこ豆のペースト《フムス》、アーモンド。オーブンで焼いたスイートポテトフライもときどき許されるわ。そんなに悪くはないわよ。わたしは慣れてるから」

「きみのお母さんはすごく厳しいな」

「フィットネスと栄養が、母の信条なの。母も自ら実践しているから、あまり文句は言えないわ。さてと」エイドリアンはヨガマットに歩み寄った。「前に話したとおり、このルーティーンは無言で行い、あとでナレーションをつけたいわ」

「十五分よね？」ティーシャが携帯電話を取りだした。「わたしが時間を測るわ」

エイドリアンはこのルーティーンを数えきれないほど練習し、目標に達するまで調整してきた。これは太陽への優しく美しい挨拶だ。

彼女は心を解き放った。

母と一緒に撮影していたおかげでカメラやスタッフに慣れていたため、ヘクターたちのことは気にならなかった。死体のポーズでルーティーンを終えると、口を開いた。

「居眠りしたんじゃないかと思われないために、この部分は説明を入れるわ。ナレーションで、呼吸法や、頭を空っぽにして体を完全に解き放つ方法を解説するつもり。爪先から足首、向こうずね、上体までをリラックスさせ、息を吸うときに淡い色や光を思い浮かべ、息を吐くときに闇やストレスを体から締めだす方法を」

「残り九十秒よ」ティーシャが告げた。

「了解。死体のポーズを好きなだけ続けるように告げたあと……」

エイドリアンは両腕を頭上にのばし、脇腹を下にして両膝を引きあげた。なめらかに身を起こすと、ヨガマットの中央であぐらを組んだ。

「瞑想のポーズ」右のてのひらを左のてのひらに重ね、両方の親指を触れあわせる。「息を吸って、吐いて……」おなかの前で腕を組み、上体を伏せた。「自分自身に感謝しましょう。ここに集い、ルーティーンを行ったことに、そして……」

ふたたび上体を起こし、左右のてのひらを胸の前で合わせてお辞儀をした。「ナマステ。以上よ」

「十五分と四秒」ティーシャは唇をすぼめてうなずいた。「上出来だわ」

「きみは本当に体がやわらかいな」じりじりとテラスに出てきたローレンは、ソファに座ってポテトチップスを食べていた。「ぼくは爪先にも手が届かないよ」

「柔軟性は重要よ。実は、柔軟性のある人は体がかたい人以上にやらないと、まったく効果が得られないの」わたしならローレンを手助けできる、とエイドリアンはまた思った。「ちょっと立って、自分の爪先にさわってみて」

「恥ずかしいよ」

「やってみないほうが恥ずかしいわ」

ローレンはエイドリアンに懐疑的なまなざしを向けながらも、体を折り曲げて両腕をのばした。その指先は爪先から十五センチ以上離れていた。

「体がのびているのを感じるでしょう」

「くそっ、ああ！」

エイドリアンはローレンのポーズをまねた。「わたしは手が床に触れないと何も感じられないの」てのひらを床につけると、鼻が膝に触れた。「これでやっとわたしたちは同じ効果を得られるようになった。さあ、上体を起こして、息を吸って。そうじゃないわ、息を吸うときは風船をふくらませるつもりで肺を満たし、おなかをふくらませるの」

「ぼくのおなかは四六時中ふくらんでるよ」ローレンが笑うと、ほかのふたりも笑ったが、エイドリアンはただ微笑んだ。

「とにかくやってみて。風船をふくらませるように息を吸って。今度はその風船をしぼませるの。背骨に向かっておなかをへこませながら、体を折り曲げて爪先に触れてみて」

ローレンがやってみると、エイドリアンはうなずいた。「さっきよりもう二、三センチ近づいたわ。呼吸よ。呼吸が一番重要なの」

彼女が振り返ると、ヘクターが壁にもたれて撮影した動画を眺めていた。

「どう?」

「悪くない。じっくり確認して角度を検討するよ。父さんに頼んで機材も借りてくる。マイクをつけないといけない場面もあるよな、この動画シリーズについて紹介するときとか、オープニングとか」

「ええ、それも練習してるわ。ありがとう」エイドリアンはティーシャがさしだしたコーラを受け取ると何も考えずに口をつけ、はっとして目を閉じた。「ああ、なんておいしいの」

「ぼくはあと二十分で帰らないと」ヘクターは動画の再生を停止した。「それまでに、オープニングとつなぎの部分を確認できるかな」

「明日、改めてアイデアを出しあったらどうかな」ローレンはまた爪先へと手をのばした。「もしきみが二日連続でぼくらと一緒に過ごすリスクを冒してもかまわないなら、ランチタイムに集まろう」

「ええ、かまわないわ」

三人が立ち去り、エイドリアンは空のコーラのボトルやポテトチップスの袋を捨てながら悟った。自分の企画のための制作チームを見つけただけじゃない。仲間を見つけたのだ。

一同はランチタイムに集まってアイデアを出しあい、リハーサルをして、放課後になると詳細を詰めた。

金曜日の夕方、エイドリアンはピザを注文して飲み物を用意した。そして、仲間とともにヘクターが調達した機材を設置した。バーンドア付きライトスタンド、夕方の撮影用のフィルター、間接照明《バウンスライト》、午後の撮影用のアンブレラ、マイク、ケーブルなどを。

一同はヘクターがどうにかもらうか借りるかした機材で、急ごしらえのスタジオを作った。

その後、メインフロアのダイニングルームでローレンが用意した八〇年代ロックのプレイリストを聞きながら、みんなでピザを食べた。

ワム！の〝わたしを起こして！〟という歌声に、エイドリアンはとうとうきかずにはいられなかった。「どうして八〇年代なの？」

「なぜ八〇年代じゃだめなんだ？」

「だって、当時わたしたちは誰も生まれてないじゃない」

ローレンが人さし指で指した。「だからだよ。これは歴史だ。音楽史だ。次は九〇年代のプレイリストを作ろうと思ってる。ぼくらが生まれた時代の社会の構図や、音楽がそれにどう関わっているかを分析するためにね」

「まさにオタクね」

「ああ、それは認めるよ」ローレンはまたピザをひと切れ頬張った。「ぼくは音楽好き《ミュージック・マン》なのさ」

「『ミュージック・マン』」ティーシャがピザを食べながら言った。「一九六二年公開の映画版には、ロバート・プレストンとシャーリー・ジョーンズが出演した。プレストンは一九五七年のブロードウェイ版でも主演を務め、マリアン役はバーバラ・クックだった」

「どこでそんなことを知ったの?」エイドリアンは驚きに目を丸くした。「それに、どうして知ってるの?」

「ティーシャは読むだけで記憶できるんだ」ヘクターが説明した。

「そうか、じゃあブロードウェイ・ミュージカルのプレイリストも作るべきだな。それこそ、まさにオタクだが」

「ああ、たしかに」ヘクターは周囲を見まわした。「それにしても、すごい家だな」

「よく言うわ、あなただって二週間ごとにこことさほど変わらない豪邸かペントハウスで暮らしているくせに」ティーシャがコーラをごくごく飲んだ。

ヘクターは黙って肩をすくめた。「両親が離婚したから、両方の家を行ったり来たりしてるだけさ。両親の再婚相手はどちらもまあいい人たちだよ、今のところは。それに、父さんの再婚によって弟ができ、母さんの再婚で妹ができた。ふたりともいいきょうだいだ」

「わたしも以前はきょうだいがほしかったわ。その願いは決してかなわないから、諦めざるを得なかったけど。あなたにもきょうだいがいるの？」エイドリアンはティーシャに尋ねた。

「ええ、兄がふたりいて、両親は今も熱々よ。ふたりの兄は普段は問題ないけど、たまに頭に来ることもあるわ」

「ぼくは妹がいる」ローレンはピザのペパロニを一枚はがして口に放りこんだ。「妹は十歳だ。両親が数カ月別居して、よりが戻ったあと、プリンセス・ロザリンドが生まれた。妹はちょっと生意気なんだ」

「ちょっと？」ティーシャが噴きだした。

「たしかに、妹はすごく生意気だ。でも、人一倍甘やかされてるから妹ばかりが悪いわけじゃない。きみはひとりっ子だよね」ローレンがエイドリアンに言った。「当然、母親を独り占めしてきたんだろう」

「母を独占していたのはキャリアよ、わたしはおこぼれをもらってただけ。でも、それでよかったの」エイドリアンはあわてて言った。「おかげで母に干渉されることはほとんどないし。それに、わたしは自分自身のキャリアを築くつもりだから。あなたたちのおかげでその第一歩が踏みだせるわ」

「そして、ＹｏｕＴｕｂｅのスターになったら……」ティーシャは大げさに重々しいため息をついた。「あなたはイケてる子たちのテーブルに座り、わたしたち三人は相変わらずオタクってわけね」

「そんなことありえないわ。わたしはオタクのテーブルに座り続けるから、オタクの名誉会員にしてもらわないと」

「名誉会員だなんてとんでもない。きみは立派なオタクだよ」ヘクターが言った。「あえてキャロットジュースを飲み、グラノーラを食べてるんだから。そのうえ、お母さんが二週間留守だっていうのに、羽目を外すどころか働いてる。きみはフィットネス・オタクだ」

エイドリアンはどんな基準であっても自分をオタクだと思ったことはなかったが、就寝前のヨガを行って十時前にベッドにもぐりこんだとき、その言葉が自分に当てはまっていることに気づいた。

おまけに、それがいやではなかった。

5

四人は土曜日の夜明け前から作業を開始した。エイドリアンは事前にジュースやベーグル、新鮮なフルーツを用意した。友人が三人とも高級なコーヒーを好むと知り、カプセル式コーヒーメーカーも調達した。

母は自宅でのカフェイン摂取を厳しく禁じているので、コーヒーメーカーは後日自分の部屋にしまわなければならないだろう。

エイドリアンは一本目の動画に満足し――朝日は完璧だった――、次の動画の撮影前に着替えて髪型も変えることにした。

ティーシャがスタイリストとして彼女に付き添った。

寝室のドアを閉めたとたん、エイドリアンが臆面もなく真っ裸になっても、ティーシャは驚いていたとしても、それを顔に出さないようにしていた。

「髪を後ろに流してピンでとめられるか試してみるわ。でも、ハードタイプのスプレーでガチガチにかためない限り、ダンスエクササイズ中にきっとほつれてしまうでしょうね」

エイドリアンがふくらはぎ半ばまでのぴったりしたレギンスをはいていると、ティーシャが唇をすぼめた。「サイドを編みこみにして、ピンで後ろをとめたらどう?」

「編みこみ?」エイドリアンはレギンスとおそろいのブルーのスポーツブラを身につけた。「この髪で?」

「わたしは黒人女性のヘアスタイルをしているでしょう。このブレイズヘアを見て。自分でも編みこみができるのよ。ここにはどんなスタイリング剤があるの?」

エイドリアンは鮮やかなピンクのタンクトップを着た。ダンスエクササイズはヒップホップ風にしたので、チェックのパーカーを腰に巻きつけ、ハイトップ・スニーカーを履いた。

「ありとあらゆるスタイリング剤があるわ、必死だったから」

「座って。わたしにまかせてちょうだい」

そして、ティーシャは見事にやってのけた。エイドリアンはできあがったヘアスタイルに驚嘆して、鏡を凝視した。「信じられない。奇跡だわ。キュートでファンキーだけど、控えめで。ぜひやり方を教えてちょうだい」

「いいわよ」ティーシャは鏡に向かって微笑んだ。「ほかの女の子がブレイズヘアの仲間に加わってくれてうれしいわ。ねえ、リッツ、もしよかったらわたしにもヨガをちょっと教えて。なんだか楽しそうだから」

「ええ、楽しいわよ。あなたにヨガを教えてあげる」

ダンスエクササイズの撮影も楽しかった。ローレンが音響を担当し、ヘクターが撮影し、ティーシャがふたりのアシスタントを務め、三度目の撮影で全員が納得するものができあがった。

エイドリアンが注文したランチが届くころには、三本の動画を撮り終えていた。ディナーの前にさらに二本撮影し、その日は日没時のヨガで締めくくった。

「一日でこんなに作業が進むとは思わなかったわ。あとは全身エクササイズとナレーションとこのシリーズの紹介部分ね」エイドリアンは屋外のソファに倒れこんだ。

「ボーナス特典として十分間の腹筋エクササイズを追加してもいいかも」

「コピーを作らせてもらうよ」ヘクターが言った。「ちょっと加工してみたいんだ」

「どんなふうにするの？」

「いろいろ試してみるつもりだ。オリジナルがあるから、うまくいかなくても問題ない。明日は十時開始でいいかい？　この調子なら、午後一時か二時には終わるだろう。編集作業を行って、来週末には投稿できる。何か撮り直しが必要になっても、まだ間に合う。これならうまくいきそうだ」

「すごいわ」

三人がランチやディナーの残りを食べ尽くして立ち去ったころには、真夜中近くになっていた。エイドリアンはベッドで大の字になり、暗闇のなかで微笑んだ。今や友達ができ、仕事があり、人生の道が開けた。そして、ここからどこへ向かって進めばいいのかもわかった。

翌日、三人がやってくると、エイドリアンはまずこのシリーズを紹介するパートに取りかかった。それなら、汗をかいたり着替えたりせずにすむからだ。街並みを背景にして、カメラをまっすぐ見つめた。

「こんにちは、わたしはエイドリアン・リッツォです。今からこの『アバウト・タイム』シリーズについてご紹介します」エイドリアンはなめらかに語り始め、各動画の内容に触れたあと、一本十五分という長さで、一本もしくは複数の組みあわせでエクササイズを行うことが可能だと強調した。

「きみは話すのがうまいな」ヘクターがエイドリアンに言った。「ときどき父さんの撮影現場に行くけど、俳優が一回の撮影でオーケーをもらうことは決して――まあ、めったにないよ」

「事前に練習したのよ。何度も」

「さっきのでよかったけど、念のためもう一度撮影しよう。今度はもっと動きまわってかまわないよ。ちゃんとカメラで追うから」

　正午には撮影が終わった。一同は家具をもとの位置に戻したあと、三階分の居住スペースのなかでもっとも静かな部屋に――リナの衣装部屋に――場所を移した。

「ワオ」ティーシャは目をみはりながら、完璧に整理整頓された衣装部屋を歩きまわった。「ここの服、すごいわね。わたしの母も相当な衣装持ちだと思っていたけど、あなたのお母さんの足元にも及ばない。おそらく……」左右に目を走らせた。「靴が百足はありそうね。スポーツシューズは二十六足あるけど、どれも色合いがすてき」

「以前、母がビデオ撮影やテレビ出演をするときに身につけてほしいとフィットネス・ウェアや靴をもらうことがよくあったの。衣装提供した会社はＤＶＤにクレジットが載り、母はただでウェアをもらえたってわけ。でも、今は自社製品があるから」

　いずれわたしも、とエイドリアンは思った。いつか自社製品を持ちたい。

　エイドリアンは部屋の中央に立ち、その前の棚にヘクターのノートパソコンが開いた状態で設置された。一本目のヨガの動画を流すためだ。

「マイクにはポップノイズフィルターがついてる」ヘクターがマイクをスタンドに取りつけながら、エイドリアンに説明した。「パピプペポのノイズは避けたいからな。これは父さんから貸してもらった。それに、ヘッドフォンも。みんなヘッドフォンをつければ、完全に無音になる。おならをしたくなっても控えてくれよ。ローレンが音響担当だ。彼が録音を開始して、ぼくが合図して撮影を始めたら、話し始めてくれ」

「わかったわ」

エイドリアンはヘッドフォンをつけ、ゆっくりと穏やかに呼吸した。ヘクターに人さし指を向けられたのを合図に、口を開いた。

「太陽礼拝のポーズ。マットの端に立ちましょう」

エイドリアンがナマステと告げて終了すると、ヘクターは一拍置いてから、ローレンに録音停止の合図をした。「まさに完璧だよ。ローレン、ちゃんと全部録音したよな？　今のは最高だった！」

「音声もよかったよ。ここは四方を壁に囲まれてるから、本当に静かだね。それに、彼女は――きみは、エイドリアンは――心が安らぐ声だった」

「だったら、計画どおりよ。この調子で夕暮れどきの動画の分も録りましょうか？」

「もちろんだよ！」ヘクターがこたえ、機材を設置した。

すべてが終了すると、ローレンがヘッドフォンを外して両方の親指を立てた。「最高の出来だ！」

「映像を再生して、父さんが言ったとおり全部うまくいったか確認しないと。まあ、何か失敗していたとしても、父さんに電話すれば、ひとつひとつ対処法を教えてくれるってさ」

「いいお父さんね」エイドリアンが言った。

「ああ」

「じゃあ、階下《した》に行きましょうか」エイドリアンは息を吐きだしながら肩をまわした。

「椅子に座って、動画を再生して確認しましょう」

「それに、ピザも注文しないと」

エイドリアンはローレンに目を向けた。「金曜日に食べたじゃない」

床から立ちあがると、ティーシャが小首を傾《かし》げた。「だから？」

「オーケー、ピザを注文するわ」

コーラは事前に買い置きしてあるものの、母が帰宅する前にその痕跡を消しておかないと。エイドリアンはやや不安を覚えた。コーラのおいしさに目覚めてしまい、コーラ断ちするのは難しそうだ。

でも、ヘクターが動画再生の準備をするあいだ、ティーシャの隣のソファに座りながら、それだけの甲斐《かい》はあったと思った。すべてそれだけの甲斐はあった。

「本当にあの話し方で大丈夫だった？　退屈じゃなかった？」

「穏やかな声だったわ」ティーシャが答えた。「あなたの声を聞いていると気持ちが落ち着くわ、リッツ」

「心が安らぐ声だったよ」ヘクターが同時に言った。

「それぞれのポーズの指示は的確だった？　あっ、ちょっと待って。確かめてみましょう。ヨガマットを二枚取ってくるわ。ティーシャとローレンにやってもらうから」

「えっ？　ぼくはあんなことできないよ」

エイドリアンはローレンを一瞥し、階段を駆けあがった。「どうしてそんなことがわかるの？　それに、間違っていたら直してあげる。そのあと、ヘクターとわたしが夕暮れどきの動画のほうをやるから」

ヘクターは口を開いて抗議しかけたが、エイドリアンはすでに三階に消えていた。

「あんなことできないよ」ローレンは繰り返し、ふたりの友人を交互に見た。「吐くか、何か壊しそうだ」

「ばかなことを言わないでちょうだい」エイドリアンがヨガマットを持って駆け戻ってくると、ティーシャは立ちあがった。

「これは必要な確認作業よ。それぞれの動画を確認するの。もっと前に気づくべきだったわ。テラスでやりましょう。空気が新鮮だし、広いスペースがあるから」

「わたしはやるわ」ティーシャが開いたドアからメインフロアのテラスに出た。「ほら、ローレン。勇気を出して」

「もし吐いても、ぼくのせいじゃないからな。それに、高所恐怖症でめまいを起こすかも」

『めまい』、一九五八年公開。アルフレッド・ヒッチコックの傑作映画、ジミー・スチュアートとキム・ノヴァクが出演」ティーシャが肩をすくめた。「テレビで観たのよ」

ローレンは吐かなかったが、何度もうめいた。それに、エイドリアンが彼に近づいて腰や肩に触れながら姿勢や位置を直すたび、顔を赤らめた。

「いい感じだわ」エイドリアンはヘクターにつぶやいた。「これなら大丈夫そうね。ふたりとも完全な初心者だけど、動画の指示にしたがって動けてる。あとは細かいところに注意しながら練習を積めばいいだけね。でも、それがヨガなの。練習はずっと続く、だから……。ピザが来たみたい。取ってくるわね」

エイドリアンは室内のテーブルに置いていたお金をつかみ、うきうきしながら玄関へ直行した。

だが、ドアを開けたとたん、凍りついた。

「ピザ・パーティーかい？」リナの広報責任者のハリー・リースがピザの箱をふたつ抱えていた。

皮肉を言うときやおもしろがっているときのように、ハリーの左眉が持ちあがった。黒のジーンズに黒のレザージャケット、淡いグレーのTシャツ、黒のブーツという格好の彼は、相変わらず小ぎれいでおしゃれだった。

「ハリー。あなたはまだ戻らないって……」

彼が小首を傾げた。「だから、まだ安全だと思っていたのか？」

「いいえ、そうじゃないわ。これはパーティーじゃなくて、仕事なの」

「ふうん」ハリーは玄関ホールに足を踏み入れた。百八十センチを上まわる長身に、完璧にスタイリングされたブラウンの髪、聡明《そうめい》なブラウンの目。かつてエイドリアンの祖母はその端整な顔立ちを見て、優秀な妖精が手がけた彫像のようだと評した。

「そうよ！　その目で確認してもらってかまわないわ」エイドリアンはピザの箱を受け取った。「わたしの友人兼仕事仲間よ」手で示したガラス戸の向こうには、今もルーティーンを行おうとしているティーシャとローレン、にやにやしながらふたりを眺めているヘクターの姿があった。

さらに、リビングルームにはコーラのボトルやポテトチップスの袋が散乱し、スニーカーや、誰かのパーカーも脱ぎ捨てられていた。

「お母さんに言われて偵察に来たの？」

「違うよ。今日の午後から明日までリナのスケジュールが空いたから、ちょっと用事を片づけるために二日ほど帰宅したんだ。それに、マーシュにも会いたかったし。ピザの配達員とは一階で鉢合わせして、それを受け取ったんだよ」

「ありがとう」

マーシュ——マーシャル・タッカーとハリーはつきあって三年になる。エイドリアンはふたりとも大好きだが、このタイミングの悪さを呪った。

「きみの友人たちに紹介してくれないのか？」

「もちろん紹介するわ。あのね、ハリー……」

「きみが友達を家に呼んだことを告げ口する気はない。きみが乱交パーティーを開いたのに、ぼくを招待しなかったのなら話は別だが」

「そんなことあるわけないでしょう。わたしたちは仕事をしていたの、本当よ。わたしが企画したプロジェクトをみんなに手伝ってもらってるの」

テラスに向かいながらみぞおちが震えたが、エイドリアンは精一杯自信満々の顔でガラス戸を開けた。「ねえ、みんな、ちょっといい？　ハリーを紹介するわ。彼は母の広報責任者なの」

三人ともとても罪悪感に満ちた顔をしていた。これ以上罪悪感を出すには練習が必要だろうと、ハリーは思った。

「やあ。野外ヨガのあとはピザ・パーティーか。楽しそうだね」

「ハリー、ヘクターとティーシャとローレンよ。学校の同級生なの」

つまり、エイドリアンにはもう友人ができたわけか。それはいいことだ——リナが娘を高校二年になるタイミングで転校させると決めたとき、エイドリアンの代わりに反論したハリーはそう思った。

「わたしたちは動画を撮影していたの」エイドリアンが続けた。「ヘクターが撮影担当よ――機材の一部は彼のお父さんに貸してもらったわ」

「ほう」ハリーはノートパソコンに歩み寄った。「どんな動画だい？」

「七本の動画からなるフィットネス・ビデオよ。それをＹｏｕＴｕｂｅに投稿するの」

「学校の課題で？」

「いいえ、学校とは関係ないわ」

「ぼくはもう休んでいいってことかい？」ローレンが髪をかきあげた。「汗だくになってきたよ」

ハリーがテーブルに歩み寄ってノートパソコンの画面をのぞくと、戦士のポーズ２を行うエイドリアンと背後の川とのぼる朝日の静止画像が映っていた。

「ワオ、すばらしい朝日だ」

「それが十五分の動画の一本目で、太陽礼拝のポーズを行うの。ちょうど今、確認していたところよ」

「ぼくにかまわず続けてくれ。きみがヘクターかい？」

用心深く押し黙っていたヘクターが眼鏡を押しあげてうなずいた。「イエス、サー」

「サーはやめてくれ。再生ボタンを押してくれないか？」

「はい、わかりました」

〝右手を見つめながら、てのひらを上向きにし、右腕をかかげながら、てのひらを見あげ、左脚の裏へと左腕をおろし、平和な戦士のポーズを行いましょう〟

「ぼくはコーラを取ってくる。誰かコーラを飲みたい人は？」ティーシャがローレンの言葉に目をみはった。

「なんだよ。ぼくは喉が渇いたんだ」「しいっ！」

「コーラは全員分あるのかい？」ハリーが画面のエイドリアンから目をそらさずにきいた。「ぼくももらおうかな。それに、ピザのいいにおいもするね。ひと切れくれたら、この件は黙っているよ」

「お皿とピザとコーラを持ってくるわ」ティーシャが名乗りをあげた。

「ありがとう。ねえ、ハリー」エイドリアンが言った。

「しいっ」彼はエイドリアンを制し、動画をしばらく見てから一時停止した。そして、ヘクターに目を戻した。

「きみがこれを撮影したのか？」

「イエス、サー。いえ、はい、そうです」

「きみは何歳だい？」

「ええと、十七です」

「きみはいったい何者なんだ、とんでもない天才か？」

ヘクターは肩をすぼめたが、ふっと力を抜いた。

「動画は七本だっけ、エイドリアン？」

「ええ、七本あれば――」

「そのうち何本撮り終えたんだ？」

「七本よ」

「嘘だろう。ほかのも見せてくれ」

「これはダンスエクササイズよ。８ビートに合わせてルーティーンを説明しながら行うのを、三回繰り返すの。音楽は著作権フリーの曲を使ったわ。ビートが必要なだけだから」

二本目の動画を見始めて五分経ったところで、ハリーはティーシャが持ってきてくれたコーラのグラスを受け取った。「着替えて髪型も変えたのか、さすがだな。それに、背景の街並みを別の角度から撮っているのもいい。照明や音響も。きみには存在感と才能があるよ、エイドリアン、昔からそうだったが」

ハリーは一時停止ボタンを押し、椅子の背にもたれた。「だから、これはＹｏｕＴｕｂｅには投稿するな」

「ハリー！」

「きみの母親が制作会社を所有しているのに、投稿なんかするな」

「これはわたしの動画よ。わたしたちが作ったの。母のものじゃないわ」

ハリーはコーラをゆっくり飲みながら、エイドリアンの頑固な表情をしげしげと見つめた。「きみには製品があり、リナにはそれに脚光を浴びせて売りこむ手段がある。残りの動画もこれまで見たものと同じくらいいい出来なら、きみに加勢してあげるよ。もしそうでなくても、同等の出来に仕上げられれば加勢する。ところで、この動画のタイトルは？」

「『アバウト・タイム』よ。わたしの会社の名前は〈ニュー・ジェネレーション〉。これを完成させたら、起業するわ」

ハリーはエイドリアンに微笑んだ。「きみの起業に協力するよ。だが、手元にあるものを利用しないなんて愚かなまねはするな。きみの母親のエージェントや、彼女の会社や、ぼくを利用するんだ。〈ニュー・ジェネレーション〉は成功するよ、今やその制作会社は〈ヨガ・ベイビー〉の傘下に入ることも可能だ。ＤＶＤにするんだよ、エイドリアン。きみはエージェントや弁護士や母親と詳細を詰めて、取引すればいい。

そうすれば前金を受け取れるし、売上の一部が懐に入る。最大限もらえるようにするよ——ぼくが交渉するから心配しなくていい。この件に関しては、きみの味方だ」

「あなたはいつだってわたしの味方だった」

「ああ、そのとおりだ」ハリーは座ったまま腕をのばしてエイドリアンを引き寄せた。「きみの面倒はちゃんと見るから信じてくれ」

「ええ、信じているわ」

「だったら、ぼくの言うことを聞くんだ。この件はぼくからリナに話す——すべての動画を確認したあとで」

エイドリアンはどちらの選択肢がいいか一生懸命考えた——本当は母親の手を借りずに自分だけの作品にしたいけれど……。「三人にも意見を口にする権利があるわ。一緒に作ったんだから」

「ああ。でも、これはきみのプロジェクトだ」ヘクターが思いださせるように言った。

「DVDになるなんて最高だよ。売上とか、ありとあらゆる面で。つまりぼくが言いたいのは……」ヘクターにじろりと見られて、ローレンはつけ加えた。「YouTubeも最高だけど、広い視野で考えれば……」

「ティーシャはどう?」

ティーシャは肩をすくめた。「ヘクターの言うとおり、決断するのはあなたよ。でも、わたしたちはすごくいいものを作ったわ。本当にいいものを」

エイドリアンはテラスの端まで移動して、しばらく街並みを見つめると、もとの場所に引き返した。「もしわたしたちがあなたの指示にしたがって、お母さんが生産販売を請け負ってくれたとしても、DVDのクレジットにはわたしの制作会社名を載せるわ。あなたの言うとおり、〈ヨガ・ベイビー〉の関連会社として。そして、制作責任者兼振付師はわたしよ」

「それが妥当だ」

「プロデューサー兼映像作家はヘクターで、プロデューサー兼音響担当はローレン、プロデューサー兼照明担当はティーシャよ。彼らに対して、その肩書きに見合う報酬を支払ってもらうわ」

「それって、いくらなんだ？」ローレンがつぶやくと、ヘクターが手を振ってさえぎった。

「さらに、後払いの報酬は売上の五パーセントよ。わたしたちそれぞれに対して」

「現実的に、きみのエージェントが提示する額は二パーセントだろう」

「それに関しては交渉しましょう。もしそこまでたどり着いたら」

「この手のDVDの価格は――長さからして二枚組になるから」ティーシャが小首を傾げ、空を見あげた。「二十二ドル九十五セント前後ね」

「エイドリアンの名はすでに世間に知られている」ハリーが指摘した。「二枚組なら、二十九ドル九十五セントというところだろう」

「オーケー。エイドリアンの経費や、制作費、カバーやケースの生産費、店頭割引、マーケティング・コストを見積もると……。純益は約十ドル五十セント、リサーチしたらその額が変わるかもしれないけど。その二パーセントってことは、二枚組一セットの売上につき、二十一セントがわたしたちそれぞれに支払われる。賃金とは別に。仮に十万枚売れたとして、ひとり当たり二万一千ドルの収入よ」

「〈ヨガ・ベイビー〉の傘下に入り、リッツォ・ブランドの新シリーズとして売りだせば——」ハリーはエイドリアンをじっと見つめた。「百万枚の売上が見込める」

エイドリアンは彼を凝視した。「二パーセントはいい数字ね」

「きみたちは全員天才なのか？」

「ぼくらはオタクなんです」ヘクターが答えた。

「オーケー、オタクたち、ピザを食べながら、きみたちの作品を見せてもらおう」

すべての動画に目を通し、おいしいピザがなくなったところで、ハリーは椅子の背にもたれた。「さてと、これはぼく個人の意見だが、きみたちはすばらしい作品を作った。ヘクター、このコピーをＤＶＤに焼いてくれないか？」

「もちろんです。データファイルをメールで送ることもできますけど」

「両方やってくれ。月曜の午後には飛行機に乗って、デンヴァーでリナと合流する予定だから、彼女にこの動画を見せて売りこむよ」ハリーは立ちあがって肩をまわし、テラスを歩きまわった。「今から生産やマーケティングを行い、流通させても、ホリデーシーズンの販売には手遅れだ。だが、年末に食べすぎた罪悪感からフィットネス商品の売上がピークに達する一月には間に合う」

ハリーは振り返った。「オタクたち、まだご両親にこのプロジェクトについて話していないなら、今こそ打ち明けるべきだ。きみたちが契約書にサインするには、彼らの同意が必要だからね」ポケットに手を突っこんでシルバーの名刺入れを取りだし、テーブルに名刺を数枚並べた。「何か質問があれば、ご両親からぼくに連絡してもらってかまわない。ヘクター、名刺のメールアドレスに動画ファイルを送ってくれ。それと、覚悟したほうがいい。ここからはあっという間だぞ」

ヘクターはコピーしたディスクに注意深くタイトルを書いた。「父さんはもう知っています。今日のこの展開は別ですが。実は、父は映像業界で仕事をしてるんです」ディスクをケースに入れて、ハリーに手渡した。

「そうか。じゃあ、ぼくはもう帰らないと。ピザをごちそうさま」

「代金を払ったのはあなたよ」エイドリアンはそう指摘し、彼を玄関まで見送ろうと立ちあがった。

「ああ、たしかに。どういたしまして」ハリーはエイドリアンの肩に腕をまわし、玄関へ向かった。「ミミは知ってるのかい？」

「いいえ」

「話したほうがいい。彼女もきみの味方になってくれるはずだ」

「わかったわ。でも、ハリー――」

「ぼくを信じてくれ」彼はエイドリアンの頭のてっぺんにキスをした。「きみをちゃんと守るから」

エイドリアンが玄関のドアを閉めた二秒後に、テラスから歓声があがった。続いて、ぎこちないダンスが繰り広げられた。

みんなはリナ・リッツォがどんな人物か知らないのだ。でも、心配するのはよそう、ハリーが味方になってくれたのだから。

エイドリアンは宙返りをした。


それから三十六時間後、上空三万フィートの機内でリナはハリーのノートパソコンで二本の動画を見た。ダラスに向かう飛行機のなか、彼女は炭酸水を――氷を入れずに――飲んだ。

「同じような動画が七本あるの？」

「ああ」

「ぴったり一時間におさまるように、エイドリアンは十分の動画を六本撮るべきだったわ」

「二枚組セットの一枚目は、紹介動画とオープニング、それとフィットネス動画三本、二枚目は動画四本だ。全部でちょうど二時間になる。十五分のほうが運動量も多いし、二本組みあわせれば三十分間のワークアウトになる」

「ダンスエクササイズで流れた音楽は何？　それに、あの衣装は？」

「ヒップホップだよ、リナ。新鮮で、エネルギッシュな、いい音楽だ。それに楽しい。エイドリアンはそれに合わせた衣装を選んだ」

リナは無言でかぶりを振ると、次の二本を再生した。目の前の交渉相手をよく知るハリーは黙っていた。

「あなたはこのことをまったく知らなかったの？」

「ああ。エイドリアンは自分自身で作ることにこだわっていた。彼女はチャレンジ精神旺盛で創造力に富み、仕事熱心だ。そして、この企画の実現に協力してくれる優秀な同級生を学校で見つけた。みんないい子たちだったよ」

「二時間一緒に過ごしただけで、そんなことまでわかるの？」

「ああ。それに、彼らのご両親とも話した。三人とも明らかにいい子たちで、優秀だよ。とてつもなく優秀だ」彼はつけ加えた。「エイドリアンは友達を作っただけじゃなく、彼らと特別なことも成し遂げたんだよ、リナ」

「そして、わたしの留守中に内緒でこんなことをしたくせに、わたしがその動画を認めるだけじゃなく、製品化するよう望んでいるのね」

「いや、そう望んでいるのはエイドリアンじゃなくて、ぼくだ。きみはこれをエイドリアンの裏切り行為と見なすこともできるし、娘が自分の力で何かを成し遂げることを——自分自身の力を証明するために——望んだと受け取ることも可能だ。だが、この動画を見て、エイドリアンがその力を証明していないと主張することはできないはずだ。彼女を誇りに思うべきだよ」

リナは炭酸水をじっと見つめてから、ひと口飲んだ。「別に、あの子の動画がひどい出来だなんて言う気はないわ。でも——」

「そこまでだ」ハリーは片手をあげた。「ケチはつけないほうがいい。それに、お互い知ってのとおり、これはすばらしい作品だ。きみやエイドリアンとの個人的な関係はいったん脇に置き、きみの広報責任者として言わせてもらう。エイドリアンの会社設立を手助けし、この二枚組ＤＶＤの生産を手がけ、彼女のブランドの普及を後押しするんだ。そうすれば、きみの会社はさらなる輝きを放つだろう」

「ティーンエイジャーのプロデューサーだなんて」

「それこそまさにセールスポイントなんじゃないか、リナ」ハリーはにやりとし、満面の笑みを浮かべた。「きみだってそこが黄金のセールスポイントだってわかっているはずだ。その話題性でＤＶＤは飛ぶように売れるだろう。プロデューサーがティーンエイジャーだってことは、いい宣伝材料になる」

「あなたの手にかかれば、土だっていい宣伝材料になるんでしょうね」

「ぼくは優秀だからね」ハリーは陽気にこたえた。「でも、これがすばらしい作品だってことはたしかだ」

「そうかもしれないわね。考えてみる。残りの動画も見て、検討するわ」

それに、ハリーの言うとおりだ。彼の言い分は正しい。ただ、リナはそれをあっさりと認めたくなかったのだ。

「もしあなたがニューヨークに戻って、わたしの家にふらりと立ち寄ってくれなかったら……。それで思いだしたけど、あのときは本当にいらいらしたわ、あなたが二日も休んだせいで」

「どうしても外せない予定があったんだよ。それは出発前に伝えただろう」

「わたしはデンヴァーにひとり置き去りにされたのよ」

自分のせいだとほのめかされて、彼は微笑んだ。「重要な用事だったんだ」

「明らかに、極秘のやましい用事だったのね」

「もう極秘じゃない」ハリーは息を吐いた。「マーシュとぼくには、代理母がいる」

「代理母?」リナは手にしていたグラスをあわててテーブルに置いた。「赤ちゃんを産んでもらうために?」

「ああ。きみが口を開く前に言わせてくれ。ぼくたちは彼女が妊娠十二週目に入るまで、この件を公言しないという条件に同意した。そういう決まりなんだ。代理母と契約したのは、家庭を築きたかったからだ。月曜日の朝、彼女の妊娠十二週目の検診に同行し――ぼくたちは心音を耳にした」

ハリーが目をうるませる。「ぼくたちは心音を聞き……」足元のブリーフケースを持ちあげて開くと、超音波画像を取りだした。「これがぼくたちの赤ちゃんだ。ぼくとマーシュの」

身を乗りだしたリナは超音波画像をじっと見つめ、こみあげる涙に目をしばたたいた。「胎児がよく見えないわ」

「ぼくもだよ!」涙交じりの笑い声をあげ、ハリーはリナの手を握りしめた。「でも、このどこかにぼくの息子か娘が映っている。そして、四月十六日かその前後に、ぼくは父親になる。マーシュとぼくはパパになるんだ」

「あなたたちはすばらしい父親になるわ。最高のパパに」リナは客室乗務員に合図した。「シャンパンをお願い」

「世界中に言いふらしたい気分だが、このことを打ち明けたのはきみが初めてだよ」

彼はリナの手を握った。「ぼくにプレゼントをくれないか、エイドリアンのＤＶＤを作ってほしい。きっと後悔はしないはずだ」

「わたしが感情的になっているときにつけ入るなんて、とんだ策士ね」彼女はため息をもらした。「わかったわ」

だからといって、娘に言いたいことがないわけではない。アドバイスを与え、こちらの要求にしたがってもらわないと。自宅があるビルにふたたび足を踏み入れ、荷物を運んでほしいとベルマンにチップを手渡したとき、リナは長いシャワーを浴びて、ツアー中には得られなかった八時間の睡眠をとることしか頭になかった。

だが、まずはやるべきことをやらなければならない。リナはそういうことをあとまわしにできない性分だった。荷解きをし、洗濯物をドライクリーニングに出すものと分け、靴やツアーに持参したひと握りの宝石をしまった。

次に、寒い地方へ行ったときのために持参したスカーフとジャケットをつるした。

階下へおりて、炭酸水をグラスに注ぎ、レモンのスライスを浮かべた。ちょうどそのとき、玄関のドアが開く音がした。いいタイミングだ。

玄関に向かうと、娘は涼しくなった気候に合わせて制服に薄手のジャケットを着て、片方の肩にバックパックを背負っていた。その顔には用心深い表情が浮かんでいる。

「ジョージからお母さんが戻ったと聞いたわ。おかえりなさい」

「ただいま」

ふたりは歩み寄ると、互いの頬に軽くキスをした。

「ちょっと腰をおろして、あなたのプロジェクトについて話しましょう」

「マディと話したの。お母さんが承認してくれたおかげで、彼女はわたしたちのエージェントになってくれたわ。マディによれば、近々契約書ができるそうよ」

「知っているわ」リナは腰をおろし、エイドリアンにもそうするよう手振りで促した。

「あなたを応援してくれたハリーに感謝しないとね」

「ええ、ハリーには心から感謝しているわ」

「最初からわたしに相談してくれていれば、そんな必要はなかったのに」

「もしお母さんに相談していたら、共同制作になっていたでしょう。わたしは望みどおり、自分自身の力でやり遂げた。厳密には、ヘクターとティーシャとローレンとともに」

「わたしが一度も会ったことのない、ほとんど知らない子たちね」

「すでにお母さんが三人について調べあげていないことで、何か知りたいことはある？」

「それについてはあとで話しましょう。あなたがこういうプロジェクトを行いたいんだったら、わたしは助言を与え、スタジオやプロのスタッフを提供できたわ」

「でも、それはお母さんのスタジオとスタッフでしょう。わたしはお母さんとは違うものを作りたいと望み、それを実現させた。しかも、いい出来だった。自分でもいい動画だとわかってるわ。お母さんのスタジオでお母さんのスタッフに撮影してもらうほど洗練されてはいないかもしれないけど、すばらしいことには変わりない。お母さんは一から会社を立ちあげた」リナがふたたび口を開く前に、エイドリアンは続けた。

「わたしはそうじゃないとわかってるわ。お母さんが立派な土台を築いてくれたおかげで、わたしはお母さんと違って恵まれた環境にいる。お母さんが扉を開いて押しあげてくれたおかげで、わたしは難なくこの業界に参入できたんだと言う人もいるはずよ。そこには真実も含まれているけど、わたしはこのプロジェクトを実現できるとわかっていたの。それに、自分自身の会社を立ちあげることができると」

「どうやって？　テラスで同級生と借りた機材を使って？」

「それは最初の一歩にすぎないわ。わたしはコロンビア大学に進学して、エクササイズ・サイエンスを専攻し、経営と栄養学を副専攻で学ぶつもりよ。もちろん、想定外の妊娠なんかする気はないわ。それに――」

エイドリアンは自分自身にショックを受けて言葉を切り、リナはびくっとして身を乗りだした。

「ごめんなさい。本当にごめんなさい、ひどいことを言ってしまったわ。わたしが間違っていたし、礼儀知らずだった。でも、お母さんのせいで、自分が望むことや望まないこと、自分がすることやしないことのすべてを正当化しなければならないと思ったの。でも、ごめんなさい」

リナはグラスを置いて立ちあがり、テラスのガラス戸に近づくと、ドアを開けて新鮮な空気を入れた。「あなたは自分で気づいてる以上に、わたしに似ているわ。ついていないわね。あの動画は上出来よ——お互い承知のとおり、あなたには才能があるわ。コンセプトと表現の仕方も興味深かった。ハリーが大々的に宣伝するだろうから、彼がお膳立てしてくれた宣伝活動に励みなさい、もちろんわたしも協力するわ。それでどうなるか、様子を見ましょう」

リナは背を向けた。「いつからこのプロジェクトを準備していたの？」

「半年前に思いついてルーティーンを考え、タイミングを推し量りながら、どうやって形にするか検討してきたわ」

リナはうなずき、グラスを置いたテーブルに引き返した。「まあ、様子を見てみましょう。わたしはシャワーを浴びたいわ。ディナーはデリバリーにしてもいいわよ」

「お母さんが好きなひよこ豆のカレーを作るつもりなの。ルームサービスやレストランの食事には飽きたんじゃないかと思って」

「そのとおりよ。ひよこ豆のカレー、楽しみだわ」

〈ニュー・ジェネレーション〉は、〈ヨガ・ベイビー〉の関連会社として一月二日に『アバウト・タイム』を売りだした。冬休みを宣伝活動に費やしたエイドリアンは、クリスマスを祖父母と過ごせなかったことを心底後悔し、もう二度とそんなことはしないと心に誓った。

最初の一カ月の売上で、自分の選択が正しかったことが証明され、今後もこの道をのぼり続けることになるとわかった。

そして、次のプロジェクトの企画に取りかかった。

リナは一枚の白い紙をじっと見つめた。そこにはブロック体の黒い太字で詩が印刷されていた。

墓石に薔薇《ばら》を手向ける人は
悲しみの奴隷だ。
だが、おまえには花も墓石もない、
わたしによって命を奪われ、ひとりぼっちになるからだ。

「これに入っていたの」エイドリアンは震える手で封筒を母にさしだした。「ＤＶＤのファンレター用の私書箱に届いていたから、放課後に回収してきたの。差出人の名前も住所もなくて」

「書いてあるわけがないわね」

「消印はオハイオ州コロンバスだった。どうしてオハイオ州のコロンバスの人がわたしを殺したがるの？」

「こんなの本気じゃないわ。ただのいやがらせよ。あなたが今までこういうものを受け取ったことがないなんて驚きだわ。わたし宛のものは、ハリーが保管してるわよ」

エイドリアンはその言葉に詩と同じくらいショックを受けた。

「脅迫状を？　お母さんには脅迫状のファイルがあるの？」

リナはタオルに手をのばした。エイドリアンがホームジムに飛びこんできたとき、彼女は新しいルーティーンの振付を考えている最中だった。

「脅迫状や、それに負けないくらい気持ちの悪いわいせつな手紙、ありふれた苦情が届いたわ」リナは便箋をエイドリアンに返した。「封筒にしまって、警察に通報し、コピーを取っておきましょう。現物は警察に渡すから。でも、この手の問題はなくならないわ。だから、ファイルにしまったら忘れることよ」

「誰かに死んだほうがいいと言われたことを忘れるの？　どうしてそんなことを願う人がいるの？」

「エイドリアン」リナはタオルを片方の肩にかけ、水のボトルに手をのばした。「世の中にはろくでなしがたくさんいるわ。嫉妬深く執着し、怒ってばかりいる不幸な人たちが。あなたは若くて美人で成功している。テレビに出演し、『セブンティーン』や『シェイプ』の表紙も飾った」

「でも……。お母さんは今まで脅迫状を受け取ったなんてひと言も言わなかった」

「そんなことを言っても意味がないでしょう。それに、この件で思い悩むのは無意味よ。その手紙はハリーに渡しましょう、彼が対処してくれるから」

「つまり、死の脅迫はこの仕事につきものってこと？」

リナはタオルをハンガーにかけ、ボトルを脇に置いた。「わたしが言いたいのは、あなたが受け取る脅迫状はこれが最後じゃないってこと。そのうち慣れるわよ。ハリーに電話しなさい。彼ならどうすればいいか知っているから」

エイドリアンがその場をあとにしながら振り返ると、母は鏡張りの壁に向き直り、筋力トレーニングのバーピーを再開していた。

ハリーに電話しよう。でも、自分がこんなことに慣れる日が来るとは決して思わない。

6

クリスマスの埋めあわせに、エイドリアンは翌年の夏、二週間祖父母の家に泊まった。マヤとも久しぶりに会い、年老いたトムとジェリーと戯れ、祖父母とともに庭やキッチンで過ごした。

祖父母がニューヨークの友人たち三人も一週間泊めてくれたおかげで、また動画を一本撮影できた。

広々としたポーチに座った祖父母が、屋外でヨガの撮影準備を進めるエイドリアンたちを見守っていた姿は決して忘れないだろう。朝、階下におりると、祖母がキッチンでコーヒーを飲みながらティーシャとおしゃべりしていた姿も。

やがて秋の訪れとともに新学期が始まり、木々が紅葉した。ハリーはエイドリアンの郵便物を確認したがったが、彼女は自分で目を通すと言って譲らなかった。不快な手紙やわいせつな手紙もあったものの、うれしいファンレターのほうがはるかに多かった。

だから、忘れはしなかったが、あの脅迫状のことはいったん頭から締めだした。

ワシントンDC、フォギー・ボトム

だが、詩人は忘れなかった。常にエイドリアンのことが怒りに満ちた忍耐強い頭から離れなかった。ただ、まだ時間はある。たっぷりと。それに、標的はほかにもいる。あの女の前に片づけなければならない標的が何人も。

エイドリアンはその積み重ねのいわば頂点だ。だが最高潮に達する前に、最初の一歩を踏みだす必要がある。

リストから最初の標的が選ばれた。最後はエイドリアン・リッツォで、ひとり目がマーガレット・ウェストだ。

まず尾行して監視し、記録した。このスリルがたまらない！　計画段階でこれほどスリルを味わえるなんて誰が思っただろう。

用意周到な計画を簡潔に実行することが一番だ。詩人は静まり返った標的の家の前をぶらぶらと通り過ぎ、何時間もパソコンの前で過ごした。おしゃれなレストランで獲物が笑いながら飲食を楽しむあいだ、食事客に扮《ふん》したこともある。

そうやって人生の残り時間が刻一刻と減りつつあることを知らない標的を監視した。デザートをスプーンですくって味見し、おいしそうに目をぐるりとまわす姿や、運がよければあとでベッドをともにする男と笑いあう姿を。

離婚して次の相手を探している女、それがマギーだ！

予定どおりに計画を実行した暁には、あの脈打つ心臓が血に染まる。これまでに費やした時間やスキルや練習が実を結ぶのだ。詩人は今や寝静まった家のアラームを切り、裏口の鍵をこじ開け、忍び足で暗闇に侵入した。

新たなスリルを味わいながら、家のなかを移動し、滑るように階段をのぼる。そして、ゆうべ明かりが消えた部屋へと足を向けた。

寝室へと。

眠っている。なんて安らかな寝顔だ。マギーを起こして銃口を突きつけ、なぜこんなことをするのか理由を告げたい衝動に必死に抗う。

両手で銃をしっかりとかまえた。震えているのは緊張しているからではなく、興奮しているせいだ。純粋に興奮していた。

サイレンサー付きの銃から放たれた一発目はほとんど音がしなかった。二発目、三発目と銃声はしだいに大きくなった。四発目を発射したのは、単に楽しかったからだ。

撃たれるたびに跳ねる体、暗い寝室で彼女がもらした小さな声。

なんと恐ろしいことかとみんな口々に言うだろう。自分のベッドのなかで殺されるなんて！　ここは閑静な住宅地で、すばらしい女性だったのにと。

だが、彼らはこの女の本性を知っているわけじゃない。

警察を――まぬけなやつらを――けむに巻くために、いくつか家のものを盗んだ。これは記念品だ。

犯行現場の写真を撮りたいと思ったときには、静まり返った家からもう何ブロックも離れていて手遅れだった。

次だ。次回からは、あとで振り返れるように写真を撮ろう。


エイドリアンは一月に二本目のDVDを発売したが、強い決意で運転免許を取得し、これまでの売上で購入した車でメリーランド州へ向かった。クリスマスを丘の上の家で過ごすためだ。

リモート出演や電話取材には同意したものの、クリスマスはトラベラーズ・クリークで過ごした。

リナはホリデーシーズンも含めその月の大半をアルーバ島での撮影に費やした。

一通目と同じく二通目の詩も二月に届いたが、今度は消印がメンフィスだった。

おまえは自分が特別な人間で、すばらしいエリートだと思っている、
だが、本当は出来損ないの詐欺師だ。

いずれ、偽りの人生を歩んできたツケを払う日が来る。
その日、おまえはわたしの手であの世に旅立つだろう。

エイドリアンは今度はリナにわざわざ知らせなかった――母が言ったとおり、そんなことをしても無意味だ。コピーを取って自分のファイルにしまうと、現物はハリーに渡した。

そして、学校や次の動画のコンセプトを練る作業に集中した。

同時に、コロンビア大学の入学にあまり固執しないように努めた。ティーシャが合格通知を受け取っても、ローレンがハーバード大学に、ヘクターがUCLAに入学しても。

もちろん滑り止めも受けた。それに、エイドリアンはばかじゃない。でもコロンビア大学に入って、ティーシャとルームメートになりたかった。

それがエイドリアンの望みだった。

コロンビア大学の合格通知を開封したとき、エイドリアンはペントハウスの三フロア全部で踊った。

祖父母に電話をかけ、友達やハリーには携帯メールを送った。母はラスベガスでイベントの真っ最中だったので、合格通知のコピーを取って、母の机に置いた。

後ろ髪を引かれることなく高校に別れを告げたエイドリアンは、自分のキャリアのために次のステップへと踏みだした。

エイドリアンは大学のカリキュラムに戦略的に取り組んだ。選択科目は自分の目標に役立つものを選び、勉学と単位取得に全力を注ぎ、夏は動画撮影とメリーランド州で過ごす長期休暇のために確保した。

コロンビア大学の四年次には、山ほどあった計画の多くが軌道に乗っていた。大学まで徒歩で通えるアパートメントでティーシャと同居し、家賃はエイドリアンが毎年発売するDVDの収益でまかなった。

ファッション・デザイン専攻の学生とも手を組み、自社ブランドのフィットネス・ウェアの開発に乗りだした。

ティーシャが恋をしては失恋し、火遊びを楽しむ一方、エイドリアンは真剣な交際には発展させなかった。

恋をする暇などなかった。欲望だけなら単純だし、満足感も得られて健康的だ——不注意なまねをせず、無理な要求さえされなければ。

母との仕事上の関係は複雑だが、結果的に互いのブランドの売上を押しあげた。親子としての関係は昔と変わらず、疎遠だが友好的だ。

互いに相手の領域を侵さない限り。

悪天候の二月の晩、レストランに足を踏み入れたエイドリアンは、毎年恒例の忌まわしいバレンタインカードへの不安をかき消そうと躍起になっていた。六通目の今回はボールダーの消印だった。差出人が実際に行動を起こしたり、内容がエスカレートしたりすることはなかったが、だからといって安心はできない。毎年送られてくるのは、誰かがこの年に一度の手紙に固執している証拠だ。

エージェントやハリーとのディナー・ミーティングをキャンセルすることも考えたけれど、最新の詩のせいで鉛のように重く感じるハンドバッグを手に家を出た。

いつもどおり早めに到着した彼女は、ダイニングルームのテーブルにひとりでぽつんと座るより、バーカウンターで一杯飲んで緊張をほぐすことにした。

人々の話し声や活気のおかげで、肩の力が抜けた。受付の女性に名前を告げ、むきだしの古いレンガを背にしたダークウッドのバーカウンターへ向かう。スツールに座ろうとした矢先、テーブル席に見覚えのある顔を見つけた。

レイランが故郷を発《た》ってサバンナの大学に進学して以来、顔を合わせたのはほんの数回だ。けれどマヤが定期的に近況を知らせてくれるおかげで、彼が〈マーベル・コミックス〉で念願のインターンを行い、その後ニューヨーク本社でアーティスト見習いになったのは知っていた。

寝室の壁をスケッチで埋め尽くしていた少年は、理想の仕事を手に入れたわけだ。

そして隣にいるのは、レイランが大学時代に恋に落ちたアーティストだろう。エイドリアンと同じ大学四年生の彼女は、現在彼と遠距離恋愛中だ。

エイドリアンはためらった――ふたりはまるで月夜の晩にひと気のないビーチにいるかのように、お互いしか眼中にない様子だった。でも、一番の親友の兄を目にしながら見なかったふりはできない。

ふたりのテーブルへと向かいながら、エイドリアンは思った。ふたりともいかにもアーティストっぽい。レイランのウェーブがかったダークブロンドの髪はシャツの襟にかかるほど襟足が長い。女性のほうは――名前が思いだせないが――背中の半ばまでの明るいブロンドを編みこみにしている。

レイランは近づいてきたエイドリアンにあのグリーンの目を向け、じっと見つめて困惑の表情を浮かべてから、はっと気づいた。

エイドリアンは胸がどきっとした――昔から彼の目を見ると、そうなってしまうのだ。

「やあ、エイドリアン」

「こんばんは、レイラン。ニューヨークで働いてるって聞いたわ」

「そうか。彼女はロリリー・ウィンスロップ、こっちはマヤの親友のエイドリアン・リッツォだ。エイドリアン、ロリリーはぼくの……」

「婚約者よ。今日なったばかりだけど！」ロリリーの声は興奮していても、モクレンやサルオガセモドキやベランダで飲む冷たい甘茶を彷彿《ほうふつ》させた。彼女は薬指に美しいダイヤモンドの指輪がきらめく左手をさしだした。

「まあ！」思わずその手をつかんだエイドリアンに、ロリリーのぬくもりや興奮が伝わってくる。「なんてきれいなの。おめでとう。レイラン、おめでとう。マヤが知らせてくれなかったなんて信じられない」

「まだ誰にも言ってないんだ」

「わたし、おしゃべりなの。とても黙っていられないわ」

「頼むから、きみに最初に伝えたことはマヤには言わないでくれ。それと——」レイランが言い足す。「マヤから知らされたときは、驚いたふりをしてくれないか」

「それならできるわ。わたしからの婚約祝いだと思ってちょうだい」

「ねえ、座らない？」ロリリーがエイドリアンを誘った。「マヤからあなたの話はたくさん聞いてるし、あなたのおじいさんやおばあさんとも会ったことがあるの。ふたりともすばらしい人たちよね。それに、あなたのDVDもすごく気に入ったわ。ああ、わたしったらべらべらしゃべらずにはいられないみたい。レイラン、エイドリアンに椅子を用意してあげて」

「ありがとう。でも大丈夫。今から人と会う予定なの——ちょっと早めに到着しちゃって」

「あなたもニューヨークに住んでいるのよね。わたしも来年の春にはここへ引っ越してくるなんて信じられないわ」

レイランはこの世に女性はロリリーしか存在しないかのように、フィアンセを見つめていた。エイドリアンは胸がちくっとし、小さなため息をもらした。

「きみは気づいてないかもしれないが、ロリリーは南部出身なんだ」

「本当に？　全然気づかなかったわ。それにあなたもアーティストなんでしょう」

「ええ、目指してるわ。本当になりたいのは、美術教師なんだけど。子供が好きなの。だからレイラン、子供は一ダースはほしいわ」

彼がロリリーに微笑んだ。その深いグリーンの目に浮かぶ星を数えられそうだ。

「まあ、六人くらいなら」

「交渉の余地がありそうね」エイドリアンは噴きだし、昔からよく知る少年が六人の子供の父親になったところを思い描こうとした。

奇妙なことに、すんなり想像できた。

「レイラン、きっとあなたのお母さんとマヤは有頂天になるわ。ふたりともあなたのとりこだもの」エイドリアンはロリリーに向かって言った。

「まあ！　そんなうれしいことを言ってくれてありがとう」

「これは真実よ。マヤからあなたの話をたくさん聞いたわ。あなたはレイランにはもったいなさすぎるってことも」

「たしかに、それも真実だな」レイランが言った。「まあ、来年の六月に正式に結婚するまでロリリーがそれを信じなければ、ぼくは安泰だ」

「もう、ばかね」ロリリーが身を乗りだし、テーブル越しに彼にキスをした。

「そろそろディナー・ミーティングの相手が到着したみたい。偶然でも会えてうれしかったわ。マヤがどう考えようと、あなたたちふたりはとてもお似合いよ。本当におめでとう」

「あなたに会えて本当によかった」

「わたしもよ」

エイドリアンはその場をあとにし、エージェントやハリーと抱擁を交わした。自分たちのテーブルに腰を落ち着ける前に、レイランたちのためにシャンパンを注文した。

本当にお似合いだ。ふたりに幸せのお裾分けをもらった気分で、エイドリアンはハンドバッグのなかの詩をすっかり忘れていたことにも気づかなかった。

三日後、チューリップが描かれた手製の礼状がロリリーから届いた。

親愛なるエイドリアン
シャンパンをありがとう。とても心のこもった予期せぬプレゼントだったわ。直接お礼を伝えたかったけど、あなたのミーティングを邪魔したくなかったの。人生で一番幸せな日にあなたと出会えて本当にうれしかったわ。ジャンとマヤはあなたのことが大好きよ。わたしもあのふたりが大好きだから、そのつながりで行くと、あなたのことも大好きってことになるかしら。いいわよね。これからもあなたのワークアウトを続けるわ。そうすれば、結婚式の日にはすばらしい姿を披露できるはずよ。
本当にありがとう。
ロリリー（未来のミセス・ウェルズ）

エイドリアンは感傷的になるようなタイプではなかったが、あまりにもすてきなカードだったので取っておくことにした。

大学を卒業すると、エイドリアンはすぐに新作に取りかかった。前回の撮影ではダンサーやトレーナーを雇ったが、今回はティーシャとローレンに無理やり参加してもらった。

「きっとぼくはまぬけに見えるんだろうな」

スウェットパンツと〈ニュー・ジェネレーション〉のTシャツを身につけたローレンは、今や身長が百八十センチ以上あった。体つきもすっきりし、真っ赤な髪をのばして、ティーシャ曰《いわ》く弁護士風のヘアスタイルにしている。

「そんなことないわ」エイドリアンは請けあった。「リハーサルではちゃんとできていたし、わたしの指示にしたがって動くだけで大丈夫よ」

「きみに指示されたからって、急にリズム感がよくなるわけじゃない。ダンスエクササイズで何か失敗しそうだよ。だいたいなぜラテン音楽なんだ？　腰を振ったりしなきゃいけないじゃないか」

「楽しいからよ」彼のおなかをつつく。「すごく引きしまっているわね。何キロ減ったの？」

ローレンはぐるりと目をまわした。「大学一年目に四、五キロ太ったが、きみに遠距離電話でがみがみ言われだしてから十一キロ落とした」

「わたしなんか四、五キロ太る機会すら与えられなかったわよ。遠距離電話が何？」

ティーシャは彼をじろりと見据えた。「そんなの、エイドリアンのルームメートになることに比べたらなんでもないわ」

「あなたもすてきよ」

ティーシャは腰をくねらせ、ブレイズヘアをやめてカットした漆黒の髪をふわりとさせた。「そうでしょ。われながらスタイルがいいわよね。このウェアも完璧に着こなしてるでしょう」

「そのちっぽけな布きれのことか？」ヘクターがふたたび歩きまわった。

ティーシャは黒のショーツとショッキングピンクの縁取りの黒のスポーツブラを身につけ、〈ニュー・ジェネレーション〉のピンクのパーカーを腰に巻いていた。

「オーケー、もっと見せびらかせってことね」

「ああ、そうだな」やぎひげに短いポニーテールのヘクターが、銀縁眼鏡を押しあげた。「ここには鳩《はと》がいるぞ」

「それも、雰囲気作りの一環よ」

エイドリアンが屋根のない染みだらけの古い建物を選んだのは、雰囲気作りにほかならない。スタジオや洗練されたジムはまだ使用したことがないが、購入者のフィードバックによれば、彼女が選んだ風変わりなロケーションは好評のようだ。

サイレンが響き渡っても、エイドリアンはただにっこりした。「リアルよね。それに、出演してもらうのはプロじゃなくふたりの素人だし」

照明や音響担当、ヘクターのアシスタントはプロだけれど。

でも実際にやることは、初めてテラスで行った撮影とさほど変わらない。あれを機に、エイドリアンは三人と友情の絆《きずな》で結ばれ、夢への第一歩を踏みだした。

「じゃあ、三十四分のダンスエクササイズから始めましょう」

エイドリアンが身につけているのは、ショッキングピンクのショートパンツにフェイクレザーの黒のベルト、黒い縁取りのピンクのホルターネックのスポーツブラだ。このルーティーンでは、肩までの髪が自由に揺れるように垂らしていた。

スタンバイし、ヘクターの──監督を兼任する彼の──ゴーサインを待った。そして、ヘクターのカメラに向かって微笑んだ。

「こんにちは、エイドリアン・リッツォです。『フォー・ユア・ボディ』へようこそ。この二枚組DVDでは、ラテン音楽にのせて楽しくチャレンジングなダンスエクササイズをお届けします。体幹《コア》に焦点を当てた三十分のルーティーン、軽量のダンベルやもう少し重いダンベルを用いた三十分の筋力トレーニング、ボーナス特典は、あらゆる筋肉を鍛える三十五分の全身エクササイズ。そして、三十五分のヨガで締めくくります。今日はニューヨークに来ています」頭上を舞う鳩を見あげた。「地元の野生動物も参加してますね。では、友人たちを紹介します。彼女はティーシャです」

ティーシャが元気よく挨拶した。

「そして、ローレンです」

ローレンが片手をあげてバルカン人の挨拶をすると、エイドリアンは噴きだした。

「DVDのどのパートを行っていただいてもかまいません。別のパートに切り替えるのも、複数を組みあわせるのも自由です。みなさんにとっていいエクササイズを行ってください。ただし、みなさんの体のためになるものをね」

うまくいった。エイドリアンはティーシャの笑い声や、小声でカウントするローレンの声を聞いたとき、そう実感した。

コアトレーニングの最中に、ローレンがマットに仰向けに倒れて母親を呼んだときも。

丸三日間の撮影を終え、エイドリアンとティーシャが同居するアパートメントに集まってピザやワインで打ちあげをしたときも。

「ぼくのおなかは今も悲鳴をあげてるよ」ローレンが言い張った。

「しっかり腹筋を鍛えられた証拠よ」

ローレンは大きくカットしたピザをつかんだ。「ぼくの腹筋はふたたび眠りにつきたがってる。たぶん永遠の眠りに。次回はぼくが撮影して、ヘクターが溶けるほど汗だくになればいいさ」

「ぼくは裏方の人間だよ」ワイン好きになりたいヘクターはワインをひと口飲んだ。

「そしてこれから二カ月は、北アイルランドで裏方の仕事をする予定だ」

ティーシャが背をぴんとのばした。「どの作品？」

「HBOのテレビシリーズだよ。映像資料班のアシスタントだけど、スタッフに加われた」ヘクターは満面の笑みを浮かべた。「ついにハリウッドだ。まあ、現場は北アイルランドだけど」

「すごいじゃないか」ローレンが親指を立てた。「ほんとすごいよ」

「これは大いなる飛躍につながる中間地点への第一歩だ。だから、映像作家のぼくをクビにしないほうがいいぞ」ヘクターはエイドリアンを指さした。

「そんなこと絶対にしないわ。ああ、ヘクター・サング、これはビッグチャンスよ！いつ出発なの？」

「撮影は来週からだけど、ちょっと観光できるように明後日には発つよ。みんな、ぜひ遊びに来てくれ」

「まるで地下鉄でクイーンズあたりへ行くみたいに言うわね」ティーシャがかぶりを振った。「わたしは夏期講習がぎっしり詰まってるの、ヘク。できるだけ早くMBAを始めたくて」

「その後、彼女はわたしのビジネス・マネージャーになる予定なのよ。ローレンはロースクールを卒業して司法試験に合格したら、わたしの弁護士になる。だから――」エイドリアンはグラスをかかげて乾杯した。「わたしたちはこれからもずっと仲間ってこと」

その後の数カ月のあいだに、エイドリアンはテレビに出演し、祖父母を訪ね、新しいスポーツウエアのキャンペーンを行い、新たなプロジェクトを進めた。毎週フィットネスブログも更新し、『平日の五分間ワークアウト』という動画をストリーミング配信した。

ヘクターからやり方を教わり、ほぼどこからでもストリーミング配信できるので、デモンストレーションにたびたび第三者を招待した。地元のデリの店長や、犬の散歩請負人、巡回中の警察官を――その警察官とはそれから数カ月間デートを楽しんだ。お気に入りの参加者のひとりは祖母で、エイドリアンはその後何年も繰り返し祖母の動画を見返した。

雪が三十センチ以上積もり、暖炉の火が音をたてるなか、エイドリアンはクリスマスの飾りつけで光り輝く大きな家のキッチンに撮影機材を設置した。

「ただ楽しめばいいから」ソフィアにそう告げた。

「キッチンは本来、料理や食事をする集いの場よ」

エイドリアンはカメラを調整した。「料理をして、みんなと食事を楽しんだら、体を動かさないとね」エイドリアンはカメラの位置に満足すると、振り返って祖母に微笑んだ。

「すてきよ。ううん、セクシーだわ」

ソフィアは否定するように手を振ったが、笑って髪を後ろに払った。「ウェアのおかげよ。あなたがデザインしたウェアの」

「たしかに、わたしの自社ブランドだけど、重要なのは誰がそれを着ているかよ」

実際、よく似合っている。フォレストグリーンのブラ付きタンクトップも、ふくらはぎ丈のグリーンとブルーとピンクのレギンスも、ピンクのスニーカーも。

「ノンナはこのシリーズの動画をたくさん見てるから、流れは知っているでしょう。だから、わたしの指示にしたがうだけで大丈夫よ。何か言いたいことがあれば言ってちょうだい。これは気楽に楽しむ短時間のフィットネスだから」

「わたしはもう自分自身を哀れんでいるわ」

エイドリアンは笑って、ポケットに片手を突っこみ、リモコンのボタンを押した。

「今週の『平日の五分間ワークアウト』に参加してくれるのは、わたしがノンナと呼ぶ、とびきりすてきなソフィア・リッツォです。わたしたちが今いるのは祖母の家のキッチンで、祖母は——そして祖父も——ここで料理の天使のごとくその腕をふるっています。ちなみに、今ごろ祖父はメリーランド州の山間《やまあい》で営むレストランで、ピザの生地を放り投げていることでしょう。今からノンナとわたしはホリデーシーズンのご馳走《ちそう》作りの最中に五分だけ体を動かして心拍数をあげる予定です。準備はいい、ノンナ？」

ソフィアはカメラをまっすぐ見つめた。「わたしがやりたいと言ったわけじゃないんですよ。でもこの子はわたしのたったひとりの孫だし……」

「さあ、膝を高くあげて足踏みをしましょう。ウエストより高く膝をあげると、腹筋を鍛えられます。その調子よ、ノンナ。みんなホリデーシーズンのご馳走を食べずにはいられませんよね。わたしもです、それがドム＆ソフィア・リッツォが作ったご馳走ならなおさら。ご馳走を――節度を守りつつ――楽しみたいなら、忘れずに体を動かしましょう」

「あなたのためじゃなければ、わたしはこの哀れな老体をさらしたりしないのに」

「まったく、哀れな老体《マイ・バット》だなんて嘘ばっかり！　お尻《バット》といえば、スクワットね。スクワットのやり方は知っているでしょう、ノンナ。さあ、ヒップラインを取り戻すわよ。大臀筋《だいでんきん》を引きしめて」

エイドリアンが次にランジを行うと、ソフィアにきっとにらまれたが、さまざまな動きを組みあわせながらカウントしたのち、腰まわしとストレッチで締めくくった。

「これで終了です。お買い物をしたり、オーブン料理を作ったり、プレゼントをラッピングしたり、ご馳走を食べたりする合間に五分間のエクササイズを行ってください。

幸運に恵まれれば、わたしのノンナのようにすてきになれますよ」

エイドリアンはソフィアの腰に腕をまわした。「本当にゴージャスでしょう？　このDNAを受け継いでいるなんて、わたしは幸運だわ」

「孫がわたしを褒めちぎっているのは、全部真実だからよ」ソフィアは笑ってエイドリアンに両腕をまわし、頬にキスをした。「さあ、クッキーを食べましょう」

「ええ」エイドリアンは顔の向きを変え、祖母と頬をくっつけながらカメラに向かって微笑んだ。「みなさんにとってすてきなクリスマスと幸せなホリデーシーズンになりますように。それと、忘れないでください。体を鍛え、健康を維持し、すてきでいることを。では、来年またお会いしましょう！」

エイドリアンはリモコンのボタンを押した。「ノンナは完璧だったわ！」

「撮った映像を見たいわ。再生してちょうだい」

「もちろんいいわよ。でも、クッキーを食べながら見ましょう」

「それにワインも」

「ええ、ワインも。大好きよ、ノンナ」

ペンシルベニア州エリー
十二月下旬の寒い曇り空の晩、レースのような粉雪が舞うなか、詩人はつややかなブルーのセダンの後部座席で身を丸めていた。

車の警報装置の解除なんてしっかり下調べすれば、いとも簡単だ。

前回スリルを味わってから、あまりにも期間が空きすぎた。だが、標的は慎重に選ばなければならない。今回も凶器は銃だ。ナイフやバットを使ったこともあるが、銃は標的を仕留めたときに、手ごたえを感じられる。

だから、気に入っている。

今度の獲物も……。

本人自らあばずれだってことは証明済みだ。そのうえ、今も安いモーテルの一室で夫以外の男と抱きあっている。

せいぜい楽しめばいい、あの女が何かを感じるのはこれが最後だ。

彼女にハッピー・ニュー・イヤーは訪れない。

すべてが漆黒の闇に包まれるなか、ついにあばずれがドアを開けた。室内の明かりに照らされながら、なかにいる不倫相手に投げキスをし、車にたどり着くまで終始微笑んでいた。

ドアロックを解除するために、女はリモコンキーを押し――ふたたび押してから運転席に乗りこんだ。

バックミラーを見たとたん、彼女は目をみはったが、次の瞬間には頭を撃ち抜かれていた。

二発目は単なるおまけだ。続いて、今や習慣となった写真撮影をする。

ほどなく、詩人は粉雪が舞うなか、のんびりした足取りで三ブロック先に停めた車へと向かった。

彼の頭にある思いがはっきりと響いた。

世界中の人々に、メリークリスマス、そしてグッドナイト。

二月、エイドリアンは詩が同封された手紙を開いた。いつものことながら心をかき乱されたが、今回は思わず息をのみ、震えながら腰をおろした。

おまえの最新動画で
偽物の赤毛の老婆が着飾ってポーズを決めていたが、反吐《へど》が出たよ。
成功するために起用する人間には注意したほうがいい、
さもないと、そいつらもおまえのように死ぬことになる。

エイドリアンはいつものように警察に通報し、コピーを取った。だが、今回はトラベラーズ・クリークの警察署にも連絡した。

そして、祖父母にも。手間はかかったが、最終的には警報装置を設置するよう祖父母を説得できた。

もう七年だ。エイドリアンはティーシャの帰りを待ちわびながら、アパートメントのなかを行ったり来たりした。七年間も毎年誰かに邪悪な詩を送りつけるなんて、いったいどんな人物なのだろう。

あの詩と同じく狂気に取り憑《つ》かれているに違いない。明らかに差出人はエイドリアンのブログに目を通し、彼女の公的生活を把握しているようだ。

「それに、臆病者よ」

そのことは忘れないようにしないと。差出人はエイドリアンを動揺させ、不安に陥れようとする臆病者だ。そんな相手を満足させてなるものかと思いつつも、動揺や不安はぬぐい去れなかった。

窓辺に移動して外を見渡し、通り過ぎる車や歩道を急ぐ人々を眺めた。

「どうして姿を現さないの？　あなたがどこにいようと、誰だろうと姿を現せば、面と向かって対処できるのに」

降りだしたみぞれを見つめているうちに、明かりが薄暗くなった。エイドリアンには待つことしかできないのだ。

7

エイドリアンはレイランの結婚式に招待されるとは予想していなかったが、都合が合わずに欠席することを心から残念に思った。

悪天候の晩に婚約したばかりの彼とロリリーに鉢合わせしてから、もう一年以上が経つ。あのあと、ロリリーから手描きのすてきなチューリップのカードが届いたのを思いだした。

招待状に欠席の印をつけて返送する代わりに、エイドリアンは腰をおろして祖母がしていたように手紙を書いた。

ロリリー

きっとあなたは今ごろ結婚式の準備で忙しいんでしょうね。わたしは残念ながら出席できないから、手紙で知らせることにしました。あなたとレイランの特別な日に立ち会いたかったわ。ちょうどその週はシカゴに出張しなければならないの。結婚式に出席してあなたたちふたりを祝福できなくて、ごめんなさい。

去年あなたと出会ったとき、ふたりはまさにお似合いのカップルだと思ったわ。きっと結婚式の詳細は後日マヤが教えてくれるはずよ。彼女はあなたの花嫁付添人《ブライズメイド》になれて大喜びしていたわ。

あなたはもうすぐあのすばらしい一家の一員になるのね。

レイランにおめでとうと伝えて、そしてあなたには最高の幸せを祈るわ——この願いはかなったも同然ね。だって、あなたたちが最高に幸せになるのはもうわかっていることだから。

一分一秒を楽しんで。

エイドリアン

その手紙を投函《とうかん》したとき、エイドリアンはそれから何年も親しく手紙でやりとりするようになるとは予想だにしていなかった。

ニューヨーク、ブルックリン

しょっちゅうカオス状態に陥るものの、レイランは自分の人生を謳歌していた。

子供たちが大学を卒業するころには、ロリリーと購入したブルックリンの格安ぼろ家を修理する羽目になるだろう。ただ、この古いレンガ造りの二階建ての一軒家は、巨大な屋根裏部屋とかびくさい地下室を備え、階段がきしみ、問題を山ほど抱えているが、正直ふたりには合っていた。

第一子が生まれる数週間前に、ここを購入するなんて頭がどうかしていたのかもしれない。でも、ふたりとも息子を家に——一軒家に連れて帰りたかったのだ。

レイランは五年前に大工仕事を試して以来、ペンキ塗りの腕を磨いたり、ロリリーとタイルの張り方を学んだりすることに余暇のほとんどを費やしてきた。だが、それもふたりにとっては好都合だった。

ふたりは個性あふれる地域の庭付き一軒家で家庭を築くことを望んでいた。結婚の誓いを交わしたわずか十三カ月後にはブラッドリーが誕生し、楽観的な直感にしたがって古い家を購入した。

その二年後、マライアが生まれた。

さらに家を改修し、いざというときの蓄えがもう少し増えるまでは、そしてレイランがふたりの友人と立ちあげたグラフィック・ノベル出版社が黒字に転じるまでは、三人目の子作りをいったん棚上げすることにした。

ブラッドリーが幼稚園に、マライアが保育園に入り、ロリリーが高校の美術教師になり、〈トリケトラ・コミックス〉がついに軌道に乗ると、ふたりは三人目の子作りを始めることにした。

その日、レイランはさまざまなミーティングや戦略会議に出席し、今後の戦略会議の予定を組み、次作に取りかかる喜びを味わったあと、すっかりお馴染《なじ》みとなったカオス状態のわが家に帰宅した。

犬が――去年の夏、彼が連れ帰った犬なので完全に自分の責任だが――吠《ほ》えながらリビングルームやダイニングルームを駆けまわって椅子をなぎ倒したのち、キッチンに駆けこんだ。だが、ロリリーがコンロで何かかき混ぜていたため、また飛びだしてきた。

マライアは何枚も持っているプリンセスのコスチュームのひとつをまとい、星がついた魔法の杖《つえ》を手に犬のあとを追った。ブラッドリーは走りまわる犬と妹に無差別に狙いを定め、おもちゃの銃でスポンジボールを発射していた。

「ジャスパーにボールを嚙《か》まれたら、後悔する羽目になるぞ」レイランは息子に警告した。

「でも、楽しいんだよ」亜麻色の髪にブルーの目をしたブラッドリーは、鉛も溶けそうなほどまぶしい笑顔で駆け寄ってくると、父親の脚をつかんだ。「ディナーのあと、〈カーニーズ〉にアイスクリームを食べに連れていって。お願い」

「どうしようかな。さあ、ボールを拾うんだ。パパを信じてくれ。いつかおまえはそブラッドリーが脚にしがみついたまま、レイランは部屋を横切り、飛び跳ねるジャスパーに挨拶して、フェアリープリンセスに扮した娘を抱きあげた。

「ジャスパーをウタギに変えるわ」

いまだに〝サ〟の発音が〝タ〟になってしまう娘にレイランはめろめろになり、マライアの鼻にキスをした。「そうなったら、ジャスパーはニンジンをほしがるぞ」

肩からかけたメッセンジャーバッグに尻を叩かれながら、娘を抱え、息子を引きずってキッチンに入り、妻にキスをした。

高校時代に身長が百八十八センチに達し、大学でさらに二、三センチのびた細身の彼は、身をかがめてロリリーの頬に顔をすり寄せた。

そして、においをかいだ。「今夜はスパゲティか！」

「まずはおいしいサラダの前菜よ」

レイランの足元で、ブラッドリーが言った。「げえっ」

ロリリーは息子をひとにらみした。

「誰かさんが文句を言わずにサラダを全部平らげて、スパゲティをおいしく食べたら、〈カーニーズ〉まで散歩してアイスクリームを食べられるわよ」

「やった。本当に？」ブラッドリーはレイランの脚を放してロリリーの脚にしがみついた。「本当に、ママ?」

「まずサラダとスパゲティを食べないとだめよ」ブラッドリーが飛びあがってはしゃぎながら踊り、身をくねらせて床におりたマライアが兄に加わると、ロリリーはかぶりを振った。「今日はどうだった?」

「よかったよ。すごくいい一日だった。きみはどうだった?」

「最高よ。それに、わたしの基礎体温表によれば――」身を寄せて、レイランに耳打ちした。「今夜はもうひとり騒がしい子を作る絶好のチャンスなの。だから、ますます最高よ」

「アイスクリームよりもいいな」時間や手間を省くためにショートカットにした妻の淡いブロンドの髪を撫でる。彼はロリリーの顔を縁取るその髪が大好きだった。「子供たちに本を読んでやったら、寝室で落ちあおう」

「ええ」ロリリーは踊る子供たちを見て、夫にキスをした。「わたしたち、本当にいい家庭を築いたわね」

レイランは妻の背中からヒップまで撫でおろした手をまた上へ滑らせた。「もっと家族が増えるのが楽しみだよ」

騒々しいディナーに、散歩とアイスクリーム、毎晩している読み聞かせを終え、ふたりは子供たちに上掛けをかけた。

寝かしつけようとするタイミングを見計らったように、子供たちは決まって質問をしてくる。

〝どうして月は昼間でもときどき見えるのに、星は見えないの？〟

〝どうしてママにはないのに、パパにはひげがあるの？〟

〝どうして犬は人間みたいにしゃべれないの？〟

案の定、ふたりが完全に寝静まり、気づかれたり邪魔されたりせずに、子供たちのママと愛しあえるようになるまでにかなりかかった。

「ワインでもどうだい？　もし今夜うまくいったら、きみはまた禁酒しないといけないだろう。まあ、今から禁酒でもいいけど」

「ええ、飲みたいわ」

レイランは階下までワインを取りに行った。二階の廊下の壁紙はまだはがしていない。ふたりが優先したのは子供部屋とキッチン、三つあるバスルームのうちのふたつだった。

もし運よくもうひとり授かったら、次も自分たちの寝室ではなく、四つの寝室のうちのひとつを子供部屋にリフォームすることになる。つまり、レイランの二階のアトリエは屋根裏部屋へ移転するわけだ。

ロリリーがすでにペンキを塗っていたが、屋根裏部屋はアトリエとして確保できるだろう。まあ、どうにかなる。

ワインのボトルを取りだしてコルクを抜き、グラスを出そうとした矢先、カウンターの電話が鳴りだした。

発信者は母だった。

「やあ、母さん」

母の声に微笑んだレイランは、ショックの声をもらした。「えっ？ まさか。どういうことだ？ いつ？ だけど……」

戻ってこない夫を探しに来たロリリーは、キッチンカウンターに座って両手に顔を埋めているレイランを見つけた。

「どうしたの？ レイラン、いったい何があったの？」

妻が駆け寄ってくると、彼は顔をあげた。「ソフィア・リッツォが事故に遭ったそうだ。読書会に出席して友人と車で帰宅する途中に。嵐で路面が滑りやすくなっていて、別の車に追突されたらしい。ソフィアの友人は入院中だけど、ソフィアは……彼女は命を落としたそうだ、ロリリー。亡くなったんだ」

「そんなことって」ロリリーは涙を流しながらレイランを抱きしめた。「まさか、ソフィアが亡くなるなんて。ああ、レイラン」

「いったいどうすればいいんだ。何も考えられない。ぼくにとって彼女は祖母も同然だった」

ロリリーは夫を慰めようと頰にキスをした。それからグラスをつかんでワインを注いだ。「ちょっとワインを飲んで。あなたのお母さんは——」

「さっき電話で知らせてくれた」

「お義母《かあ》さんはとてもつらいでしょうね、それにドムも。エイドリアンや彼女のお母さんも、町じゅうの人々も。これから行われるお葬式や追悼式に、わたしたちも出席しましょう。何か手伝えることがあれば、向こうに数日滞在すればいいし」

「母さんもまだお葬式や追悼式のことはわからないらしくて、明日もっと詳しいことを知らせてくれるそうだ。マヤとジョーは帰省するらしい。コリンをベビーシッターに預けて、母さんが店を閉めるのを手伝いに……」

「ああ、あのレストランね。あなたも手伝えることがあるなら、一、二週間向こうに泊まっていいのよ。子供たちはわたしが連れていくから」

「まだどうすればいいかわからない。ちょっと考えないと。一緒に考えよう。ぼくはまだ受け入れられないよ、ロリリー。ソフィアはこれまでずっとぼくの人生の一部だったんだ」

「ええ、ハニー」彼女は夫を抱きしめ、背中をさすった。「どうすればみんなの力になれるか考えましょう」レイランの顔を持ちあげてキスをして、ソファの隣に座って夫と手をつないだ。「わたしは特別休暇を取れるわ。明日だけ出勤して対応すれば可能よ。あなたが明日発ちたいなら話は別だけど」

「ぼくは……」考えをまとめようとしたが、今も涙交じりの母の声が頭から離れない。「いや。明日は準備を整えて、子供たちを学校に行かせ、また母さんが電話をかけてくるのを待ったほうがいい。お互い仕事を片づけて、明後日発とう」

「わたしにとってもそのほうがいいわ。明日帰宅したら、荷造りに取りかかるわね」よし、計画ができた。レイランは計画やスケジュールが――今後の流れが――決まっているほうがうまく対応できるタイプだった。

「明日はある程度仕事を片づけたら、早めに帰宅する」

「少なくとも向こうに一週間滞在するつもりで計画を立てたほうがいいわ。わたしや子供たちのことなら心配しないで」レイランが反論する前に、彼女は言った。「トラベラーズ・クリークには電車で行くから。子供たちにとって電車は一種の冒険よ。お義母さんにはあなたが必要だわ。ソフィアは彼女にとって第二の母も同然だったんだもの」

「子供たちにはどう伝えよう？」ワインに手をのばしたが、ただグラスをじっと見つめた。「あの子たちはまだ幼いし、こんなに親しい人を失うのは初めてだろう」

「ノンナは天国へ旅立って天使になったと伝えましょう。なぜかと問われたら、理由はわからないけど、彼女がいなくなって悲しいと答えるしかないわ」ロリリーはレイランのワイングラスをつかみ、ひと口飲んだ。「でも、ソフィアは永遠にわたしたちの心のなかで生き続けていると。わたしたちはこれまでどおり、子供たちを愛せばいいのよ」

ふたりは、明日の朝はこのことを打ち明けずに、いつもどおり子供たちを学校に送りだすことにした。そうすれば、子供たちは疑問や悲しみを一日じゅう抱えずにすむ。

それでも、レイランはロリリーが子供たちを車に乗せてシートベルトを締める前に、いつもより長くぎゅっと抱きしめた気がした。

「しっかり勉強するんだぞ」レイランはブラッドリーに言った。

「毎日勉強したらなんでもわかるようになって、学校に行かなくてもよくなるよね。そうしたら、パパと仕事に行ってコミックを作れるでしょう」

「九百かける四十六は？」

ブラッドリーが甲高い笑い声をあげた。「わからないよ！」

「ほらね。まだ全部わからないだろう。ちゃんと学んでくるんだぞ。マライアもだよ、プリンセス」

彼は妻に向き直って抱きしめた。「ありがとう」

「どうしたの？」

「きみがきみでいてくれて、ぼくのものでいてくれて、ここにいてくれてありがとう」

「まあ、なんて優しい夫かしら。またあとでね」彼女はブラッドリーがげえっと言いだすまで夫にキスをして、それから笑った。「愛してるわ」

「ぼくも愛してる」

ロリリーは運転席に乗りこんでシートベルトを締めると、夫に微笑んだ。「四時には戻るわ。もっと早く帰ってきたほうがよければ、それより前に」

「連絡するよ」

レイランが後ろにさがると、三人が手を振った。静まり返った家ではジャスパーが早くも丸くなり、朝一番の昼寝をしていた。

「今日は早めに出社するぞ、おまえも一緒だ。おまえにはこれからしばらくビックの家で休暇を過ごしてもらうことになる」

すでに、レイランの友人兼仕事仲間が必要なだけ犬を預かってくれることになっている。あとはジャスパーの餌や寝床、おやつ、おもちゃを車に積めばいいだけだ。

成長半ばのラブラドールレトリーバーのためにこんなにもいろいろ買いこんでいたなんて驚きだ。

レイランはパーカーをつかみ、ノー・ワンのTシャツの上に着た。ノー・ワンは

〈トリケトラ・コミックス〉が軌道に乗るのを助けたキャラクターだ。

〈トリケトラ・コミックス〉社では毎日がカジュアルフライデーだった。ブリーフケース代わりに使っているメッセンジャーバッグを手に取り、はしゃぐ犬にリードをつないだ。普段は、特によく晴れた春の日は、〈トリケトラ・コミックス〉のオフィスがある十ブロック先の古いレンガ倉庫まで徒歩か自転車で向かうが、トラベラーズ・クリークの滞在が長引くことも想定し、今日は多めに仕事を持ち帰る予定だ。

だから、年代物のプリウスの後部ドアを開き、ジャスパーを乗せた。

運転席に座ると窓を開け、風が吹きこんで、犬が顔を出せるようにした。

会社への道中は、一、二週間リモートワークになった場合に、今日片づけておかなければならないことで彼の頭はいっぱいだった。

インターネットでもミーティングや戦略会議は行える。実際に目を通して確認しなければならないものは、メールに添付してもらえばいい。実家の寝室を仮の仕事場にして、十日後の締め切りまでに『ノー・ワン』の最新コミックの彩色を終わらせることも可能だ。

もともと前倒しで進めてきたし、問題ない。普段、レイランは自ら文字入れを行うが、仕事仲間はふたりとも別のスタッフにまかせている。今回は自分も必要に応じてスタッフに頼んでもいいだろう。

必要になったらそうしよう。

レイランは五階建てのレンガ造りの倉庫脇の狭い駐車場に車を停めた。細長い窓、古めかしい荷物の積みおろし場、スチールドア。倉庫の屋上は、夏の終業後のパーティーや激論を交わす会議用のスペースとして、あるいは喫煙者の休憩場所として活用されている。

オフィスへ入る前に、レイランは駐車場の端の茂みや芝生へ犬を導いた。あたりのにおいをかがせ、屋外で用を足させるために。これでジャスパーは屋内で粗相をすることはないだろう。

レイランは鍵を取りだし、重いスチールドアを開け、警報装置を解除した。

次に電気をつけた。

五階まで吹き抜けになっていて、各フロアはスチール製の階段と二基の貨物用エレベーターでつながっている。

一階は巨大な娯楽室兼休憩所兼ラウンジだ。

自分も含め三人の共同経営者のうちふたりは男で、紅一点のビックは理解ある女性だった。

ラウンジを占めるのは、捨てられていた家具だ——でこぼこのソファ、すり切れたチェック柄のリクライニングシート、テーブル代わりの牛乳ケース。今では家具を購入するゆとりもあるが、買い換えの話が出るたびに愛着のほうが上まわった。

ただ、市場でもっとも巨大な薄型テレビ二台とゲーム機器数台、それからしょっちゅう修理が必要なアンティークのピンボールマシンと、古いゲームセンターのビデオゲーム数台は購入した。

心身にとって、ときには遊びが必要だし、アイデアはじっくりあたためるべきだという点で三人の意見は一致していた。それに、いつか自分たちのキャラクターのゲームが誕生するはずだ。

『ノー・ワン』や『ヴァイオレット・クイーン』、『スノー・レイヴン』で必ずやそれを実現させてみせる。

今後も新たなキャラクターが生まれるだろう。三人とも大好きなことをし、しかも優秀だ。そして、新たに雇うスタッフもその二点を備えていなければならない。

レイランはジャスパーを連れているため、階段ではなく貨物エレベーターに乗りこんだ。エレベーターがうなりながら五階まで上昇するあいだ、犬はレイランにぴったり身を寄せて震えていた。

誰も毎日五階までのぼりたがらなかったので、最上階はレイランのオフィス兼アトリエにした。

仕事の大半は活気あふれる騒がしい階下で行われる。彼は雑音を気にせず、それどころか楽しむタイプだ。だが、どちらかといえば、ひとりだけのスペースや大きな窓からの眺めを気に入っていた。

ここからは川やマンハッタンの南側に広がる摩天楼を一望できる。

都会の犯罪と戦うノー・ワンの世を忍ぶ仮の姿は、コンピューター技術者のキャメロン・クインシーだ。それもあって、レイランはアイデアを得るためにさまざまな時間帯の摩天楼をよくスケッチした。

だが、今は大好きな人がもうこの世にいないということしか考えられない。何週間も故郷に帰らず、ソフィアに会って話していなかったことが悔やまれる。

もう二度と彼女と会うことも、話すこともかなわないのだ。

たしかに生活は忙しくなった。でも、もっと時間を作るべきだった。まだ二歳にならない甥《おい》にもクリスマス以来一度しか会っていない。

母に子供たちを充分に会わせていなかったし、子供たちがおばあちゃんと過ごす時間も少なかった。そんな状況は正さなければ。

そしてドムは……。あの大きな家で今はひとりぼっちなのだろうか？　これまで自分に時間を費やしてくれた人々に恩返しができるよう本気で努力しよう。

時間は貴重なのだから。レイランが製図台の前に座ると、ジャスパーはにおいをかぎながら、きしむ事務椅子が二脚、コーラとゲータレードが詰まった古い小型冷蔵庫、スケッチやメモやプロットをピンでとめた巨大なボード、表情を試してみるための鏡、家族が写っている写真立て、フィギュア、じわじわと枯らしつつあるイチジクの鉢植えが置かれたオフィスを歩きまわった。

製図台の上の見開き二ページの紙には、完成した台詞《せりふ》と部分的にペン入れされた絵が描かれている。プロットは修正や推敲《すいこう》を経て完成させるが、すべてのスケッチに同様のことを行う。

グラフィック・ノベルはパソコンでも描けるが、レイランは手描きにこだわり、ペン入れや彩色も自ら行った。会社の成長にともない、そういったことも変えていかなければならないとわかってはいたものの、できる限り長く手描きを楽しみたかった。ジャスパーが骨のおもちゃや子猫のぬいぐるみとともに腰を落ち着けると、レイランは道具を手に取って仕事に没頭した。

ほかのスタッフが階下で仕事を始めた音や、吹き抜けの階段に響く話し声や足音がぼんやりと聞こえてきた。コーヒーや、誰かが焦がしたベーグルのにおいもする。

だがノー・ワンは今、窮地に陥っていた。片想《かたおも》いの相手が魅力的な悪党のミスター・スワーヴにおびき寄せられようとしていたのだ。

だから、窓から日ざしがさしこむなか、彼はそのまま仕事を続け、それぞれのコマに命を吹きこんでいった。

　レイランのダークブロンドの髪が耳にかかっていた。ロリリーからはよく髪を切ったほうがいいと言われるが、ベッドで一緒に丸くなっているときは、この長髪をうれしそうにもてあそんでいる。今朝は上の空だったせいで、彼はひげを剃《そ》り忘れ、こけた頬が無精ひげに覆われていた。

　原稿を一心に見つめながらも、主人公が存在感を増すにつれ、思わず口元がほころんだ。

　誰かが階段を駆けあがってくる音がしても、ほとんど気にしなかった。だが、ジャスパーがあわてて立ちあがって吠えだした。

　振り返ると、ビックが赤い毛先のドレッドヘアを波打たせていた。

「やあ、ビック。ジャスパーを預かってくれてありがとう。ぼくはこれを仕上げたら――」

「レイラン」彼女は震えながら息を吸い、ひび割れた声で言った。「高校で銃撃事件が起こったわ。ロリリーが勤務している高校よ」

　一瞬、彼は頭がぼうっとなった。「なんだって？」

「ラウンジでジョジョがテレビをつけていたら、緊急速報が入ったの。学校は閉鎖されたわ。逃げだした生徒によれば、少なくとも二名の銃撃犯がいるそうよ。レイラン

――」

彼はすでに立ちあがり、戸口へと駆けだしていた。ジャスパーも追いかけようとしたが、ビックが引きとめた。「だめよ、あなたはここにいてちょうだい」

階段を駆けおりたレイランは、階下で待ちかまえていたもうひとりの共同経営者のジョナと危うく衝突しそうになった。

「ぼくが運転する」

レイランは反論しなかったが足はとめず、ジョナのオレンジ色のミニに飛び乗った。

「急いでくれ」

「彼女なら大丈夫だよ」どんなときも冷静な表情のジョナはそのまま車を急いでバックさせた。「ロリリーは頭が切れるし、こういう場合に備えた訓練を何度も行っているはずだ」

激しい鼓動が耳にこだまし、レイランは同僚の言葉がほとんど聞こえず、自分でも何を考えているのかわからなかった。

ミニは幌《ほろ》がおろされた状態で、彼は直接風を浴びた。まだ丸まっている新緑の葉、彩りを添える早咲きの花。だが、何も感じず、何も目に入らない。

レイランの目に映るのは、車で走り去る前に微笑んだロリリーの顔だけだ。

「今、何時だ?」腕時計を見ると、座って仕事を始めてから三時間が経っていて、彼はショックを受けた。

つまり、ロリリーは今ごろ、教室でランチ休憩前の授業を行っているはずだ。

教室にいれば大丈夫だ。ロリリーから詳しく説明してもらったおかげで、レイランレイランも銃撃事件の訓練の必要性やその内容はしっかり把握している。

まず教室のドアに鍵をかけ、生徒を物置部屋へ誘導して落ち着かせ、おとなしくさせる。

屋内避難したうえで警察の到着を待つ。

最初のショックが薄れると、レイランは携帯電話を取りだした。授業中だとロリリーはマナーモードにしているが、バイブレーションには気づくはずだ。

留守番電話に切り替わると同時に彼女の陽気な声が流れ、吐き気が喉元までこみあげてきた。

「電話に出ない。ロリリーが電話に出ない」

「きっと教卓に電話を置き忘れたんだろう。もうすぐ学校に着く、レイラン。あと少しだ」

「そうだな、教卓に」

レイランはそう思おうとしたが、訓練では外部との連絡手段を必ず手放さないよう指導している。

やがて、バリケードやパトカー、救急車、テレビの撮影クルー、半狂乱の保護者たち、彼のように伴侶の身を案じる人々の姿が目に飛びこんできた。

完全に停車する前に、レイランは車から飛びだした。

半ブロック先には、赤レンガ造りの校舎がそびえ、窓が日ざしを反射して、グラウンドが新緑に包まれている。

警察官たちの姿が見え、遠目でも窓が一枚、砕け散っているのがわかった。

「ぼくの妻は」ブルックリン警察のバリケードをつかみ、レイランは口を開いた。

「美術教師のロリリー・ウェアです。彼女が校内にいるはずなんです」

「こちらでお待ちください」制服警官が穏やかな声でにべもなく告げた。「すでに警官が校舎に突入しました」

「レイラン！」

駆け寄ってくる女性を見て、彼は一瞬ぽかんとした。恐ろしい悟りと、頭が働かない状態が交互にやってくる。

「スザンヌ」

もちろん彼女のことは知っている。スザンヌの家で彼女やご主人――数学教師でチェスの達人で、ヤンキースの熱狂的ファンでもあるビル・マキナニー――とディナーをともにしたこともあるし、自分たちの家のディナーに彼らを招いたこともある。

スザンヌに抱きしめられたとたん、芝生と大地と堆肥のにおいがした。そうだ、園芸好きの女性だ。次の瞬間、はっきりと思いだした。彼女は熱心な園芸家で、学校のほぼ隣にある牧場風の家に住んでいる。その裏手には広いパティオがあった。

「レイラン。ああ、レイラン。今日は仕事が休みで庭仕事をしていたの。そうしたら銃声が……」彼女が震えだし、それが直接伝わってきた。「銃声が聞こえたの。でも、まさかと思って。まさかここで、自宅の裏でそんなことが起こるなんて思わないでしょう」

「ビルとは話したんですか？　連絡はついたんですか？」

「携帯メールが来たわ」スザンヌは身を引いて涙をぬぐった。「自分も子供たちも無事だから、心配しなくていい。きみを愛している、心配しないでくれと」ふたたび目頭を押さえてから、ぱっと手をおろした。「ロリリーは？」

「電話に出ないんです」彼はふたたび携帯電話を取りだして、再度かけてみた。

次の瞬間、銃声がとどろいた。バックファイアや花火やテロのような音だった。その凶弾に心臓を撃ち抜かれたかのように、レイランはうなった。まわりの人々が悲鳴をあげ、すすり泣き、叫んでいる。

みな互いにしがみつき、スザンヌもレイランにしがみついた。彼はジョナにぎゅっと肩をつかまれたが、錯覚のように感じた。まるで現実ではないかのように。

ついさっき、世界は停止した。その空洞のなかで、レイランには恐ろしい沈黙しか聞こえなかった。

そのとき、警察官に付き添われて外へ出てきた生徒たちの列が見えた。みな両手をかかげたり、頭の後ろで組んだりしている。泣いている生徒もいれば、服に血が付着している生徒もいた。

子供の名前を呼びながらすすり泣く保護者たちの声が聞こえ、校舎に駆けこむ救急救命士たちが見えた。

凄まじい騒音が空洞を満たし、レイランの頭のなかで怒号のごとくとどろいた。そのなかで耳にした言葉は理解できなかった。

銃撃犯たちは全員片づけた。

現場を制圧した。

複数の死者と、複数の負傷者がいる。

「ビル！」スザンヌが身を引き、すすり泣きながら笑った。「ビルだわ、あそこにビルがいる」

保護者が子供を抱きしめ、夫婦が互いにしがみついている。救急救命士が担架を運びだすと、救急車がサイレンを鳴らして走り去った。

レイランはロリリーがいつ出てくるかと玄関を見つめ続けた。彼女は必ず自分のもとに戻ってくるはずだ。

「ミスター・ウェルズ」

レイランはその少女を知っていた――ロリリーの教え子のひとりだ。年に一、二回、彼は学校を訪れ、グラフィック・ノベルを描いてみせたり、アイデアを思いついてから作品が完成するまでの工程を語ったりしたことがあるのだ。

少女は顔面蒼白《そうはく》だったが、ところどころ涙で赤くなっていた。彼女の体にしっかりと腕をまわす女性も涙を浮かべている――おそらく少女の母親だろう。

頭が混沌《こんとん》とするなか、なぜか彼女の名前をはっきり思いだした。「キャロラインだね。きみはロリリーの生徒だろう。ミセス・ウェルズの。彼女はどこに――」

「最初に銃声が聞こえました。授業中に銃声がして――笑い声も聞こえました。彼らは笑いながら撃ったんです。訓練どおり、ミセス・ウェルズは物置部屋へ入るように指示しました。急いで避難し、おとなしくしているようにと。それから、先生は教室のドアに鍵をかけに行きました」

「彼女はまだ教室にいるのか？」

「ミスター・ウェルズ、先生がドアに鍵をかけに行くと、彼が目の前で倒れたんです。ロブ・ケイラーが――わたしの知っている子が。彼が出血していて、倒れたので、先生は――ミセス・ウェルズは彼を引っ張ろうとしました。教室のなかに避難させようとしたんです。そのとき……」

まだ幼さが残る少女の顔には小さなニキビがあった。その頰をぽろぽろと涙が伝う。

「犯人はジェイミー・ハンソンです。彼のことも知ってます。ジェイミーは銃を持っていて、彼女は――ミセス・ウェルズはロブに覆いかぶさりました。それが見えました。まだドアが完全に閉まっていなくて、見えたんです。ジェイミーは……ミスター・ウェルズ、ミスター・ウェルズ、彼は先生を撃ちました。先生を撃ったんです」

少女が号泣しながら、レイランに飛びついてきた。「ジェイミーは何度も先生を撃って、笑いながら立ち去りました。ただ立ち去ったんです」

レイランには何も聞こえず、何も感じなかった。胸が張り裂けそうなほど空が青い春の日に、彼の世界は終わりを迎えた。

8

人々は彼女を英雄と呼んだ。ロリリーが身をもって守った少年は十日間入院したものの、生きのびた。

ロリリーのクラスの生徒は誰ひとり負傷しなかった。ただ、心に負った傷が癒えるまでには何年もかかるだろう――いつか癒えるとしたら、だけれど。

世界に憤り、自分の人生を呪う十六歳と十七歳の少年が、五月のよく晴れた日に六人の命を奪った。そのうちの五人は同級生だった。

負傷者は十一人にのぼる。

犯人のせいで人生が崩壊した人々、親やきょうだいや天真爛漫《てんしんらんまん》さを失った子供たち、永遠の悲しみにさいなまれることになった家族の数はさらに多い。

銃撃犯の少年はふたりとも生きのびなかった。

エイドリアンは自身の悲しみと向きあいながら祖母の机に座り、祖母の遺品から便箋を選んだ。

花は送ったがいずれ枯れてしまう。ふたりの死から一週間後、レイランに宛てて手紙を書いた。

親愛なるレイラン
どんな言葉をもってしても、このお悔やみの気持ちは伝えられそうにありません。今はジャンやマヤがそちらにいるのでしょう。少しでもそれがあなたの慰めになればと願っています。

祖父をひとりにできず、ロリリーの追悼式に出席できなくてごめんなさい。

ロリリーはわたしが出会ったなかでもっとも美しい心の持ち主のひとりでした。よく知っていたわけではないし、ほとんどが手紙のやりとりだったけど、いつも彼女の喜びや優しさ、あなたと子供たちへの愛情がありありと伝わってきたわ。世界は天使を失ったのね。

何かわたしにできることがあれば教えてほしいという言葉は空虚に聞こえるけど、心からそう思っています。

ショックや悲しみを乗り越えるために、わたしは自分自身にこう言い聞かせているわ。ノンナとロリリーは互いを見守っているはずだと。きっとわたしたちのことも見守ってくれているはずよ。あなたとあなたの子供たち、そしてわたしのことも。

だって、あのふたりはそういう人たちだから。

故人のなかには、その善良さで名を残す人がいる。あなたのロリーとわたしのノンナはまさにそういう人だった。

エイドリアン

エイドリアンがその手紙と祖父が書いたカードを手に外へ出ると、ドムがフロントポーチに座っていた。

「ちょっと車で出かけましょう、ポピ。この手紙を出さないといけないの。そのあとお店の様子を見に行かない？」

祖父は微笑んだが、かぶりを振った。「今日はだめだ。明日なら行けるかもしれないが」

祖父はその台詞を毎日繰り返している。

エイドリアンはいったん祖父の隣の椅子に座った――祖母の椅子に。そして、祖父の手に手を重ねた。

「ジャンとマヤが来週には戻ってくるわ。少なくとも、今のところはそういう予定みたい」

「レイランも気の毒に。それから子供たちも。わたしはソフィアと一生をともにした。

だが、彼がロリリーと過ごしたのはほんの一瞬だ。レイランに必要とされる限り、ジャンは向こうにとどまるべきだ」

「ええ、彼女もわかっているわ」

祖父はてのひらを返し、エイドリアンの手をぽんと叩いた。「おまえも自分の人生に戻ったほうがいい、エイドリアン」

「わたしを追いだすつもり？」

「とんでもない」祖父はエイドリアンの手をぎゅっと握った。「だが、おまえは自分の人生を生きないとだめだ」

「いくつか用事をすませてくるわ。お昼にミートボール・サンドイッチを買ってきましょうか？　ふたりで分けられるし」

祖父の好物を挙げたが、ドムは上の空でエイドリアンの手をまたぽんと叩いただけだった。「おまえの好きなものならなんでもいいよ」

それも祖父がほぼ毎日口にする言葉だ。エイドリアンは立ちあがり、身をかがめて祖父の頬にキスをした。「一時間以内に戻るわ」

「急がなくていいぞ」

だが、エイドリアンは長く留守にする気はなかった。今は一時間以上祖父をひとりにしたくない。こんなにももろく、無気力になってしまった祖父を。

町の中心部へと車を走らせながら、あらゆる選択肢をふたたび検討した。自分がこれからどうするべきか、選ばなければならない。

だが、どんな決断をくだすのか、実はとうにわかっていた。

〈リッツォ〉の駐車場に車を停め、そこから徒歩で郵便局へ向かい、手紙を投函して私書箱を確認した。短い会話を交わした女性の郵便局長は、ドムの様子を尋ねながら目をうるませた。

そこから大通りへ引き返し、牛乳と卵を買いに〈ファーム・フレッシュ〉に行った――そこでも店員と言葉を交わした。あまり買うものはなかった。みんなが何かしら持ってきてくれるおかげで、食料はふんだんにあるからだ。

それに、祖父があまり食べてくれないから。

エイドリアンは祖父の食欲を刺激するためにボリュームのある朝食を作ろうと、ラズベリージャムを手に取った。

朝の瞑想中に心が癒されることを願って、ラベンダーの香りがするソイキャンドルも購入した。

車へ引き返す途中、信号待ちをしていたときに、交差点でまた立ち話をした。卵と牛乳は小さなクーラーボックスに入れ、残りの荷物を車に積むと、ランチタイムでにぎわう〈リッツォ〉へ向かった。

これ以上、世間話に耐えられるかわからなかったので、裏口から入った。鼻腔《びこう》をくすぐるガーリックやスパイス、つんとした酢のにおい。話し声、食器の音、まな板に当たる包丁の音。エイドリアンはメインのダイニングルームや厨房へ向かった。

大きなコンロではソースから湯気が立ちのぼり、料理人がレンガのピザ窯からチーズがぐつぐつととろけているピザを取りだした。

「こんにちは、エイドリアン」バリーが別の生地にソースをのせた。ひょろりと背が高く、フクロウのような目をした彼は、高校時代から〈リッツォ〉で働く忠実なスタッフだ。マネージャーとなったジャンが息子を慰めに行き、ドムが悲しみと向きあうあいだ、勤続四年目のバリーが店の切り盛りをしている。「お元気ですか？　ボスの調子はどうですか？」

「ポピはなんとかやっているわ。今日はミートボール・サンドイッチで元気づけようと思ってるの。手が空いたら作ってもらえる？」

「もちろんです。ドムの好みは知り尽くしていますから。座っていてください。飲み物か、ピザをひと切れどうですか？」

「ありがとう。大丈夫よ。あとで——」エイドリアンは〝水を飲む〟と言おうとして、最後にミネラルウォーターを買う予定だったことを思いだした。でも、自分自身も元気づけよう。「コーラをお願い。あと、オフィスを数分借りてもいいかしら」

「もちろんかまいません。ドムに、店のみんなが会えなくて寂しがっていると伝えてください」

「ええ、伝えるわ」

エイドリアンはドリンクバーでたっぷり氷を入れたグラスにコーラを注いだ。

小さなオフィスは店の奥の突き当たりにあった。その手前の巨大なシンクで食器を洗うスタッフ、今は動いていない大きなパスタメーカー、冷蔵庫の食材を取りに来た料理人。

彼らに手を振ってから、オフィスに入った。

比較的静かな空間でデスクに座り、椅子の背にもたれて数分間目を閉じる。

あれこれやっているときは、胸の痛みを忘れられる。家の掃除をしたり――たいして散らかってはいないが――エクササイズをしたり、生活に必要なものを買いに行ったりしているあいだは。

けれど一瞬でも立ちどまると、胸の痛みに息がとまりそうになる。

解決策は何かをし続けることだと、自分自身に言い聞かせた。

自分のくだした決断がそれを可能にしてくれる。

これは対面で伝えるべきだ。エイドリアンはタブレットを取りだし、ティーシャとビデオ通話をすることにした。

画面に現れた彼女は短いブレイズヘアで、まもなく二歳になる、なんとも愛らしいフィニアスを小脇に抱えていた。

人生は変化する。ただじっと同じところに立ちどまってはいないのだ。

長年の友人兼ビジネス・マネージャー兼心の支えでもあるティーシャは、今や母親となった。セクシーなまなざしでゆったり微笑む作曲家が音楽や花や相当な忍耐力を駆使して彼女を口説き落としたのだ。ティーシャは恋に落ち、今度は別れなかった。

「まあ、フィニアス！」

画面にエイドリアンが映ると、幼子は歓声をあげて拍手した。「リッツ！」そう言って投げキスをした。

「ハイ、フィニアス、ハイ、フィン、ハイ、わたしの大好きなベイビー。フィニアスの顔についてるのは、赤いソースかしら、まさか被害者の返り血じゃないわよね」

「あなたの読みは正しいわ、今回は。さっきランチを食べ終わったところなの。この子の顔を洗いながら聞いているから、かまわず話してちょうだい。モンローはスタジオにこもって仕事中よ。でも、いいの。夜は彼の当番だから。あなたは元気、エイドリアン？　ポピの様子はどう？　もっと長くそっちにいられればよかったんだけど」

「わたしたちはなんとかやってるわ。でも、ポピのことが心配なの、ティーシャ」

「心配して当然よ」フィニアスが顔や手を洗ってもらうことに強く抗議した。「我慢しなさい。もうすぐ終わるから。たしか、あなたのお母さんはもう帰ったのよね」

「ええ、いろいろイベントの予定が入っているから。母は三日間滞在したわ。母にとってそれはトラベラーズ・クリークに一カ月滞在したも同然なの。だから、あまり責められないわ、母も傷ついているから。わたしにはわかるの」

「みんなノンナを恋しがってるわ。今からこの子に『セサミストリート』を観せるから、大人同士の会話をしましょう。ちょっと待ってて、リッツ」

待っているあいだ、ティーシャがフィニアスにエルモの話をし、幼子が笑う声が聞こえてきた。

その声にエイドリアンの気持ちも明るくなる。何もかもうまくいきそうだ。

「さてと、これでいいわ。あの子のエルモへの愛は、新しいノートパソコンに対するわたしの愛着を上まわるくらいよ。あなたも知ってのとおり、わたしはあのノートパソコンが大好きだけど」

「ええ、知ってるわ」

「まだ大人同士の会話じゃないわね。わたしをどうにかしてちょうだい」

「あなたが幸せそうで本当にうれしいわ、ティーシャ。あなたにモンローとフィニアスがいて、ふたりにあなたがいて、本当によかった」

「ええ、とてもうまくいってるわ。あの子に恵まれて、わたしたちは本当にラッキーよ。あなたが恋しいけど」

「それはわたしも同じよ。ねえ、あなたたちは今も郊外や田舎のすてきな家に引っ越すかどうか検討しているの？」

「ええ、そういう話はしているわ。ふたりとも生まれてからずっと都会暮らしで、今のところ順調だけど……」ティーシャはエルモの甲高い声やフィニアスのくすくす笑いが聞こえるほうに顔を向けた。「庭付きの一軒家でまぬけな犬を飼って、ブランコなんかがあってもすてきだわ。わたしったらすっかり家庭的になったわね、エイドリアン。もう一度言うけど、わたしをどうにかして」

「そんなに幸せそうなあなたをどうにかする必要なんかないわ。実は、話したいことがふたつあるの。第一に、わたしはここへ引っ越すことにしたわ」

「えっ？　本当に？　トラベラーズ・クリークに住むの？」

「わたしの自宅の荷造りを手配してもらえるかしら。私物を荷造りしてほしいの。家具は——あなたが使いたいものがあれば、なんでも引きとってちょうだい。あとのものは、とりあえず倉庫に預けるわ。ここでは必要ないから」

「これはビッグニュースね。ゴジラ級のニュースだわ。いつ決断したの？」

「たぶん、ここに着いて、ポピを目にしたときに。あの大きな家でひとり暮らしをするなんてポピには無理よ、ティーシャ。そんなことをしたら死んでしまうわ。ポピにはわたしが必要よ――本人は決して口にしないけど。それに、わたしはニューヨークでなくても仕事ができるわ。そういう意味では幸運よね」

「たしかにそうね。でも、あなたはあれ以来ニューヨークを拠点にしてきたわ」

「ええ、仕事上は。でも、もうずっと前からここが――本当の意味で――わたしの家だったの。仕事には地下室が使えるわ。ちょこちょこっとリフォームしてインテリアのデザインを変え、機材を用意すれば、エクササイズのストリーミング配信や動画撮影が行えるし、もしニューヨークに行く必要があれば、車か電車に乗ればいい。でも、今はそれすら気が進まないの」

「ええ、わかったわ。実務的なことを言えば、あなたは年に何万ドルも家賃を節約できる。その一部を新たなスタジオの整備に当てればいいわ。創造性に関しては、ロケ地をニューヨークじゃなくトラベラーズ・クリークやその周辺に変更することで、それが売りになる。私生活の面では、ポピのそばにいることで毎日心配せずにすむわ」

「だから、あなたはわたしの友人であるだけじゃなく、ビジネス・マネージャーでもあるのよ」

「ポピはなんて言っているの？」

「まだ話してないの。すべて決まってから打ち明けるつもりよ。そうすれば、ポピにはどうにもできないでしょう？　わたしを放りだすわけにもいかないし」

「やるわね」

「あなたとは必要に応じてオンラインで仕事をすればいい。もっとも……」エイドリアンはこのうえなく説得力のある口調で言った。「ここにはすばらしい物件があるわよ。まぬけな犬やかわいい男の子にぴったりの庭を備えたすてきな住宅が、トラベラーズ・クリークやその周辺にはたくさんあるわ」

「嘘でしょう、エイドリアン」

次の瞬間、フィニアスが母親の言葉をおうむ返しに叫び、ティーシャは目を閉じた。

「またやっちゃったわ。ねえ、ペトリー一家と近くのニューロシェルに引っ越すのとはわけが違うのよ。ホームコメディに出てくるロブとローラ・ペトリーのことよ」エイドリアンがぽかんとすると、彼女は言った。「忘れてちょうだい」

「ニューロシェルよりずっといいわ」エイドリアンはいつどうやって畳みかけ、いつじっと待つべきかを心得ていた。「とにかく考えてみて。もし引っ越しに前向きになったら、別の仕事も依頼するわ。今〈リッツォ〉はジャン・ウェルズが切り盛りしているの。経営を担っていたのはノンナとポピだけど、ジャンが主に店をまかされていたわ。祖父には無理だというわけじゃなく、手助けが必要なの。でも、わたしにはできないことだから」

「リッツ、わたしはポピを自分の祖父のように愛しているのよ。そういうことならどこにいたって手助けするわ」

「そう言ってくれることを願っていたの。ポピと話すわ。ジャンも明日か明後日には戻ってくるから、彼女とも。でも、あなたのそのずば抜けた商才が必要なの」

「トラベラーズ・クリークに二、三日泊まって対処してもいいわ。モンローに相談して、いつ行けそうかきいてみる」

「ありがとう」ここでちょっと考える材料を提供すべきだと、エイドリアンは思った。「ねえ、想像してみて、すてきな庭があるすてきな家を。クローゼットより広いあなた専用のオフィスや、モンローのための本物の音楽室、フィニアスの遊び部屋——そして、これから生まれる子供たちの部屋がある家を」

「広々とした一軒家と低い課税標準でわたしを誘惑するつもりね」

「ええ、あなたをその気にさせようと精一杯頑張ってるのよ。ぜひ検討して、話しあってみて。そろそろわたしはポピのところに戻らないと。でも、その前に大家に連絡して引っ越すことを知らせるわ」

「引っ越し業者の手配はわたしにまかせて。トラベラーズ・クリークの近くの倉庫も探してみるわ。家具を取っておけるように。ここか、そっちで使うかもしれないでしょう」

「そうね。ありがとう、本当に感謝してる。わたしの代わりにフィニアスにキスしてちょうだい。また近々話しましょう」

「ええ。リッツ、この移住はあなたにとって正しい決断だわ。ポピのためだけじゃなく、あなたにとっても。そう感じる」

「ええ、わたしもそう思うの。あなたを心から愛してるわ」

「わたしもよ」

タブレットの電源を切ると、エイドリアンは吐息をもらした。これで大丈夫。時間と労力がかかって、考えなければならないこともあるが、何もかもうまくいくようにするつもりだ。

すっかり飲むのを忘れていたコーラを手にダイニングルームへ向かい、今度はカウンターのスツールに座った。

「今からサンドイッチを作ります。家に着く前に冷めないようにしたくて」

「あなたはよくやってくれてるわ、バリー。おかげで、この大変な時期に店は営業を続けていられる」

「〈リッツォ〉はぼくにとってわが家みたいなものだから。昔からそうでした」

「ええ、見ればわかるわ。ねえ、あなたには妹さんがいなかった?」

「三人います。だから、ここをわが家みたいだって思うんですよ」

エイドリアンは噴きだし、バリーが細長いパンをカットするあいだ、コーラを飲んだ。「大学生の妹さんよ。たしか、インテリアデザインを専攻していたわよね？」

「それならケーラだな。あと一週間ほどしたら大学に戻る予定です」

「今から話すことは極秘事項で、あなたが口にしたことは誰にも言わないわ。それで、彼女は優秀なの？」

「ケーラに言わせると、ぼくのアパートメントの内装は最低だそうです。それは間違ってないけど、マキシーと別れて以来ひとり暮らしだったんだから仕方ないですよね。二年前に妹がリフォームした実家の部屋は、雑誌に掲載されてもおかしくない出来でした。妹は優等生名簿に名前が載るくらいだから、優秀だと思います。センスもいいし」

「わたしに電話をするよう妹さんに伝えてもらえる？　彼女に仕事を依頼するかもしれないから」

「本当ですか？」バリーはサンドイッチをピザ窯に入れ、ミートボールのソースに振りかけたイタリアチーズを溶かした。「ニューヨークで？」

「いいえ、ここでよ。もしケーラがその気になったら、インテリアについていろいろ提案してもらってから、実際にお願いするかどうか判断するわ」

「もちろん伝えます。きっとケーラは有頂天になるだろうな。妹はあなたがストリーミング配信しているエクササイズを観てるから」

「本当に？」エイドリアンは微笑み、コーラを飲んだ。「妹さんはさらにポイントを稼いだわ」

エイドリアンが帰宅すると、ドムはまだポーチに座っていた。テイクアウトの紙袋とクーラーボックスを運ぶ彼女を見て、祖父は立ちあがろうとした。

「手伝うよ」

「大丈夫よ。ここでランチを食べましょう」

「ああ、おまえの好きなようにしよう」

「じゃあ、ここで決まりよ。すごくいいお天気だから。ちょっと待ってて」

時には正しい選択が、唯一の選択肢ということもある。エイドリアンは大きな家の広いキッチンへ向かった。

サンドイッチを半分にカットしてすてきな皿に盛りつけ、布ナプキンを出して、グラスに水とワインを注いだ。祖父の食欲をかきたてようと、それぞれの皿に祖父のお気に入りのソルト＆ビネガー味のポテトチップスものせた――一日ぐらい栄養学を無視したっていいだろう。

トレイを持っておもてへ出ると、ポーチの長テーブルにすべて並べた。

「さあ、食べましょう、ポピ。お店に寄ってみたけど、にぎわっていたわ」エイドリアンがぺらぺらとしゃべり続けていると、祖父が立ちあがってゆっくりとテーブルにいるそうよ」

近づいてきた。「今日はバリーが活躍してたわ――でも、みんなポピに会いたがって
「明日は店に行くかもしれない」

祖父は一昨日も同じ台詞を口にした。

「ぜひそうするといいわ。ああ、ミートボール・サンドイッチを食べるのは……いったいいつぶりかしら？」身を乗りだしてかぶりつくと、ソースが皿に垂れた。「このサンドイッチはきっと一部の州では禁じられるわよ。いつか〈リッツォ〉のソースの秘密のレシピを教えてもらわないと」

「ああ、いずれ」祖父はサンドイッチを食べながら微笑んだ。

「さっき出かけたついでにティーシャとビデオ通話をしたの――愛くるしいフィニアスとも話したわ。ふたりともポピを愛してるって」

「あのとってもかわいい坊やか。あの子はかみそり並みに頭が切れる。いや、それ以上だな」

「ええ、そうね。なんとかティーシャとモンローを言いくるめてここに引っ越してきてもらったら、もっと頻繁に会えるようになるわ」

「えっ、ここに？」

ずっと幕に覆われていた祖父の目に光が宿った。

「ええ」エイドリアンはまたサンドイッチをひと口食べた。「仕事はオンラインでやりとりできるからまったく問題はないけど、ティーシャたちはずっと一軒家を――郊外か田舎の家を購入したがっていたの、フィンが生まれてからずっと。だったらトラベラーズ・クリークでもいいでしょう。彼女のずば抜けた商才は〈リッツォ〉の助けになるわ。それに、モンローはどこでだって仕事ができる」ワインをひと口飲み、微笑んで肩をすくめた。「わたしのように」

「どういうことだ？」

エイドリアンはまたうめきながらポテトチップスを食べた。「ああ、どうしてこの手のものを絶対に食べないようにしてるかわかったわ。もっと食べたいと体が叫びだすからよ」ふたたび満面の笑みを浮かべた。「わたしはこの家に引っ越してくるわ。まだ言っていなかったかしら。ニューヨークのアパートメントにはすでに通知済みよ――まあ、連絡したのはティーシャだけど。彼女が自宅のものを荷造りしてここに届けるよう手配してくれるわ。一部は預けるつもりなの――彼女が見つけてくれた倉庫に。あれこれ対処してくれる彼女がいなかったら、わたしは一日だって過ごせそうにないわ」

「エイドリアン、おまえの生活の拠点はニューヨークだろう」

「これまでニューヨークにいたのは、お母さんがそこで暮らしていたし、わたしのキャリアのスタート地点でもあったからよ。でも、わたしの家はここなの。思いだせる限りずっと前からそうだった。わたしは自分の家で暮らしたいの」

祖父が顎をこわばらせた。「エイドリアン、わたしのために人生を台無しにするんじゃない。そんなことはさせないぞ」

彼女はさりげなく指についたソースをなめた。「あいにく、引っ越しはもう決定事項よ。わたしはポピのために引っ越すことにしたの、ポピを愛しているから。それにこれは自分のためでもあるわ。だってわたし自身が望んでいることだから。ポピを愛しているわ」そう繰り返す。「この大きな家も、ここからの眺めも、木も庭も、この町も大好きだから、そうすることにしたの。とめようとしても無駄よ」

祖父の頬を涙が伝う。「おまえにそんなことは――」

「わたしの望みは重要じゃないの？」祖父の手に手を重ねた。「そうじゃないの？」

「もちろん重要だ。重要に決まっている」

「これがわたしの望みなの」

「信号が三つしかない町の外れのこの古い家に住むことがか？」

エイドリアンはまたポテトチップスを食べた。「ええ。それこそまさにわたしが望むことよ。あっ、それと地下室を使わせてもらうわ」

「それは――」

「占拠者の権利よ。わたしにはエクササイズやストリーミング配信を行うスペースが必要なの。仕事のために。地下室の裏には屋外へ続くすてきなガラス戸があって日がさしこむし、機材は撮影クルーに設置しに来てもらうわ。インテリアデザインはバリーの妹さんに依頼するつもりよ」

「エイドリアン、これは大きな決断だ。時間をかけてじっくり考えたほうがいい」

「もうたくさん考えて、プラス面とマイナス面を比較したわ。その結果、利点が上まわったの。リッツォ一族のことはよく知っているでしょう。何かほしいものがあれば、わたしたちはそれを手に入れるために頑張るのよ」祖父に向かってグラスをかかげて乾杯した。「同居人のわたしに慣れてね」

エイドリアンはグラスを置いて立ちあがると、新たに涙を流し始めた祖父を抱きしめた。「ポピにはわたしが必要よ。でも、わたしにとってもポピが必要なの。お互い支えあいましょう」

「もうわたしたちは大丈夫だ」

「ええ」彼女は祖父の顔を両手ではさんでキスをした。「ノンナだってそう思っているはずよ。さあ、そのサンドイッチを食べてちょうだい。じゃないと、わたしが全部食べて、大量のカロリーを消費するために四苦八苦する羽目になるわ」

「わかった、わかったよ。バリーはわたしの好みをよく知っているな」

「本人もそう言っていたわ」

エイドリアンがふたたび腰をおろすと、祖父はサンドイッチをまたひと口食べた。そしてワインを飲み、咳払《せきばら》いをした。「彼らを説得できると本気で思っているのか？ あのかわいい坊やを連れて、ここへ引っ越してくるように説得できると」

彼女は微笑みながら、祖父とグラスを触れあわせた。「それに関しては、わたしに勝ち目があると思うわ。またあのタイヤのブランコをちっちゃな子に使ってもらわないとね」

「本当にそうだな。わたしは最初、このまま朽ち果ててしまいたいと思っていた。ソフィアが亡くなったのに、とても生きてはいけないと。だから、ただ朽ち果てるつもりだった」

エイドリアンの目の奥に熱い涙がこみあげた。「知ってるわ」

「だが、おまえはそんなことを許してはくれないんだな」

「ええ、許さないわ」

祖父はうなずきながら、彼女の目をまっすぐ見つめた。「じゃあ、わたしの地下室をどうするつもりか教えてくれ。いや、わたしたちの地下室を」ドムは言い直した。

二日後、エイドリアンはリフォームする予定のスペースを歩きまわっていた。じっくり眺めながら想像をめぐらせ、さまざまなアイデアを思いついては却下した。彼女が生まれる前に祖父母が設置したワインセラーは、もちろんそのまま残す。作業室兼倉庫として。

客間やバスタブ付きのバスルームにも手をつける必要はない。

残るはアンティークのバーカウンターや古いレンガ造りの暖炉がある広々とした居間で、そこは主に大きなパーティーを開くときに使われていた。

ここの家具も移動するか倉庫に預けないと。でも、バーカウンターや暖炉は趣のある背景として利用できそうだ。

このままの――家の一部としての――雰囲気を保ちつつ、効率よく集中できるスペースにしたい。タブレットを手に取ると、ケーラに見せる予定のメモにじっくり目を通した。どうか若きインテリアデザイナーがコンサルティングに来てくれますように。

そのときビデオ通話がかかってきて、エイドリアンは画面を凝視した。今まで一度もビデオ通話をしたことがない母からだった。画面をタップし、通話に応じた。

画面に映ったリナはばっちりメイクをし、栗色の髪をポニーテールにしていた。仕事モードだ。

「珍しいわね」

「あなたとじっくり話すには、これが最善の方法だから。ついさっき、あなたのブログを読んだわ」

「えっ。知らなかったわ、お母さんが――」

「エイドリアン、あの家やトラベラーズ・クリークに引きこもるのはやめなさい。いったい何を考えているの？」

「わたしはここにいたいし、ここにいなければならないの。それに、引きこもるんじゃなくて、これは新たなチャンスだと思っているわ」

「あなたはニューヨークを拠点にキャリアを築いてきたのよ。市内のさまざまな場所で動画を撮影し、ストリーミング配信を行うのが、あなた独自のスタイルでしょう」

「そのスタイルは変えるつもり」

リナは画面から目をそらさずに、手を振って誰かを追い払った。「たしかに、ポピの面倒を見るために人生の拠点を移そうと考えるのは称賛に値するわ」

「称賛に値する？」

「ええ、愛情深く思いやりのある称賛に値する行為よ。わたしはばかじゃないわ、エイドリアン、それに現状が見えないわけでもない。父にあの家でひとり暮らしをさせるべきじゃないってことくらいわかってる。ニューヨークに引っ越してくるよう説得しようかと思ったけど、お互いにいらだちを募らせるだけだと気づいた。だから、住みこみの看護師で話し相手も務めてくれる人の面接をしているわ」

「ポピにその話はしたの？」

「いいえ、即座に断られるでしょうからね。でも、誰か見つかれば――」

「探すのはもうやめて」エイドリアンはソファの肘掛けに座った。怒っても仕方ない。母は何か問題や不都合なことがあると、決まってお金で解決しようとする。

少なくとも問題に対処しようとした点は評価できるけれど。

「ポピは病気じゃなくて、悲しみに打ちひしがれているの。ポピに必要なのは看護師ではなく、このわたしよ。そして、わたしもポピを必要としてる。わたしはここにいたいの。ポピの面倒を見るためだけじゃなく、家族の家にいたいのよ。お母さんには関係ないでしょう」

「わたしはあなたのキャリアが加速しているときに、ブレーキなんか踏んでほしくないの。あなたには才能があるんだから」

「わたしは今後もその才能を活《い》かすつもりよ」

「アパラチア山脈の外れの古びた家で？」

「ええ、そうよ、この家のポーチや裏のパティオ、公園や町の広場で。アイデアは山ほどあるわ。わたしたちは仕事というルーツは共有しているけど、異なる道をたどったのよ」

「〈ニュー・ジェネレーション〉は今も〈ヨガ・ベイビー〉の傘下にあるわ」

今度はエイドリアンが眉を持ちあげた。「そうね。もしわたしが引っ越すことでそれを改めたいというなら、弁護士を通して傘下から抜けてもかまわない」

「やめて――」リナが口ごもって画面から一瞬目をそらし、平静を保とうと葛藤する様子が見て取れた。「これはビジネスだけじゃなく人生の情熱やライフスタイルにも関わるし、仕事には合理性と革新性が求められるわ。それに、このつらい状況に対処してるのはあなただけじゃない。ソフィア・リッツォはわたしの母親だったのよ」

リナはふたたび息を吸うと、画面に視線を戻した。「わたしの母親だったの」

「わかってる。お母さんの言うとおりだわ」母の表情からその悲しみがありありと見て取れた。「個人的にも仕事の面でも、事前に知らせるべきだった。でも、頭に浮かばなかったの。考えもしなかったわ、ごめんなさい。じゃあ、こうしましょう。一年待ってちょうだい。もしこの引っ越しがわたしの予想に反してうまくいかなかったら、一緒に見直しましょう」

「見直すっていうのは、実際にわたしやハリーやほかのスタッフたちと相談するってこと?」

「ええ」

「わかったわ」母はまた画面の外に目を向けた。「ええ、わかったわ、二分ね！　わたしはあなたの成功を願ってるのよ、エイドリアン」

「わかってるわ」

「もう行かないと。お父さんに……近々電話すると伝えて」

「ええ、伝えるわ」

電話を切ると、エイドリアンはソファにすとんと座った。この決断を母に伝えなかったのは過ちだった。正直、あえて伝えなかったのか、単にうっかりしただけなのかは、自分でもわからない。

もう過去のことだ。それに、この計画を実行に移せば、母もほかのみんなもエイドリアンが正しいタイミングで正しい決断をしたとわかるはずだ。

だから、急いでそれを証明しないと。

北カリフォルニア

ありふれた夜明けのハイキング客。すんなり背景に溶けこめるのは、スキルの賜《たまもの》でもあるし、個人的に楽しいからでもある。時折、静まり返った渓谷に鷹《たか》や鷲《わし》の鳴き声が響く。

どちらも捕食者で、大いに称賛すべき生き物だ。

もう二度と太陽を目にすることのない彼女は、時計のような正確さで毎週二回、スケジュールが許せば三回、ここへハイキングにやってくる。

それは彼女がひとりになって自然と触れあい、心と体を調和させる時間だ。と、本人がツイッターでつぶやいている。

ここで計画を練って狩りをするのはまぎれもない喜びだ。人生と切っても切り離せない旅は、たくさんの機会を与えてくれた。

新たな景色、新たな音、新たな獲物。

やがて時計仕掛けのように、彼女が現れた。ハイキングブーツに明るいピンクの野球帽。金色に染めた髪はポニーテールにし、野球帽の後ろの穴から垂らしている。サングラスに短いカーゴパンツ。

やはりひとりだ。

こちらがわざと足を引きずって、やや顔をしかめると、彼女の目にとまった。

「大丈夫ですか？」

堂々と手を振りながらも、少し痛そうに微笑み、声をかすかに震わせた。「ちょっと足首を捻《ひね》ってしまって。ばかですよね」

一歩踏みだした拍子にちょっとつまずいた。

当然、彼女が支えようと手をのばす。

次の瞬間、ナイフがその腹部を切り裂いた。ショックのあまりぽかんと口を開けた彼女が悲鳴をもらす前に、ナイフが湿った音をたてて引き抜かれ、また突き刺さった。

彼女は崩れ落ち、サングラスも滑り落ちた。

記念品だ！　サングラスにスポーツウォッチ、キーホルダー。そして、今や恒例となった写真撮影。

地面に血だまりができ、頭上では鷹が旋回していた。

リストの名前をまたひとり消し去ると、詩人はその場をあとにした。もうすぐエイドリアンの詩人の手元に届く新たな詩が、ふと頭に浮かんだ。さてと、仕事に戻るか。次の目的地に向けて出発だ！


三日後、エイドリアンはまた買い物に出かけた――ティーシャが家族と泊まりに来るから、今回はたっぷり食材を買わないと。ブログやウェブサイトやSNSに掲載した新たな私書箱から郵便物を回収し、切り花を買いに花屋へ向かう。

ドムは買ってきたものをしまうのを手伝ってくれた──いい兆候だ。エイドリアンはギリシャサラダを食べながら、町で耳にしたゴシップを伝えた。

祖父が心から笑ってうれし涙を流すのを見て、喉元が締めつけられた。

郵便物に目を通したのは、その日の夕方になってからだった。詩人に見つかったことがすぐに判明した。

わたしから身を隠し、逃げられると思ったか？

冗談じゃない、おまえとのつきあいはまだ当分終わらない。

おまえはこれまで何年もわたしのことを考えてきた。

そして、最期の息を引きとるとき、その目に映るのはわたしの顔だ。


今回の消印はボルチモアだった。近すぎる。

もっとも、消印など何も意味がないとわかっている。この十年間に届いた詩の消印は、全米を転々としていた。

ただ、二月以外に届いたのは初めてだった。

つまり、この引っ越しに動揺したのは母だけではなかったわけか。エイドリアンの詩人兼ストーカーもうろたえたようだ。地元の警察にすべての情報を提供しなければ――彼女は分別ある行動が求められているのだから。それに、ハリーや――気が進まないけれど――祖父とも情報を分かちあうべきだ。

今やドムのことを考慮しなければならないし、安全対策として防犯システムを強化したほうがいい。

それに関しては、いくつか考えがあった。

9

ティーシャの車が家の前の停まったとたん、エイドリアンは玄関から飛びだした。うれしいことに、ドムもすぐあとに続く。ティーシャを何度もぎゅっと抱きしめた。

「いらっしゃい！　さあ、フィニアスをだっこさせて！　こんにちは、モンロー」

「やあ、エイドリアン」

すらりと引きしまった体軀《たいく》にこのうえなく端整な顔立ちのモンローが、後部座席へと身をかがめ、フィニアスをチャイルドシートから解放した。

フィニアスのパパは、ママよりも肌の色が黒い。短いドレッドヘアにチョコレート色のセクシーな目、彫りの深い顔に短く整えられた顎ひげがよく似合っている。

エイドリアンがモンローに駆け寄って抱擁してから赤ん坊を抱きあげると同時に、ティーシャが突然叫んだ。「うわっ！　あれは熊？」

エイドリアンはフィニアスの顔じゅうにキスをして笑わせた。「いいえ、犬よ。昨日からうちの犬になったの」

「信じられない……なんて巨大なの」大きな黒い山を彷彿させる犬がのんびり近づいてくると、ティーシャはとっさにあとずさった。

「ニューファンドランドっていう犬種よ――シェルターの人に教わって、獣医も間違いないと言ってたわ。生後九カ月だからもう少し大きくなるけど、子羊みたいにおとなしいんだから」

「そう言われても、子羊のことなんてまったく知らないわ」

犬はティーシャの足元でお座りをすると、情熱的な目で彼女を見あげてお手をした。

「もうトイレのしつけはすんでるし、お座りもお手もできるし、ボールを投げれば取ってくるわ。この犬種は子供に対してとても忍耐強くて注意深いから、子守犬と呼ばれているのよ」

エイドリアンは話しながら、身を揺らして腕を振りまわしているフィニアスを犬と対面させた。

「エイドリアン――」

「わたしがこんなかわいい赤ちゃんや人を傷つけるような犬を飼うと思う？　この子はセディーよ。ふわふわの毛皮の大きな体には愛情がたっぷり詰まっているわ」

「ビートルズの『セクシー・セディー』と同じ名前か」モンローがにっこりして身をかがめ、犬を撫でまわすと、セディーは尻尾を地面に打ちつけ、もっと撫でてもらえるのを待った。

「セディーは保護犬なの——ろくでなしの飼い主にもういらないって捨てられたみたい。セディーが保護された翌日に、ポピとわたしはシェルターを訪ねたの。だから、これは運命よね、ポピ？」

「まさにひと目惚《めぼ》れだった」ドムが同意した。

エイドリアンはしゃがみこんだ。

「ワンワン、ワンワン！」フィニアスがセディーの頭を両手でぽんぽんと叩くと、犬はモンローに撫でてもらったときのように身をまかせた。そして赤ん坊の顔をぺろりとなめ、大笑いさせた。

「この子は頭もいいの。シェルターでセディーに心を奪われ、すぐさまその場でニューファンドランドについて検索したわ。賢くて、しつけがしやすく、愛情深くておとなしいうえ、忍耐強い犬種で、とりわけ子供が大好きだって書いてあった。わたしは昔から犬が飼いたかったの」

「ソフィアとわたしはトムとジェリーを失ったあと、別の犬を飼おうかと思ったが、結局そうしなかったのはセディーを待っていたからだと思うよ」

「何年も犬を飼いたかった気持ちと新たな犬を待ちわびていた気持ちが結びついて、この大型犬と出会ったのね」ついにティーシャも犬の頭をそっと撫でた。

「さあ、なかに入ってくつろいでくれ」ドムはフィニアスのおなかをくすぐった。「ワインを用意してある」

「ドム」モンローがバンのドアを開けた。「あなたとは話が合いそうだ。いえ、これはぼくが運びます。そのワインを注いでもらえたらうれしいです」

「わたしが手伝うわ」エイドリアンはもう一度フィニアスにキスしてからティーシャに返した。だが、幼子は身をくねらせて地面におりると、セディーに両腕をまわした。

「ポピはティーシャを手伝ってあげて」エイドリアンは言った。「そしてわたしが見てない隙に、焼いたクッキーをふるまったらいいわ」

「クッキーなしで子供は迎えられないだろう」

エイドリアンはバンのドアに近づくと、バッグをふたつつかんだ。「ところで……ここに引っ越してくるよう、あなたたちふたりを説得する見込みはあるかしら？」

モンローはエイドリアンに微笑んだ。「ティーシャは都会暮らしに慣れている。でもぼくは田舎暮らしがしたいから、妥協点として郊外の物件を探していたんだ。だが、きみがここにいるなら、勝ち目はぼくたちにあると思うよ」

「本当？　本当に？　ここに引っ越してきてくれるの？」

「ぼくはここの静けさが気に入ったよ」モンローは夢見るような口調で言った。「この静寂のなかなら音楽が聞こえる。ティーシャには隣人との交流が必要だし」ふたりして荷物を家へ運んだ。「徒歩でいろんな店に行けることも欠かせない条件だ。それに、学校や治安のよさも考慮しなければならない」

「手始めに三軒選んでみたわ」

モンローは彼女を見おろしてかぶりを振った。「きみは片時もじっとしていられないタイプだね、リッツ」

「ポピは顔が広いから、地元で一番の不動産業者が知りあいなの」

「じゃあ、見学に行ってみるよ」


ケーラがアプリの詰まったタブレットとメジャー、色見本、たくさんのアイデアを抱えてミーティングにやってきたとき、エイドリアンは彼女をインテリアデザイナーに選んで正解だったと確信した。

すらりと背が高く、筋の入ったブロンドの髪を三つ編みにした彼女は、意欲満々だった。

「なんて広々としたスペースかしら」ケーラは早くも身をかがめてセディーを撫でながら声をかけた。「自然光も思っていたよりよく入りますね――それに、天井が低いんじゃないかと心配していたんです。でも、これなら最高だわ。ああ、緊張しちゃう。まぬけなことは言いたくないんですけど、緊張しています。友達や家族は顧客のうちに入らないので、本物のコンサルティングを行うのはこれが初めてなんです。この仕事を台無しにしたくありません」

「あなたはよくやっているわ」

ケーラが身を起こすと、セディーはエイドリアンの足元に礼儀正しくお座りした。

「最初に、このチャンスをいただいてどれほど光栄に思っているか、お礼を言わせてください。わたしはまだ学位を取得してもいないのに」

「わたしだって初めてフィットネス・ビデオを作ったとき、まだ高校も卒業していなかったわ」

ケーラは美しい榛色《はしばみ》の瞳を見開いた。「本当ですか？　てっきり作り話だと思っていました。都市伝説みたいなものかと」

「嘘偽りのない真実よ。友人三人と制作した動画が、わたしの第一歩になった。自分自身のキャリアの第一歩に。わたしたちが意気投合したら、たぶんこれがあなたの第一歩になるわね」

「わたしのことは気にしないでくださいね」ケーラはタブレットを抱きしめて笑った。「ええと、ホームジムについて調べてみましたが、あなたの動画にはランニングマシンや筋力トレーニングマシンは登場しませんでした。山ほど観たので、あなたがスタジオだけじゃなく屋外もよく撮影に使うのもわかってます」

「ええ、そうよ。この体自体がマシンなの。時には道具も必要だけど」

「軽いダンベルやバランスボール、ヨガマットとかですね」

「そのとおりよ。だから、そういう道具を独創的にディスプレーしたいの——あとで特に頻繁に使う道具のリストを渡すわね」

「DVDやインタビューを観て、あなたのスタイルは理解しました。でも、ここをどうしたいのか、どういう見た目にしたいのか教えてもらえませんか。それと、あのバーカウンターや暖炉は壊さないほうがいいと思います。とってもすてきだし、どこか昔の趣もあるので」

エイドリアンはケーラに向かってにっこりした。「たった今、ひとつ目の意見が一致したわ」

一時間が過ぎ、さらにいくつか意見が一致したあと、ケーラは荷物をまとめた。そこへマヤがコリンの手をしっかり握りながら階段をおりてきた。

「ドムから地下室にいると聞いたの。ハイ、ケーラ」

「こんにちは。ハイ、コリン。ロリリーのことは本当にお気の毒です、マヤ。彼女をよく知っていたわけじゃありませんが、とてもいい人でした。本当に残念です」

「ええ、誰もがそう思っているわ。なんてつらいときかしら」マヤが深く息を吸う横で、コリンは尻尾を振っているセディーを見つめながら目を丸くした。「ドムがちょっと店に行ってくるから、あなたにそう伝えてって」

「本当に？　やったわ！」エイドリアンは両手の拳を突きあげると、片脚を軸にして二回ターンした。「ノンナを亡くして以来、ポピが家を出るのは初めてなの」両手に顔を埋め、必死に涙をこらえる。「ごめんなさい、ケーラ」

「いいえ、謝らないでください」ケーラも涙ぐみながら、エイドリアンをきつく抱きしめた。「いくつかデザインを考えて、携帯に連絡します。それで大丈夫ですか？」

「ええ。ありがとう」

マヤとエイドリアンが濡れた瞳で見つめあうなか、ケーラはパティオのガラス戸から立ち去った。

「まず」マヤが口を開いた。「ここにいる子を紹介して」

「この子はセディーよ。体は大きいけど、とっても優しくておとなしいの。それに、子供が大好きよ」

「朝食には何をあげたの？」

「今朝は、わたしたちがとめる間もなくフィニアスがさしだしたベーコンスライスの半分を食べたわ。公爵夫人のようにお行儀よく」

「フィニアスの指は無事だったの？」

「ええ、両手とも。ねえ、セディーの顔を見て、マヤ。それから瞳や尻尾も」エイドリアンはしゃがんでセディーの背に腕をまわした。「あなたもかがんで」

「そこまでしなくても」だがマヤが身をかがめると、セディーはいそいそとコリンのにおいをかいだ。フィニアスより用心深いコリンは、母親にぴったりと身を寄せた。やがて、セディーの顔をそっと叩いた。

コリンが微笑んだ。「ダダダダ。ウー」

「どうやら気に入ったみたい。気に入らなければノーって言うから。この子が初めて口にした言葉は、とても毅然《きぜん》とした〝ノー〟だったのよ。いまだにそれがコリンの語彙のなかでもっとも頻繁に登場するわ」

「コリンはわたしを覚えていないでしょうけど、すぐに顔馴染みになるわ」

「あなたがここへ引っ越してくるなんて信じられない」マヤの目がまたうるんだ。

「あなたが来てくれて、とってもうれしいわ」

「わたしもよ。マヤ、またふたりして涙ぐみたくないけど、ロリリーのことは本当にお気の毒だったわ」エイドリアンはこらえきれずに口ごもり、こみあげる涙に息をのんだ。「彼女の追悼式に行けず、あなたやあなたのお母さんや、レイランや彼の子供たちのそばにいてあげられなくて本当にごめんなさい」

「それはわたしも同じよ」マヤは震える声でなんとか言葉を口にした。「ソフィアが亡くなったとき、あなたやドムのそばにいてあげられなくてごめんなさい」

「レイランの様子はどう?」

「なんとかやっているわ。子供たちがいなかったら、どうなるかわからないけど。当面は自宅で働いて、子供たちが学校に行っているあいだにオフィスへ仕事を持っていくそうよ。今は子守を雇ったり託児所に預けたりすることを拒否してる。おそらくそれが正しい判断だけど、遅かれ早かれ……」

コリンが母親から離れて床に座り、セディーが同じ高さになるよう床に伏せると、マヤは微笑んだ。

「あなたが手紙をくれたとレイランから聞いたわ。すごく感謝してた。さてと、またふたりして泣きだす前に——近ごろそういう姿ばっかりコリンに見せてしまっているから——この地下室をどうするのか教えてちょうだい。ケーラを雇うなんて本当に優しいわね」

「彼女には、若さと新鮮な審美眼と熱意がある。すごく賢明な選択だったと思うわ。ケーラは壁を淡い中間色にしたほうがいいと言っているの、てっきりエネルギッシュな原色を勧めてくると思ったのに。でもケーラ曰く、原色の壁はストリーミング配信や動画撮影の邪魔になるそうよ」

「ちょっと口をはさんでもいい? あなたは『ワークアウト・ナウ』ブログにトレーニングやフィットネス動画を追加してるけど、あれはすごくいいわ、エイドリアン」

「ストリーミング配信や外部のプロとの契約を交わすために、母を説得するのがどれほど大変だったか話したかしら?」

マヤは微笑んだ。「たぶん一度か二度」

「まったく、どうして内輪でDVDの売上を競わなければいけないのかしら?」エイドリアンは目をぐるりとまわした。「ティーシャが潜在的な会員や自社製品の販売、マーケティングの拡大に関するデータを提示してくれたおかげで、母はしぶしぶ同意したのよ」

「ティーシャといえば、今どこにいるの? コリンをフィニアスと引きあわせたかったんだけど」

「もうすぐ戻ると思うわ。今は物件を見学中よ」

「物件?」

「ここに引っ越してくるよう、あとちょっとで説得できそうなの――モンローはすでに乗り気だから、説得相手はティーシャよ」

「この町に? 本当なの? それはびっくり仰天だわ」

「さあ、わたしの大きなベイビーとあなたのちっちゃなコリンを外に連れていきましょう。いろいろ話したいことがあるの」

エイドリアンが立ちあがろうとした矢先、マヤが手をのばして彼女の手をつかんだ。

「これからはしょっちゅうこんなふうに会えるのね。あなたが引っ越しを決めた理由はうれしいことだけじゃないけど、今のわたしは友人を心から必要としているわ」

「わたしもあなたが必要よ。じゃあ、近況を聞かせて」

「いくつかニュースがあるわ」外に出ると、セディーがエイドリアンの隣に寄り添った。「ミセス・フリッカーが引退するの」

「どうしてそのことを耳にしなかったのかしら？ つい先日、町に行って噂話を仕入れてきたばかりなのに、話題にものぼらなかったわ」

「本人が公にしていないからよ。あなたも知ってのとおり、わたしは大学時代から〈クラフティ・アート〉をまかされてきたでしょう――現在はパートタイム勤務だけど。彼女は、あの店をジョーとわたしが買い取ることを望んでるの」

「買い取る？」エイドリアンはぴたりと立ちどまった。「あのギフトショップを？ 最高じゃない」

「そう思う？」マヤは肩をすぼめると、コリンを地面におろした。乳飲み子は数歩歩いたかと思うとぺたんと座りこんで、芝生で遊びだした。「あの店は大好きだし、仕事内容も把握している。でも、店を単に切り盛りするのとオーナーになるのはまったく違うわ」

「あなたならきっと最高のオーナーになるわ。数年前にミスター・フリッカーが病気になったときも、店を取り仕切ったのはあなたでしょう。商品の買いつけから陳列、給料の支払いまでさまざまな仕事をこなしたじゃない」

「あのときは大変だったわ。しかも、赤ん坊を産む前よ。もし店主になるなら、給料の支払いや帳簿つけなんかをしてくれる人を雇わないと――わたしもジョーもその手のことが不得意なの。それに、夫には本職があるし」

エイドリアンは人さし指をかかげた。「今ひらめいたわ。たまたまわたしの知りあいに、トラベラーズ・クリークへ引っ越してくるかもしれない優秀なビジネス・マネージャーがいるの」

「ティーシャが引き受けてくれると思う？　そうなれば、あらゆる問題が解決するわ。わたしに彼女の報酬が払えるかしら？　ティーシャにあれこれ見積もってもらって、こんなことを考えるなんて頭がどうかしているか、教えてもらえると思う？」

「どの質問も答えはイエスよ。でも何より重要なのは、あなたがそれを望んでいるかどうかかね」

「そこが問題なの。わたしはやりたいの。すごくやりたいのよ。毎日何度も考え直すよう自分に言い聞かせているわ。でも、やっぱりやりたいって思ってしまうの」

マヤが見おろすと、コリンは草に向かって熱心に何かしゃべっているようだった。

「昔からあの店が大好きだった。高校時代は、あなたみたいに大都会へ引っ越してすてきな仕事を得て、おしゃれな服を着るんだと自分に言い聞かせていたわ。でも、夏休みの小遣い稼ぎに〈クラフティ・アート〉で働き始めたら、すっかりあの店が気に入ってしまったの。やがてジョーと出会い、コリンも生まれた。ええ、これこそわたしがやりたいことよ」

「だったら、帳簿はティーシャにまかせて、店を買い取るべきよ。よく人が後悔するのは、夢に手をのばさなかったことよ。コリンは抱きあげられたらいやがるかしら?」

「この子は女性が大好きなの」マヤは息子に言った。「相手が男性だと人見知りをするけど」

「わたしは女性だから……」エイドリアンはコリンを抱きあげ、揺らして笑わせた。

「車が停まる音がしたわ。ティーシャたちか、ポピね。確かめに行きましょう」

「わたしはあと二十分くらい時間があるわ。二十分したら、この子を連れて帰ってランチを食べさせ、昼寝をさせないと。そうしないと、コリンはものすごく機嫌が悪くなるの」

「この顔で?」エイドリアンはコリンの顔にキスした。「全然、機嫌が悪くなりそうには見えないけど」

「二、三日、わが家で生活してみればわかるわよ」

セディーがエイドリアンのそばを離れ、フィニアスを見つけて小走りになった。今ではセディーを全面的に信用しているティーシャは、息子と犬が再会を喜びあえるようフィニアスを地面におろしてやった。

「マヤ！　コリンはずいぶん大きくなったわね！　なんてかわいいの！　わたしにも抱かせて」

ティーシャがエイドリアンからコリンを奪うと、モンローは妻の肩に顎をのせた。

「まあ、あなたは真夏の太陽みたいね、コリン」

コリンは内気そうに微笑み、身をくねらせた。

「ええ、わかったわ。別の男の子と犬のコンビと競いあっても、わたしに勝ち目はないわね」

ティーシャはコリンをおろしてマヤを抱きしめた。何か言葉をかけられたマヤが、ティーシャをぎゅっと抱きしめた。

「ありがとう。それに、ふたりからはお花も送ってもらったのよね。きれいなお花を本当にありがとう。会えてうれしいわ。あなたたちみんなに会えて。ああ、フィニアスを見て。もう立派な男の子ね」

芝生に横たわったセディーは男の子ふたりによじのぼられ、明らかに至福のときを味わっているようだった。

「そして、あなたは」ティーシャがエイドリアンを指さした。「もう大嫌いよ」

モンローが笑って妻の肩を抱いた。「まさに理想の家だった」

「やっぱりね」エイドリアンはすばやく腰を振って踊った。「あのマウンテン・ローレル通りのきれいなブルーの二階建ての家でしょう。屋根付きのポーチがあって、開放的な造りで、フェンスに囲まれたすてきな裏庭があるのよね」

「本当ならあなたを口汚く罵りたいところだけど、子供たちがいるから我慢するわ。まさか、マウンテン・ローレル通りなんて場所に住むことになるとは想像もしなかったわ」

「購入を打診したよ」モンローは満面の笑みを浮かべた。

「嘘でしょう――なんてこと！　信じられない……」

言葉が出てこず、エイドリアンは三回連続で宙返りをした。

「もう見せびらかしちゃって。こんなのどうかしてるわ」ティーシャは両手で頭を押さえて前後に振った。「本当にどうかしてるってわかっているのに、あの家がほしいの。結局二軒しか見なかったわ。たった一日、数時間見学しただけで……あの家がわたしたちのものになるのね」肩に手をのばすと、モンローがその手をつかんだ。

「ぼくらにとって理想の家だからだよ。町のレストランやバーやスーパーまで徒歩で行けるのに、庭付きだ。しかも閑静な住宅地で、隣人たちにも恵まれている」

「モンローの言うとおりよ」ティーシャがため息をもらした。「そのとおりだけど、こんなのどうかしているわ。でも、あの家がほしいの」

「わたしの親友ふたりが――ううん、モンローを入れれば三人が、自分の望むものを手に入れようとしてる。あっ、それに、わたしも！　今夜、ディナーを食べに来て、マヤ。ジョーとコリンと一緒に。みんなでお祝いしましょう」

「まだティーシャにあのことを話していないわ――それに、ジョーともっと話しあわないと」

「あのことって？」ティーシャがきいた。

「マヤが町で一番人気の店を買い取るんだけど、あなたに経理関係をお願いしたいそうよ。今夜持参するといいわ。あなたは目を通してくれるでしょう、ティーシャ？」

「もちろんよ」

「よかった。じゃあ、五時に来て。ワインを飲みましょう。ティーシャが帳簿に目を通しているあいだは、セディーとわたしが子供たちの面倒を見るわ」

「まったく仕切り屋なんだから」ティーシャがマヤに言った。

「本当にそうね」

「わたしは目標を明確に定め、整然と効率的に物事を進めるタイプなの。この数週間はつらかったわ」エイドリアンは左右の腕をそれぞれティーシャとマヤの腰にまわした。「だから、心機一転して新たな冒険に乗りだし、自分の望みをかなえるわ。そうすればうまくいくから」

「わたしとジョーはそれが可能かどうか確かめて――ティーシャの意見も聞かないと。ただ、ディナーには夫と一緒に必ずうかがうわ。リッツォ家の料理を断る人なんていないもの。とりあえず今は――」マヤは身をかがめてコリンを抱きあげた。「この子を連れて帰らないと。じゃあ、また今夜。先にお礼を言っておくわ、ティーシャ」

「数字とビジネスと予測が、わたしの得意分野よ」マヤを見送ったあと、ティーシャはエイドリアンに向き直った。「で、どの店なの？　創業何年？　オーナーが店を売りに出す理由は？　店の場所はどこ？」

「レモネードのグラスを持ってポーチに座ったら、すべての質問に答えて、さらに詳しく説明するわ」


それから二週間後、ティーシャはマウンテン・ローレル通り沿いの家に引っ越し、マヤは店主となり、エイドリアンはケーラとともに新しいスタジオに立っていた。

「完璧だわ。非の打ちどころがまったくない。あなたが暖炉に粗く白いペンキを塗ると言いだしたときは不安だったけど、あれもあなたが正しかった。おかげで、レンガの雰囲気がやわらいだわ」

「気に入ってもらえましたか？　わたしはすごく気に入っています。でも、あなたにも気に入ってもらいたいんです」

「ええ、気に入ったわ。あなたはわたしの望みを——望んでいると思ったことを取り入れて、さらにすばらしいものにしてくれた。フローリングの塗り替えは本当にやった甲斐があったわ。バーカウンターをスムージースタンドにして、麦の鉢植えも置いたことで、フィットネスの栄養面もアピールできたし」

「親近感がわく家庭的な雰囲気はそのままですよね」

自然光に照らされて輝く塗り替えたフローリングの床、色とりどりのヨガマットが入った大きなバスケット、エクササイズバンドをあえて見せるように収納した古いコートハンガー。

壁に取りつけた棚にのったバランスボールは、ウォール・アートのようだ。ケーラはダンベルの収納に一般的なラックではなく古いワイン・ラックを再利用した。

「もともとここにあったものを——祖父母のものを——再利用する方法も気に入ったわ。あの食器棚にタオルや汗止めバンドやヨガブロックをしまったり、古いベンチに鉢植えやキャンドルを飾ったり。おかげで、このホームジムは文字どおり家の一部になった」

「じゃあ、暖炉のそばのちょっとしたくつろぎ空間はやりすぎじゃありませんか？」

「もちろん、あそこも使うつもりよ。色彩もいいわ。あなたの言うとおり、淡いセージグリーンで正解だった。あまりにもグレーっぽくて退屈になるかと思いきや、それによって道具の色が際立ったわ。鉢植えのグリーンも生き生きして見える。これなら、どの角度からストリーミング配信してもうまくいくはずよ」

エイドリアンはセディーが隣に座ると、上の空で手をおろし、その頭を撫でた。

「家族写真を見つけて額縁に入れ、炉棚に飾ってくれてありがとう」

「あなたはホームと言い続けていましたし、家族の存在なしにホームの雰囲気は出せませんから」

「ケーラ、インテリアデザイナーとしての初仕事は見事成功よ。それに、これが最後の仕事じゃないわ」

「本当にうれしいです！」ケーラはラベンダー色のランニングシューズで飛び跳ねた。「ここの写真を撮って、わたしのポートフォリオに加えてもいいですか？」

「もちろんよ。それに、最初の顧客としてレビューも書くわ」

「本当ですか！」

「それと、近々大学に戻るのは知っているけど、なんとかもう一件コンサルティングを引き受けてもらえないかしら。友人のティーシャとモンローが最近住宅を購入して、あなたの助けがちょっと必要なの」

ケーラは目を見開き、ぽかんと口を開けた。「冗談でしょう」

「冗談じゃないわ。もしあなたに時間があれば、このあと家に寄ってくれるはずだと、ティーシャには話してあるわ。住所を教えるわね。彼女はマウンテン・ローレル通りに住んでいるの」

「ええ、あの家なら知ってます。今すぐ行きます！　彼らが引っ越してきたことは周知の事実ですから。立派な家ですよね。ああ、信じられない！」

「ありがとう、ケーラ、わたしがまさに必要としていたスタジオを作ってくれて」

エイドリアンは手をさしだしたが、そんな彼女をケーラは抱きしめた。「あなたは単なる最初の顧客じゃありません。永遠にお気に入りの顧客です。バイバイ、セディー！」ガラス戸に駆け寄ると、ふと足をとめた。「わたしはもうインテリアデザイナーなのね」

笑いながら、ケーラは走り去った。

エイドリアンは夢が実現するところを目の当たりにするのがどんな気持ちかよく覚えていた。当時のことを思いだしながら、携帯電話を取りだし、ヘクターとローレンとティーシャにメールを送った。

〈ハイ、みんな。わたしの新しいホームスタジオで最初の動画制作に取りかかるときが来たわ。本当にすてきなスタジオよ。すでにテーマは決まっていて、ルーティーンもほぼできあがっているわ。わたしはいつでも大丈夫だから、みんなの都合がいいときに撮影しましょう。ティーシャ、ケーラがあなたの家に向かっているわ。ヘクターとローレンは、ティーシャの新しい家を見るのを楽しみにしていてね。もちろん、わたしの新しいスタジオも。また近いうちに連絡するわ〉

エイドリアンは二階まで駆けあがると、祖父が店に行って家が空っぽなことを喜んだ。これからは毎日店に顔を出すだろう。彼女は着替えるために寝室へ入った。一時間だけの日もあれば、一日の大半を店で過ごすことも多いはず。

祖父は仕事が大好きだし、それがきっと喜びや慰めをもたらしてくれる。

エイドリアンも同様だった。

フィットネス・ウェアを身につけると、新しいスタジオがある地下室におりた。セディーがそうしたいときや必要なときに外へ出られるよう、ガラス戸を開ける。ビートを刻む音楽をかけ、タイマーをセットした。そして鏡張りの壁に向かい、仕事に取りかかった。

ウォーミングアップのリハーサルを行って修正していると、子供のころにリハーサルをする母を眺めていたときのことがぱっと頭に浮かんだ。あのジョージタウンの家の鏡張りの部屋や、鏡に映った母の姿が。

エイドリアンは憧れのまなざしで母を見つめていた。ふたたびひとりになってから、バレリーナやブロードウェイ俳優になった自分や、将来の姿を想像して踊った。そのあまりにもすばらしいダンスを見れば、母も称賛してくれるだろうと。

だがあの男が現れ、恐怖と流血と苦痛をもたらした。

今でも実の父親の顔はありありと思いだせる。ほかのすべてが視界からかき消え、思わずタイマーをとめた。

「あんなことを思いだしてもなんの意味もないわ、なんの意味もない」まぶたを閉じ、呼吸を繰り返す。今ではマスコミですらあの忌まわしい事件を蒸し返すことはめったにない。大昔のニュースだし、考えても仕方ない。

こんなふうに、突然あのときの恐怖がよみがえって、凍えたりほてったり息が乱れたりすることはまれだ。

乗り越えるのだ。過去にそうしたように。

「わたしは弱くなんかない」エイドリアンは鏡に映った自分自身に告げた。「それに、長年生きてきて、あの忌まわしい一日だけでわたしという人間が形成されたわけじゃないわ」

　タイマーをセットし直そうとした矢先に、鏡に映るセディーの姿が目にとまった。背後に寝そべって、彼女を見つめている。

　憧れのまなざしで。

　タイマーをセットする代わりにあとずさって床に座り、セディーに顔をすり寄せると、大型犬の喉からうれしそうな声がもれた。毎回笑わずにはいられない声だ。

「仕事はあとまわしにするわ。さあ、外へ出て、ボール遊びをしましょう」

　愛するもののためには時間を作らないと。おもてに出て、オレンジ色の大きなボールを手に取ると、セディーの目がうれしそうに輝いた。

　子供時代に学んだことがあるとすれば、それは自分の情熱や責任のために時間を作らなければならないということだ。そして、愛する人々のためにも。

10

妻の死後、レイランは夏のあいだはほぼ自宅で仕事をした。もっぱら夜中に。ロリリーが亡くなって以来よく眠れないので、夜間に仕事をし、明け方になると仮眠した。そして子供たちが昼寝をするとき――いや、昼寝をした場合は――自分も一緒に眠った。

子守を雇うことは考えられず、子供たちの人生にさらなる劇的変化を与えるのは耐えられなかった。それに、誰かに子供たちを預けることも。

最初の数週間はブラッドリーがよく真夜中に泣きながら起き、睡眠は優先事項ではなく贅沢品《ぜいたくひん》となった。

母や妹の慰めや気遣いは決して忘れない。だが、ふたりとも永遠にここにいられるわけではない。

レイランはさまざまな責任を抱えていた。一番目は子供たちで、次は仕事だ。仕事は家族を養うためだけではなく、会社を維持し、彼を頼りにする社員たちに給料を払うためでもある。

なんとか捻出した時間で仕事や子供の世話に没頭した。洗濯や買い物や食事の用意をし、子供たちを気遣い、公園に連れていった。そのすべてに加え、子供たちを安心させ、普通の生活を味わわせようとした。

昔から、ひとり親はどうしているのだろうと思っていた。

ようやく、へとへとになるまで必死に頑張り、自分自身はまったく顧みずに子供を育てているのだと悟った。

体重も落ちた――徐々に減っていき、もともと引きしまっていた体は骨と皮だけになった。鏡に映った姿を見ても、にわかに自分だとは信じがたい。

だが、それをどうにかする時間的ゆとりもなかった。

秋になると、子供たちを学校に送り届けてから出勤し、また迎えに行った。スケジュールを調整するなかで、以前はいつもロリリーとしていた掃除を週に一回家政婦に頼むことにした。

クリスマスは暗闇に引きこもってまた悲しみに浸りたかったが、なんとかクリスマスツリーを用意し、ライトの飾りつけもした。

靴下をつるし始めてロリリーの靴下を取りだした拍子に、レイランは泣き崩れた。

幸い、まわりには誰もいなかった。悲しみの黒い荒波にのまれ、思わず床にしゃがみこむ。

どうすればいいんだ？　どうしたらこんな悲しみを乗り越えられる？

靴下を握りしめていると、ジャスパーが近づいてきて膝によじのぼり、レイランの肩に頭をのせた。

犬を抱き寄せ、途方もない悲しみがいくらかやわらぐまでそのままでいた。

なんとかしよう、なんとか乗り越えよう。二階では子供たちが眠り、ふたりともレイランを必要としている。

普段はクリスマスの朝を自宅で迎えたあと、車を走らせて実家でホリデーディナーを食べ、ボクシングデーを過ごす。だが、今年はクリスマスイブの朝に子供たちとクリスマスを祝って、車で南下した。

子供たちには、サンタクロースが早めにプレゼントをくれて靴下にお菓子を詰めてくれたと説明した。なんでもお見通しのサンタクロースは、ぼくたちがおばあちゃんの家に行くことも承知しているからと。

これもわが家の新たな伝統だと自分に言い聞かせた。昔の伝統に心を打ち砕かれて再起不能に陥らないよう、新たな伝統を作らなければならない。

そうやって夏、秋、冬を乗り越えたのち、ロリリーの一周忌を迎えた彼は、子供たちが眠るなか、暗闇にひとり座って亡き妻の夢を見た。

ふたりきりの静かな時間によくそうしていたように、ロリリーがレイランの膝に座った。かつて妻が身につけていたほのかな花の香りがする。その香りが息のように彼を満たした。

「あなたはよくやっているわ、ハニー」

「ぼくはそんなこと望んでない。きみが恋しいよ」

「わかっているわ。でも、わたしはここにいる。子供たちのなかや、ここに」ロリリーが彼の胸に手を当てる。「あなたは頑張り続けるしかないの。今日はつらいでしょうけど、それを乗り越えたら明日が来るわ」

「時間を巻き戻したいよ。そうしたらあの日、きみが出勤するのをとめられるのに」

「無理よ」ロリリーはレイランの喉に顔をすり寄せた。「わたしが行かなければ、あの少年は亡くなっていたわ。かまうもんかなんて言わないで。だって、それはあなたの本心じゃないもの。あの子はどんな人物に成長し、どんなすばらしいことを成し遂げるのかしら?」

「あの子はぼくに会いに来たよ」レイランはつぶやいた。「ご両親と一緒に。ぼくは彼らと話したくなんかなかったけど」

「でも、話したのね」

「彼らはぼくに……どれほど申し訳なく思っているか、どれほど感謝しているかをただ伝えたがっていた。ぼくはそんなことはどうでもいいと思いたかった」

「でも、思えなかったんでしょう」

「彼らは許可を取って校庭に木を植えるそうだ。きみの教室の窓から見える場所に桜の木を――食用じゃなく観賞用の桜の木を。きみのことは決して忘れないと、ぼくに伝えようとしていたよ」

「あの子が今後の人生でほかにどんなすばらしい行いをするのか、わたしたちには知る由がない。あの日わたしがあの場にいなかったら、代わりの教員はほかの生徒たちを安全な場所に避難させられなかったかもしれない。それもわからないのよ、ハニー、わたしたちには知る由がないわ」

「きみだって今後の人生で何を成し遂げたか、わからないだろう。ぼくらが今後の人生で何を成し遂げたかも」

「ああ、レイラン。わたしはなすべきことをしたし、そうする運命だったのよ。あなたもわかっているはずよ。今度はあなたがなすべきことをしてちょうだい。あの事件が起こる前の晩、子供たちにソフィアのことをどう伝えるべきか話しあったのを覚えている？」

「ソフィアは天使になって、あの子たちやほかに彼女を必要としている人々を見守っていると伝えることにしたよね」

「あの子たちはまだとても幼いから、それが正しい伝え方に思えたわ。でも、あなたもわたしのことをそう考えられるんじゃないかしら。だって、わたしはいつもあなたのそばにいるもの、レイラン。そして、あなたや子供たちを見守っているわ」

「エイドリアンから手紙をもらったよ。彼女はきみのことを天使だと言ってた」

「ほらね」ロリリーはそっと彼に優しくキスをした。「愛しているわ、レイラン。もう悲しみを手放して。そうしたからって、わたしや思い出や愛情を手放すわけじゃない。もう悲しみを手放してちょうだい、それを何か別のものに生まれ変わらせて。わたしのために、わたしたちの子供のために」

「そんなこと、できるかわからない」

「あなたならできるわ。わたしにはわかる。あなたはいずれ、そうするはずよ」

ロリリーがふたたびキスをして、しばらくすると彼は暗闇にひとり座っていた。

レイランは立ちあがると、アトリエの電気をつけた。もう真夜中に近かったが、製図台の前に座る。

そしてロリリーのスケッチに取りかかった。まず顔を——さまざまな表情を描く。喜び、悲しみ、怒り、誘惑や驚きの表情、愉快そうな顔を。

次に体を描いた。正面、側面、背後からの全身を。何枚も描いたあと、翼を描き加えた。

翼を折りたたんだ状態や広げて飛行する姿、飛びながら旋回したり戦ったりする姿。

最初は白のロングドレスをまとったロリリーを描いたが、すぐに違うと悟った。大きくて美しい、どこか凶暴な白い翼は、このままでいい。だが、服は天使を彷彿させる白ではなく、もっと大胆で力強く猛々《たけだけ》しいものにすべきだ。

今度は体に密着するワンピースと細身のブーツをスケッチした。後光を描き加えようとして、ありきたりだと却下した。手の甲にかかる長袖の端を尖《とが》らせ、ブーツの正面にＶ字の切れこみを入れた。

シンプルで力強い。色鉛筆に手をのばした彼は、ブルーを選んだ。ロリリーの瞳の色だ。

ロリリーはほかの人々を救うために命を落とした、天寿を全うすることなく。いわば番狂わせだ。そのため……人間として百年の命を与えられたが、それはほかの人々のために戦って彼らを助け、正義や無垢《むく》な人々のために働き続けることが条件だった。

人間の姿のときは、リーだ、リー・マーリーにしよう――ロリリーのファーストネームの一部と子供たちの名前を組みあわせて。世を忍ぶ仮の姿はアーティストだ。翼を広げたり助けを求められたりしたとき、彼女はトゥルー・エンジェルになる。

レイランはそのスケッチをボードにとめた。

朝になって子供たちが目覚める前に、彼女の生い立ちのプロットを書きあげた。

レイランはロリリーに頼まれたことをした。少しだけ悲しみを手放し、別のものに生まれ変わらせたのだ。

子供たちに服を着せたあと、娘がどうしても保育園に履いていくと言って聞かないきらきら光るピンクのスニーカーが見つからず探しまわった。それに手間取り、朝食は冷凍ワッフルをあたためることしかできなかった――子供たちは歓声をあげたが。車に子供たちとゆうべのスケッチを乗せ、子供たちを学校に送り届けたあと、会社へ向かった。この一年で初めて本物の目標を見つけ、本物の興奮を味わっている。

レイランはまずジョナをつかまえた。

「どうした、レイラン、ひどい顔つきだぞ。まるで麻薬でもやったみたいだ」

「徹夜したんだよ。きみとビックとミーティングをしたい」

「ビックならさっき階上《うえ》にあがっていったよ。ぼくは文字入れをクリスタルに頼まないと――」

「あとにしてくれ」時間を節約するために、ジョナを貨物用エレベーターへと引っ張りこんだ。

「おまえが昨日つらかったのはわかる。だが、本当に麻薬をやったんじゃないよな？」

「コーヒーだよ、コーヒーを飲みすぎたんだ」

エレベーターがうなりながら動き始めると、レイランはビックに携帯メールを送った。〈ぼくのオフィスに来てくれ、今すぐに！〉

「普段はめったにコーヒーなんか飲まないのに」

「ゆうべは飲んだんだ。実は見せたいものがある」レイランはバッグをぽんと叩いた。

「きみたちに見てもらって、正直な意見を聞かせてほしい」

「わかったよ。だが、コーヒーはもう飲むなよ。どのみち今日の午後は共同経営者会議だろう。今から昼寝でもしたらどうだ、どうせ午後に——」

「いや、今じゃないとだめだ」

ふたたびジョナの腕をつかみ、自分のオフィスへ導いた。バッグを開いてスケッチを取りだすと、ボードにピンでとめ始めた。製図台にあった描きかけの原稿を無視し、章ごとにまとめた生い立ちのプロットもボードに追加した。

「きれいだな」ジョナが静かに言った。「これはロリリーだろう、彼女は美しいよ」

レイランはかぶりを振った。「人間の姿のときはリー・マーリーだ。彼女は無実の人々の守護者、トゥルー・エンジェルだよ」

「いったい何をそんなにあわてているの？」ビックが入ってくるなり問いただした。

「わたしは……まあ」立ちどまってスケッチに見入る。「すばらしいわ、レイラン」

「ここにあるスケッチをよく見て、プロットに耳を傾けてくれ。そのあと、これを作品にできるかどうか意見を聞かせてほしい。ぼくに同情したからでも、ロリリーを愛しているからでもなく、そうするのが正しいかどうかを。いや、作品にするなら、正しいだけじゃだめだな。もし欠点があれば教えてほしい。うまくいかないと思ったら、そう言ってくれ。これは彼女の顔で、彼女の心だ。だから、本当のことが知りたい」

ジョナはすでにボードに近づき、プロットを読み始めていた。「もううまくいくって、わかっているんだろう。単に正しいだけじゃないってことも。もちろん、これはロリリーに敬意を捧げる作品だが……」

ジョナは声が震えて口もごった。「きみが続けてくれ」ビックにつぶやく。

「わたしはまだ読んでる途中よ」

「今後の展開も説明できる」レイランが口を開いた。「もう頭のなかでプロットに肉付けをしてある」

ビックが彼に向かって指を振った。「黙っててちょうだい。彼女の家はブルックリンじゃなくソーホーにしましょう。ソーホーのロフトがいいわ。階下のアートギャラリーで働いて、家賃をまかなっているの」

「なるほど」レイランは熟考しながらうなずいた。「わかったよ。彼女がマンハッタンにいることに変わりはないし、そのほうがいい」

「彼女が強盗から女性を救うシーンがあるけど、女性じゃなく子供にしたらどう？

たとえば十歳くらいの、路上生活をしている少年にするの。そのほうがもっと感情を揺さぶられると思うわ」

「ああ、それはよさそうだ。アイデアを練り直してみるよ」

「あと、こういうのはどうかしら。彼女は救急車のなかで心肺停止状態に陥り、救急救命士が心肺蘇生《そせい》を試みるなか、彼女の魂はこの世とあの世の境に向かうの。まるで魔法みたいでしょう。この世に送り返されて息を吹き返した彼女を見て、これは魔法だと人々は言うの。そう、魔法みたいだと」

ビックはレイランに向き直った。「あなたにとって、これはどのくらいつらいことなの？　プロットを考えて絵を描く一連の作業や、彼女をよみがえらせるのは」

「ぼくにとっては慰めになる」実際、もう心が慰められた。「これはロリリーを失った経験から前向きな何かを生みだす作業だ。だがその何かは、意味のあるものでなければならない」

「これは意味のあるものになるわ。ジョナ、あなたはどう思う？」

平静を取り戻したジョナが笑みを浮かべた。「トゥルー・エンジェルに乾杯。彼女が長く飛び続けることを願うよ」

〈トリケトラ・コミックス〉はロリリーの二周忌に『トゥルー・エンジェル』の連載をスタートさせた。レイランはトゥルー・エンジェルの宿敵として半悪魔のグリーヴァスを生みだした。彼の毒に感染した人間は、ありふれた怒りや不満がもとで凶暴化する。

レイランはその作品作りに没頭して忙しく働き、『トゥルー・エンジェル』が読者に好評だったことで意欲がさらに高まり、会社の収益もあがった。

だが夏がめぐってきて、また学期末を迎えるころには、この生活を変えなければならないと悟った。子供たちや自分自身のために、そして仕事の質を落とさないために。ずっと棚上げにしていた休暇を取り、子供たちと三人だけで一週間ほどビーチで過ごした。

仕事のことは考えないようにして就寝時刻や朝食のルールは撤廃し、休暇中は日焼け止めを厚塗りして砂の城やホットドッグを作ったり、ビーチパーティーをしたりした。そして、波音や子供たちがベッドの上で飛び跳ねる音で目覚めた。

太陽を浴びながら一日じゅう海辺で過ごしても子供たちのように熟睡できない夜は、小さなデッキに座り、暗い海の上の降るような星空を眺めた。

レイランは白地に紫色の花柄のロングドレスをまとったロリリーの夢を見た。そのドレスはよく覚えている、ようやく寄付した遺品のひとつだ。

デッキの手すりの前に立つ彼女は、海風に髪をなびかせながら月明かりに照らされていた。

「ここはわたしたちのお気に入りの場所よね。いつかコテージかバンガローを購入したいと話したことがあったでしょう」振り返りながら微笑む。「結局、実現はしなかったけれど」

「実現しなかったことなら山ほどある」

「あら、大事なことは実現したでしょう。今ジャスパーに守られながら、身を丸めて眠っている日焼けした子供たちがいるじゃない」

「ジャスパーも子供たちに負けないくらいビーチが大好きだ。『トゥルー・エンジェル』が大ヒットした今なら海辺の家が買える。ケープ・メイで物件を探そうかな、あっちのほうが故郷に近いし。でも……」

「どんなにいいパパでも、すべてをこなすのは大変よ」

「何かをうっかり忘れそうで心配なんだ。ブラッドリーのクラスのためにカップケーキを二ダース焼くとか――それもグルテンフリーのカップケーキを。必ず洋服とおそろいのリボンをマライアの髪に結んでやるとか――あの子は筋金入りのおしゃれ好きだ。きみはどうやっていたんだ？」

「ハニー、わたしにはあなたがいたから、カップケーキに手がまわらなかったら、あなたにベーカリーで買ってきてもらうでしょうね。もしリボンが見つからなければ、花の飾りがついたヘアピンで代用すれば大丈夫よ」

ロリリーはレイランの隣に座ると、彼がほとんど口をつけていないワイングラスをつかんだ。「助けを求めることは恥ずかしいことじゃないわ、レイラン」

「別にそういうわけじゃない。ただ、子守を探そうとするたび、違和感を覚えるんだ。子供たちにとっても、ぼくらにとっても。なぜだかわからないが、違和感を覚える」

「そうでしょうね。でも、あなたはその理由がわかっているはずよ」ロリリーはレイランのワインをひと口飲み、彼の脚をぽんと叩いた。「自分が何をすべきか、何をしなければならないのか、何をしたいのか、心のなかでわかっているように」

「でも、それだときみを置き去りにして、ぼくらが望んで築きあげたすべてに背を向けるような気がするんだ」

「ああ、レイラン、ハニー、わたしのほうがあなたを置き去りにしたのよ。そんなことは望まなかったし、そんなつもりもなかったけど、あなたを置き去りにした。今度はあなたが、わたしたちの子供やあなた自身のために正しいことをしなければならないの」彼女はワイングラスを置いて彼の頰にキスをした。「あなたがそうしてくれると信じているわ」

ロリリーは立ちあがると、白い翼を広げて夜の闇へと飛び去った。

ブルックリンへ戻ると、レイランは子供たちふたりと遊ぶ日の段取りを細かく決め、共同経営者同士のミーティングはもっと簡単に準備した。

具体的には、三階の会議室を押さえ、ランチには中華料理を注文した。

冬のあいだ実験的に生やしていたひげをきれいに剃ったジョナが、鶏肉《とりにく》の甘酢あんかけをフォークですくった。「ついさっき、マータから『トゥルー・エンジェル』の売上報告があった。それと『スノー・レイヴン』に関しても――『クイーンズ』七月号の予約注文だ。あとできみたちにもメールするよ。それをここで見せたら、大いに食欲が増すだろうな。何しろ、すごい売上だから」

「よかった」ビックが巧みに箸を使いながら焼きそばを食べる。「実は今朝、妊娠検査をしてみたら、来年の春にパッツとわたしの家族がもうひとり増えることがわかったの」

「嘘だろう」ジョナがビックを指さし、レイランはテーブルをまわって彼女を抱きしめた。「妊娠したのか」

「そのとおりよ。まだみんなには内緒にしてね、クリニックで正式に検査してもらうから。でも、あなたたちには知らせておきたかったの」

「体調はどうだい？」レイランはきいた。「今の気分は？」

「体重が増えたわ。これからますます太るんでしょうね。でも、すごく幸せよ。ばかみたいに幸せ。ただ、産婦人科医に妊娠を確認してもらって何も問題がないとわかるまでは、ほかの誰にも言いたくないの。だから、黙っていてね、ジョナ」

彼はむっとした顔をした。「ぼくは黙ってられるよ」

「普段はあなたの唇を溶接しないといけないでしょう。これは本当に大事なことなの。わたしがゴーサインを出すまで、ちゃんと口を閉じていてね」

「どうしてレイランには念押ししないんだ？」

「彼はぺらぺらしゃべらないからよ」

「ぺらぺらしゃべる？」ジョナが憤慨した。「ぼくだってしゃべらないさ」

ビックは笑って、彼の肩をパンチした。「賢い人は己を知っているものよ」

「これは最高のニュースだ、ビック。きみもパッツも、本当によかったね」

「ええ、わたしたちも本当にうれしいわ、レイラン。それで、今日あなたがミーティングを招集したのは、夏の休暇をどう過ごしたか報告するため？」

「それならひと言で終わる。完璧だった。子供たちも大喜びだったよ。正直に言うと、ブラッドリーは今も『ダークナイト』に夢中だが」

「あの子をどうにかしろよ」ジョナが言った。

「ブラッドリーのアイドルなんだからしょうがないだろう。ただ、ビーチの砂でウェイン邸（バットマンの豪邸）の再現を手伝わされたのはまいったな」

「なんだって？　スノー・レイヴンの高台の城はどうした？　そっちのほうがクール

じゃないか！」

「ブラッドリーはまだ七歳なんだ、ジョナ」もうじき八歳になることに気づき、レイランははっとした。「もう少し待ってやってくれ。じゃあ、売上報告書に目を通してほかの仕事に対処する前に、ふたりに尋ねたいことがある――友達じゃなく共同経営者として。もしぼくが在宅ワークに切り替えたら、この会社や、作品の創作や創造性、責任の分担に支障を来すかな」

「あなたは在宅ワーク中に、『トゥルー・エンジェル』を思いついたのよ」ビックが思いださせるように言った。「だから、支障になんかならないわ」

「それに、夏のあいだは――まあ、その大半は――おまえがリモートワークを行えるようにすでに環境を整えてある」ジョナが口をはさんだ。「ぼくらにはそのテクノロジーがあるじゃないか、レイラン。たしかに、全員同じ建物内にいてアイデアを出しあい、決断をくだし、さまざまな決断に関して議論できれば最高だ。だが必要に応じて、そういったことはすべてビデオ会議で行おう」

「もし在宅ワークが夏や学校の休暇期間や子供が病欠した日だけじゃないと言ったら、きみたちはどう思う？」

ビックは椅子の背にもたれた。「子供たちのことで何か問題があるの？」

「いや、違う。だが、もっとあの子たちのために頑張らなければいけないと思うんだ。

それには、ぼくだけでは不充分だ。ふたりとももっと多くを必要としている。あの子たちには家族や、ぼくひとりでは与えられないもっとちゃんとした日課が必要だ。自分自身のために棚上げにしてきたが、これ以上先延ばしにはできない。故郷へ戻ることにしたよ、トラベラーズ・クリークに」

「ブルックリンから片田舎に？」ジョナは明らかにショックを受けていた。

「ぼくはブルックリンへ来る前はその片田舎にいた。それに、トラベラーズ・クリークには子供たちの祖母がいる、今はあまり会えない状況だが。子供たちのおばやおじやいとこ、家族がいるんだ。みんな忙しいだろうけど、向こうには家族がいる。だから、ぼくらもトラベラーズ・クリークに住むことにした。そうすれば、マライアのダンスの発表会やブラッドリーのリトルリーグの試合のビデオを送らずにすむし、母は直接見られるようになる。それに、ぼくがどうしてもと頼めば子供たちが〈リッツォ〉で宿題をすることもできる、ぼくが昔そうしていたように」

「急な決断に思えるけど、そうじゃないのね」ビックが言った。

ああ、まったく急じゃない、とレイランは胸のうちでつぶやいた。

「しばらく前から考えていた。でも、ロリリーと一緒に購入して修理し、生まれたばかりの子供たちを連れ帰った家を売却するのは、裏切りのような気がして先延ばしにしていたんだ」

「裏切りなんかじゃない」ジョナがつぶやく。「そんなんじゃない」

「ありがとう。月に一度か、出社する必要があるときには、電車なり車なりに乗ってくるよ。それに、向こうには母や妹がいるから、子供たちのことはもう心配いらない。もしうまくいかなくて会社に迷惑をかけるようなら、身を引くつもりだ。きみたちにぼくの持ち株を買い取ってもらって――」

「もう黙ってちょうだい」ビックがレイランに人さし指を向けた。

「同感だよ。〈トリケトラ・コミックス〉は、一生をともにする、いわばぼくらの子供だ。ぼくら三人の会社だよ」ジョナが言った。「さもなければ、誰の会社でもない。ぼくら自身の作品を作ろうって言いだしたのは、おまえじゃないか」

「あのときはちょっと酔っぱらってたんだ」

「しらふに戻っても、ぼくらはオリジナル作品を作った。たとえおまえがくそったれ小川《クリーク》に引っ越しても、ぼくらは一緒に船を漕《こ》ぐんだ」

「もう、ジョナったら」ビックは胸にてのひらを当てた。「詩人なんだから。ところで、子供たちはどう思っているの？　まず子供たちに話す前に、わたしたちに切りだしたわけじゃないでしょう」

「子供たちは賛成してくれてる。あっという間にその気になって驚いたよ。ここには友達や学校や家があるのに。だが、あの子たちはトラベラーズ・クリークへ引っ越すことにわくわくしてる。マライアはプリンセスの塔がある家に住みたがっているよ。ブラッドリーはウェイン邸がいいと言いだすんじゃないかと心配だが」

「まったく」ジョナがチキンの皿の上でかぶりを振る。「おまえの息子ときたら」

「当面は実家で暮らす予定だ――少なくとも、母さんに頼もうと思っている。向こうで家が見つかるまでしばらくかかるだろうし、その前に自宅を売却する準備を整えて、売りに出さないと」

「やめて」ビックがぱっと口を押さえて、目をみはった。

「ぼくは二軒も維持できない。さすがにそれは無理だ」

「違うの、そうじゃなくて……もしわたしたちが、パッツとわたしがあなたの自宅を購入すると言ったら？　ああ、言っちゃったわ」

「もう一度言ってくれ」

「頭がどうかしているわよね。でも妊娠検査をして、ふたりして飛びあがったあと、家を買うべきだって話が出たの。彼女とわたしの職場に近くて、子育てしやすい地域の庭付きの家を。それで思っちゃったの、あなたの家を買ったらどうかって。まずいかしら。知りあいがあなたの自宅に住むことになるのはいや？　それって――」

レイランの心の扉が大きく開け放たれ、ありとあらゆるよいものが流れこんだ。

「それ以上にいいことなんか考えられないよ。赤の他人じゃない、家族が住むんだから」

「本当に？　ああ、どうしよう、彼女に話さないと。パッツはあなたの家が大好きだけど、まだ取引成立とは言えないわ」

「こうなる運命だったんだよ」ジョナがまたチキンを食べた。「ぼくの骨がうずいてる。運命じゃない限り、ぼくの骨はうずかないと知ってるだろう」

「彼女に電話してくるわ。本当にいいのね？」

「ああ、ぼくは本気だよ。実は、ぼくも骨がうずいている」

「それはぼくの十八番《おはこ》だ。横取りは許さないぞ」

「今すぐ彼女に電話するわ」ビックは立ちあがったかと思うと、すとんと座った。「だめよ、先に売上報告書を見せて。家を購入する前に、額を確認しないと」

　ジョナはマウンテンデューを一気飲みすると、にやりと笑ってパソコンに向き直った。「ちょっとだけ予告すると、ぼくらはもう三人とも家を購入するだけのゆとりがある」

　あまりにもいい天気なので、エイドリアンはブログ用のエクササイズ動画をパティオで撮影することにした。手軽で効果的なヨガのレッスンを行い、最後はマットに脚を組んで座ると、ふらっと近寄ってきたセディーに片腕をまわした。

「柔軟性はフィットネスにとって欠かせない土台であることを忘れないでください。それを鍛えるためにも、あなた自身のためにも、どうか時間を作ってくださいね。では、またお会いしましょう。みなさんが楽しい一日を過ごせるよう、セディーとともに願っています」

リモコンで録画を停止して、犬に顔をすり寄せた。「これで今週の仕事は終了よ」

「なかなかよかったぞ」

エイドリアンが振り返ると、ドムが目に入った。「帰ってきたのに気づかなかったわ。参加してくれたらよかったのに。みんなポピの顔を見たがってるわ」

「下向きの犬のポーズはおまえとセディーにまかせるよ」

「じゃあ、来週は太極拳にするわ。それなら得意でしょう」

「まあな。おまえが忙しくないなら、木陰に座って夏の一日を楽しまないか？」

「ええ、忙しくないわ。そこに座ってて。レモネードを持ってくるから」

「それはありがたい」

「五分で戻るわ。ポピと一緒にいてね、セディー」

ドムが小さなパティオの椅子に座ると、セディーは祖父に近づき、その腿に頭をのせた。

犬を撫でながら、ドムは夏の青々とした庭を見まわした。トマトが熟し、薔薇が生い茂り、大きなローズマリーの株がかぐわしい香りを漂わせている。

蜜蜂の羽音や、鳥のさえずりが聞こえる。

以前のように庭仕事ができないのは悲しいが、エイドリアンが意気揚々と手伝ってくれていた。

「あの子はたくさん手助けしてくれる、セディー」ドムはトレイを手にキッチンから出てきたエイドリアンを眺めた。トレイにはピッチャーと氷の入ったグラス、ベリーを盛った小さなボウル、フルーツやチーズの皿がのっている。

あの子はたくさん手助けしてくれる。

「〈リッツォ〉はどうだった？」

「午後はあまり客がいなかった。こんな天気のいい日は、みんな出かけたがるものさ。でも、いろんなニュースを仕入れてきたぞ」

「ゴシップ？」エイドリアンが肩をまわしながらグラスにレモネードを注ぐと、氷が音をたてた。「ゴシップは大好きよ」

「ゴシップというよりニュースだよ。でも、いい知らせだ。ジャンが言うには、レイランと彼の子供たちがトラベラーズ・クリークに引っ越してくるらしい」

「本当に？」エイドリアンはラズベリーを口に放りこんだ。「ジャンはさぞ喜んでいるでしょうね」

「喜んでいるなんてものじゃないよ」

「彼の仕事や会社はどうするの？」

「レイランはここで仕事をし、必要に応じてブルックリンに行くらしい。住まいが見つかるまでは、実家に身を寄せるそうだ。永遠に家が見つからなくても、ジャンは幸せだろうな」

ドムはレモネードをひと口飲んだ。「ソフィアが作ったものとまったく変わらない」

「ノンナがレモネードを作るところをいつも見ていたもの。ポピは秘伝のソースのレシピをまだ教えてくれないけど」

彼は微笑んだ。「いつかは教えるよ」

「前にもそう言われたわ」エイドリアンがブルーベリーを放ると、セディーが空中でぱくりとキャッチした。

「おまえに話したいことがある」

「えっ？」

「この家や店のことだ。わたしは遺書を書き換えて――」

「ああ、ポピ」

ドムはかぶりを振ってさえぎった。「きちんと遺書を用意しておかない男は――女性も――自分勝手で短絡的だ。わたしはそのどちらでもない」

「そうね」

「ふと気づいたんだ、わたしの遺書についておまえと一度も話したことがないと。わたしの遺書は、恵みじゃなく負担になる可能性がある。この家と店はおまえに遺《のこ》すつもりだ」

「ポピ」

「おまえの母親はどちらも望まないし、ほしがろうともしないだろう。ここはリナの家じゃない、ずっと昔からそうだった。あの子は〈リッツォ〉に関心を示したことが一度もないし、自分自身の会社がある。だが、それを言うならおまえも同じだ。これは永続的な責任をともなうことだから、正直な気持ちを教えてほしい。それに、おまえはニューヨークに戻りたいかもしれないし、ほかのビジネスまで背負うことは望まないかもしれないからな」

「わたしはどこにも行かないわ。ここがわたしの家よ。ポピも知っているでしょう。それに、〈リッツォ〉はただのビジネスじゃない、ポピにとっても、わたしにとっても。もちろん、この町にとっても」

ドムは孫娘がそう言ってくれることを期待していたが、それでも心が軽くなった。

「だったらよかった。これでおまえに両方を託せるとわかった。家のなかのものは、リナになんでも好きなものをやってくれ。たとえば、ソフィアの宝石とか。ソフィアは高級品を好むタイプじゃなかったが、思い出の品がいくつかあるはずだ。それに、家具やなんかも。リナは思い入れがあるものを受け継ぐべきだ」

「それに関して異論はないし、そうすると約束するわ」

「おまえはいい子だ。昔からわたしの宝物だよ。でも、この二年間は……おまえがいなかったら、わたしは生きのびられなかった。それに、おまえも」ドムはセディーの頭をふたたび撫でた。「マイ・ビッグ・ガール」

「わたしたちはポピを愛してるわ。こうしてこの家で――」エイドリアンは両腕を広げた。「一緒に暮らせるなんて最高よ。ポピはわたしにルーツを与えてくれた。おかげで、人生が一変したわ」

「そのルーツから成長したおまえを誇りに思うよ」ドムはため息をもらした。「さてと、話はすんだから、さっきおまえが撮影中に言ったように今日を楽しもう」

第二部　変化

万物は変化し、何も消滅することはない。

――オウィディウス

11

ただ車に荷物を積みこんで南下するなんて単純な話ではなかった。荷造りでさえ手間がかかることに、レイランは気づいた。まず選別して汚れを落とし、どうするか決断して整理しなければならない。そのうえ、あらゆる私物に対して同じ作業を行うように、子供たちを導かなければならないのだ。

いったいいつの間に、どうやってこんなに物を貯《た》めこんだのだろう? あと子供がひとりかふたり増えることを期待して、取っておいたベビー用品も片づけなければならない。

思ったほど胸が痛まなかったのは、そのすべてを——サークルベッドやバウンサー、おむつ交換台、スウィングベッド、だっこ紐《ひも》やなんかを——ビックに譲るからだ。ビックやパッツが必要としないものは寄付しよう。

自分のアトリエ以外の家具はロリリーの選んだものが大半で、次の家で何が必要になるかもわからないため、家具の一部は譲った。

それでも、八年間に蓄積したものを分類して荷造りするのには時間がかかった。ベッドサイドのランプや、鍋のセット、誕生日やクリスマスのプレゼント、リビングルームのラグ――ジャスパーが子犬だったころに端をかじられた――でさえも思い出が詰まっているからだ。

倉庫を借りて引っ越し業者を雇い、解約すべきものは解約し、変更手続きが必要なものはそれを行い、この三週間で頭がどうにかなりそうなくらい忙しくてもなんとかやってきた。

引っ越し当日の夜明け、ほぼ空っぽになった家のなかを歩きまわり、これまでの生活のこだまに耳を傾けた。たくさんの笑い声にあふれていたが、涙する日もあった。歯が生えかけた赤ん坊が午前二時に泣き叫ぶ声、ソファでの仮眠。打ちつけた爪先、こぼれたミルク、朝のコーヒー、からまったクリスマスツリーのライト、子供たちの第一歩。

数々の希望や夢。

どうすればそのすべてに別れを告げられるのだろう。

短いスウェットパンツのポケットに両手を突っこみ、ふたたびリビングルームへ戻ると、ブラッドリーが階段に座っていた。

左頬にシーツのしわのあとがつき、真っ赤な髪はもつれ、大きなブルーの目は今も眠たげだ。その目がレイランを見つめていた。

「おはよう、ブラッドリー」

「悲しまないで」

レイランは階段に近づくと、息子の隣に座って肩を抱いた。バットマンのパジャマを着たブラッドリーは――息子がバットマンに夢中なのはどうしようもない――森のようなにおいがした。

「パパはそんなに悲しんでいないよ」

「ぼくは友達やチームメートや、お向かいのミセス・ハウリーにさよならを言った。今朝起きたときは、自分の部屋にもさよならを言ったよ」

レイランは息子を抱き寄せ、頭のてっぺんにキスをした。「パパは正しいことをしてるかな?」

「マライアは大はしゃぎしてる。まあ、まだ赤ちゃんだからぺちゃくちゃしゃべってるだけだけど。ぼくはおばあちゃんや、マヤおばさんやジョーおじさんが大好きだよ。それにコリンはおもしろい。おばあちゃんの家も好きだし、おばあちゃんが働いてるピザ屋さんに行くのも楽しい。おばあちゃんの隣に住むオリーもいいやつだ。ただ、今回は遊びに行くだけじゃないから、いつもとは違うね」

「ああ、いつもとは違う」

「ぼくたちが家を買ったら、一緒に来てくれるかな？」

レイランはきくまでもなく息子が誰のことを言っているのか理解した。「パパと同じくらい、ママもおまえやマライアのそばにいる。だから、おまえの行くところには必ずママもついてくるよ」

ブラッドリーは父親に頭をもたせかけた。「だったら大丈夫。だけど、新しい家を買うなら、ピンクはやめて。たとえなんと言われようと」

ブラッドリーはマライアのことを言っているのだろう。「ああ、ピンクの家は却下する。男同士の約束だ。じゃあ、着替えて、マライアを起こす前に男らしくポップターツの朝食を食べようか。さっそくこの冒険を始めよう」

「ポップターツ！　お昼はマクドナルドに寄ってハッピーセットを買ってもいい？」

「ああ、旅の予定に加えておくよ」

その予定にはビックとパッツに鍵を渡し、ジョナに見送られながらクラクションを鳴らして手を振るという儀式も含まれていた。五時間のドライブ中、子供たちを楽しませるために、ジョナが旅行用スナックふた袋とゲームとコミックを用意してくれた。出発から三十分もしないうちに、マライアのためにトイレ休憩を取った。

レイランは女性用トイレの前をうろうろしながら変質者のような気分を味わい、ランチ休憩でも同じことを繰り返した。もっとも、スナック菓子のせいで誰も昼におなかがすかず、子供たちは予定の十五分前にトイレに行きたがった。当然のごとく、トイレ休憩のたびにジャスパーにリードをつけ、犬が用を足せるように歩かせなければならなかった。

トラベラーズ・クリークに到着したときには、みな膀胱《ぼうこう》が空っぽで、グミの食べすぎでシュガーハイになっていた。

ジャンが三十年以上暮らす家から飛びだしてきた。背中に垂らした三つ編みを揺らし、うれし涙を浮かべながら。

「着いたのね！　おかえりなさい！　ハグさせてちょうだい。とにかく抱きしめさせて！」

レイランは結局、五時間半にのびたドライブで疲れ果て、彼自身もややシュガーハイの状態で車からおりたった。すでにマライアのシートベルトを外したジャンが、こちらを向いて彼をぎゅっと抱きしめた。

ジャスパーは車から飛びおりるなり、何週間も監禁されていたかのように前庭を駆けまわった。

「冷たいビールを用意しておいたわ」母がつぶやく。「あなたには当然のご褒美よ」

「ああ、飲ませてもらうよ。母さん、ありがとう」

「お礼なんか言わないで」

子供たちがひっきりなしにしゃべるあいだ、母は的確に驚きや喜びのあいづちを打ちながら、一同を家に招き入れた。

「あなたたちのお部屋はもう準備万端よ。サプライズもあるわ」

「なんのサプライズ？」マライアが問いただした。「なんなの？」

「見に行ってみよう」

子供たちが歓声をあげながら階段を駆けあがると、ジャスパーが吠えてあとを追った。

「アメリカンガール人形だわ！　おばあちゃん！」

「リモコン式のバットモービルだ！　すごい！」

「バットモービルなんて。母さん、困るよ」レイランは母の肩に腕をまわし、その頭に頬を寄せた。「母さん」

「ああ、レイラン。もう大丈夫よ。何もかもうまくいくわ」ジャンは向きを変え、息子の腰に腕をまわしたままキッチンへ導いた。「さあ、ビールを出してあげるわ。あなたさえよければ、マヤたちがファミリーディナーにやってくるけど、気が進まないならまたの機会にするわ」

「いや、最高だよ」

ジャンはビールを取りだすと、蓋を外して手渡し、息子の髪をかきあげた。「疲れているわね。あなたには散髪とひげ剃りと充分な睡眠が必要よ」

「この三週間は悪魔みたいな忙しさだったんだ」

「こうして戻ってきたんだから、ひと息ついてビールを飲んだらいいわ。あなたが腰を落ち着けられるよう、荷物は運んであげる。レイラン、あなたが寝室を使ってちょうだい」

「母さんのベッドを横取りする気はないよ。断固として断る。ぼくは小部屋にあるソファベッドで大丈夫だ」

「端からあなたの大きな足がはみでるのに？」母が真っ白なキッチンカウンターにもたれた。「もしわたしのわがままが通るなら、地下室をリフォームして、子供たちが大学を卒業するまでここに住むようにあなたたちを説得するでしょうね。でも良識ある母親だから、あなたには自分の家が必要だとわかっているわ」

「もし子供たちの意見が通るなら、その家はピンク色の城とウェイン邸の組みあわせになるだろう」

「その件に関してはどうにもできないけど、あなたが興味を示しそうな家があるの」

「本当かい？」

「業者から内部情報を得たの――まあ、その話を聞いてきたのはドムだけど。二階建ての一軒家で、寝室が四部屋、一階にはホームオフィスもあるわ。敷地面積は約一千平方メートル、リノベーションしたばかりの物件よ。誰かが転売目的で購入し、近々売りだす予定なんですって」

「近々？」

「だから内部情報なの。マウンテン・ローレル通り沿いの家よ」

「嘘だろう。マウンテン・ローレルといえば、以前スペンサーが住んでいた通りじゃないか」

「彼のご両親はその物件の数軒先に今も住んでるわ。お隣さんはエイドリアン・リッツォの友人のティーシャとモンローと小さな息子さんよ。みんないい人たちで、ご近所さんにも恵まれているわ」

レイランはビール越しに母に微笑んだ。「もう決定したように聞こえるな」

「あなたはいろんな物件を見てまわりたいんでしょうけど、この家はかなり条件がいいと思うわ。ドムがすぐに見学したい知りあいがいると家主に話して、あなたが連絡できるよう家主の名前と電話番号を教えてくれたわ」

「じゃあ、連絡するよ。ドムはどうしてる？」

「元気よ。若干ペースは落ちたけど、元気にしているわ。孫娘と一緒に暮らしていることが大いに関係しているわね。あなたと子供たちが来てくれたことが、わたしにとってそうであるように」

そこへ子供たちが駆けこんできてジャンの脚に抱きつき、口々にお礼を言った。

彼女はレイランに微笑んだ。「ほらね、以前とは大違いよ」

一同はスーツケースやおもちゃ、レイランの機材や仕事道具を運びこんだ。母が喜んでいるのは一目瞭然なので、レイランはマライアがマヤの部屋に、ブラッドリーがレイランの部屋に荷物を運びこむ手伝いを母にまかせ、一階の小部屋に根城を作った。なんとか仕事場を設置し、母が空けてくれた廊下のクローゼットに残りの私物をしまった。一階の小さなバスルームの隅に小さなシャワー室がある。それでこと足りるだろう。当面は。

マウンテン・ローレル通りか。レイランは小部屋のソファにしばし横たわった。子供のころ、あの通りや路地や庭を駆けまわったのを思いだす。もしかすると、そこで決まりかもしれない。

目が覚めたとき、レイランは頭がぼうっとして、体が板のようにこわばっていた。そして、ふたつのワイングラスを持った妹がドアの前にたたずんで微笑んでいるのに気づいた。

「起こさずにすんだわ」

彼は上体を起こして凝った首をさすった。「くそっ、このソファベッドの寝心地の悪さをすっかり忘れていたよ」

「さあ、体をストレッチして。一時間後にはディナーよ。子供たちは——兄さんの子供たちとわたしの息子は——外で犬と一緒にいるわ。ジョーとお母さんは、どちらが料理するかでもめているけど」

「今夜のメニューはなんだい？」レイランは立ちあがって肩をまわし、背中をのばそうとした。

「兄さんの帰郷を祝って、ステーキとベイクドポテト、とうもろこしと野菜のグリル、トマトとモッツァレラチーズ、チェリーパイよ」

「すごいご馳走だな」彼は微笑んだ。「ただいま」

「おかえり」マヤはレイランを抱擁してグラスを渡した。「少し家のまわりを散歩しない？　みんなと合流する前に兄さんの血流を復活させて、ちょっと話しましょう」

「こんなふうに居眠りして、子供たちを母さんに押しつけるつもりはなかった」

「お母さんも子供たちも大喜びしてるわ。上出来よ、レイラン」

「だったらいいが」ふたりして玄関から出ると、レイランは立ちどまり、自分が育った地域を見まわした。たしかに変わった点もあるが、ほとんど変わっておらず、昔のように居心地がいい。「心地いいな。そんなふうに感じるかどうかわからなかったけど。商売のほうはどうだい？」

「順調よ。わたしは今の仕事が大好きなの、そんなふうに感じるかどうかわからなかったけど。お互いラッキーよね」

「母さんの子育てが成功したんだろうな」

ふたりはピンクの花が咲き乱れるアジサイの茂みを迂回《うかい》した。

「マウンテン・ローレル通りの家を買うかもしれないんですって？」

「まだその家を見学すらしていないけどな。というか、まだ一軒も見てない」

「すてきな家よ、少なくとも外観は。ポール・ウィッカーって、兄さんの元クラスメートよね」

「あのバイクを乗りまわしていた不良か」

「彼のお兄さんのマークが建築業者で、転売目的でその家を購入したそうよ。今ではそれほど荒くれ者じゃなくなったポールも、マークのもとで働いているわ。お隣さんたちのことも教えてあげる」

ふたりは頭をかがめてレッドメープルの木の下をくぐり、家の側面にまわった。

「すばらしい人たちなの。モンローは作曲家で、ティーシャはエイドリアン・リッツォのビジネス・マネージャーよ。彼らの子供のフィニアスがコリンの親友だから、ふたりのことはよく知っているの」

「元不良のポールの建築業者のお兄さんに、明日電話してみようかな」

マヤはレイランとグラスを触れあわせ、ワインを飲んだ。「今電話すれば？」

かつてレイランが超能力《スーパーヴィラン》を持つ悪党と戦ったり、バスケをしたり、芝を刈ったりした裏庭で遊ぶ子供たちの声が聞こえる。

今電話すれば、子供たちに自分たちの庭を与えるための第一歩となるかもしれない。

「ああ、そうするよ」

ルイジアナ州ニューオーリンズ

午前二時でも、その路地には煮込んでいるガンボシチューの湯気が漂っていた。日中じりじりと照りつけられていたゴミ箱が、悪臭を放っている。だが、彼女はいつも最後にバーをあとにする。しかも決まって路地に面したドアから。

経営学とホスピタリティの学位をそれぞれ取得した高学歴の女なのに、なんてばかなんだ。だが体を鍛え、テーザー銃を――そして違法なナイフも――携帯しているから襲われても対処できると思っている。

だが、今夜を境にどんなことにも対処できなくなるだろう。

この女もあばずれで、二度の離婚歴があり、エゴが強すぎるあまりバーに自分の名前をつける始末だ――〈ステラ〉と。ステラ・クランシーは最後の一杯を自分のグラスに注いでいた。

あとは使い捨ての黒の作業衣のなかで汗ばみながら、ただ待つだけだ。彼女が店を出てドアに鍵を開け、半ブロック先のアパートメントへと歩きだすまで。

ステラが自宅にたどり着くことはない。この悪臭まみれの路地で自業自得の死を迎えるのだ。

午前三時近くなって、女が店から出てきた。売春婦のように赤く染めた髪は、うなじのタトゥーを見せびらかすように短くカットされている。

まず鉄パイプがうなじを直撃した。

ステラは木のように倒れた。がっちりした体に細いストラップのトップスと股間をかろうじて覆うショートパンツ。

売春婦め。

女はいっさい声をもらさなかった。

後頭部を鉄パイプで殴ると、血が飛び散った。何度も殴って骨を打ち砕くうち、女の息がとまった。

楽しすぎる！　なんて楽しすぎるんだ。

身を引いて冷静さを取り戻せ。もう任務完了だ。

女の腕時計と、けばけばしい指輪と安物のハンドバッグをつかむ。

微笑め、あばずれ。写真撮影だ。

記念品をバッグに詰め、血まみれの作業衣を脱ぎ捨てる。それも鉄パイプとともにバッグに入れた。

そのバッグを手にミシシッピ州へ向かう。

それからバーを見つけて一杯やろう。ふたたび車で旅立つ前に、本物の観光客のようにハリケーン・カクテルでも飲むか。


レイランは朝早く犬に起こされ、きしむベッドから抜けだした。ソファベッドのせいで三十歳ほど老けた気分だ。ジム用のショートパンツをはき、飛び跳ねるジャスパーをしたがえてキッチンに行くと、冷蔵庫からコーラを取りだして裏口の戸を開けた。ジャスパーはロケットのごとく飛びだした。あたたかい朝もやのなか、レイランは側柱にもたれ、ジャスパーが庭じゅうをかぎまわって朝の用を足す場所を決めるのを見守った。

思慮深く、排泄《はいせつ》に関してはやけに恥ずかしがり屋のジャスパーは、裏のフェンスまで移動して、フジウツギの茂みの背後に腰を落ち着けた。その日課に慣れたレイランは静かに待っていた。ブルックリンのあわただしい朝とは大違いだ。

自分は正しい選択をした。この引っ越しに関して一抹の疑念があったとしても、ゆうべ古いピクニックテーブルを――真っ青なペンキで塗り直されたばかりのテーブルを囲んだときにかき消えた。ご馳走を食べながら、まるでコカインを吸ったカササギのようにおしゃべりする子供たち。ジョン・レノンみたいな眼鏡をかけてオリオールズの野球帽をかぶったジョーは、コリンを膝にのせて揺らしていた――コリンの両手や顔にソースがついていてもおかまいなしに。

妹はマライアとファッション談義に花を咲かせ、母はレイランに世界をプレゼントしてもらったかのような表情を浮かべていた。

レイランは犬に餌をやったあと、母の手間を省こうとコーヒーをいれ、体の凝りをほぐすべくシャワーを浴びた。

鏡に映る顔をじっと眺めながら、忘れずにひげを剃るよう自分に念押しした。馴染みのない床屋で髪をカットするのは恐ろしすぎる。

それはもうしばらく先延ばしにできるだろう。

身支度をすませたころには、ジャンがキッチンカウンターでコーヒーを飲み、その足元にジャスパーが寝そべっていた。

「コーヒーのにおいで目覚めるなんて最高だわ」

レイランはカウンターをまわって母を背後から抱きしめた。「子供たちはまだ寝てるのか？」

「きっとわたしたちがへとへとに疲れさせたのよ。朝食を食べる？」

「ゆうべ充分食べたから、二、三日はもちそうだよ」

「あと数キロは体重を増やしたほうがいいわ、痩せすぎよ」

ああ、おそらく。ロリリーが亡くなってからの一年で体重が落ち、いくらかは戻ったもののまだ平均体重には達していない。

「気をつけないと、母さんの手料理で数キロ以上太りそうだ。そうだ、前みたいに母さんのシフト表を貼ってもらえるかな。そうすれば交代で夕食を作れるだろう。ぼくの料理の腕は、以前と比べてはるかに上達したよ」

「あれ以上ひどくなりようがないでしょう」

「ずいぶんだな」

「どろどろの卵入りコーンブレッドとか、グリルドチーズサンドイッチのフランベとか」

「あれは初心者の実験料理だよ」

「明らかに孫たちは健康で栄養も足りているし、あなたの腕前があがったという言葉を信じるわ」

「母さんを驚かせてあげるよ」母の頭のてっぺんにキスをした。「今から怠け者たちを起こして支度をさせないと。あの家の見学に一緒に行くなら」

「もう少し寝かせておいてあげなさい。あの子たちは〈リッツォ〉に連れていってもいいわ」

「母さんはあの子たちを職場に連れていきたいのかい？」

「昔も必要に応じて、あなたやマヤを連れていったわ。あなたも手順は覚えているでしょう」

彼は母の隣にいったん腰をおろした。「開店準備を手伝って、遅番スタッフがテーブルや椅子の掃除をサボらないか目を光らせ、ビデオゲーム用の二十五セントを稼いだ」

「ちゃんと働けば、お駄賃がもらえるシステムよ」

「本当にいいのか？」

「ええ、ぜひそうしたいわ。それに、まずはひとりで見学するべきよ。もしこれだと思ったら、子供たちを連れに来て、家を見せてふたりの反応を確かめればいいわ」

「ジャン・マリーは分別がある女性だね」

「そのとおりよ」ジャンは立ちあがってコーヒーをなみなみと注ぎ、クリームをほんの少し垂らした。「それに、ふたりの子供を抱えてフルタイムで働く片親の気持ちをわたし以上に理解できる人がいる？　リッツォ一家はとても恩返しできないほど支えになってくれたわ」

「そうだね」

「それに、近所の人々やコミュニティーも。今のあなたにはそれがあるし、わたしやマヤやジョーもついている。夕食以外のことも交代でできるし、そうしましょう。あなたには家探しだけじゃなく、いろいろとやらないといけないことがあるわ。小児科医や歯科医を決めて、子供たちを学校に入れ、獣医も見つけないと。あと散髪も」

レイランはぱっと髪をつかんだ。「まだ床屋には行かないぞ。髪をカットするには心の準備が必要だ。あとのことは今日から取りかかるつもりだった」

「今はこの町にも歯科医がいるわ。去年から診てもらっているけど、わたしは満足よ。その歯科医院は消防署の真向かいで、大通りから脇道へ入ったところに駐車場があるの」

「決まりだな」彼は歯に舌を滑らせた。「たぶん」

「床屋なら、昔ながらの〈ビルズ〉があるじゃない」

「あの店に行くと、短く刈られる」彼はジャンを突いた。「母さんだって知っているだろう。ぼくをあの店に行かせたことは一度もないじゃないか」

「あなたを愛しているし、そのダークブロンドの髪を気に入っているからよ」

レイランは呆れた顔で母を見た。「だったら、ぼくに馴染んできたこの長髪も気に入ってくれよ」

ジャンは笑ってかぶりを振った。「二階にあがって着替えてくるわ。わたしが子供たちを起こして、朝食を食べさせておくから安心して」

レイランはそういう基本的なことを誰かがしてくれる生活をすっかり忘れていた。

「本当にそれでかまわないなら、ぼくはジャスパーを連れていくよ。いい散歩になるし、車で行くより徒歩のほうが近所をよく観察できる」

「ええ、そうして。実は、すでに売りだされている物件がもう一軒あるの。その家は町の反対側でもっと学校に近いから、あなたには好都合かも。小さいけど庭もあるし。リフォームしていないから、たぶんそっちのほうが安いでしょうね。赤レンガ造りのしっかりした造りで、正面にポーチがあるスクールハウス通りの家よ」

「教えてくれてありがとう」

「急ぐことはないわ」母が立ちあがった。「じゃあ、店でまた会いましょう」

レイランはあわてることなく犬を呼び寄せ、リードにつないだ。糞《ふん》取り器とポリ袋を探してポケットに突っこむ。サングラスを見つけたあと、メッツの野球帽をかぶろうかと思ったが、ここはオリオールズの地元だと思いだし、野球帽は置いていくことにした。

ジャスパーは犬らしく目新しいものに興味津々で、きょろきょろと左右を見まわしている。急ぐ必要もないので、レイランは犬が何度も立ちどまってはにおいをかぎ、時折オスらしさを誇示するように片脚をあげておしっこをするのを忍耐強く待った。

大通りの一ブロック手前の角で、麦わら帽子をかぶった女性が巨大なつる薔薇の枯れ枝を切り落としているのを見て、彼は立ちどまった。ピンクのショートパンツからのぞく脚は痩せこけ、真っ白な肌に紫色の血管が蜘蛛《くも》の巣のように浮きでている。ミセス・ピンスキーだ。三年間、夏になると毎週、彼女の家の芝刈りをした。その芝刈りと〈リッツォ〉のアルバイトで貯めたお金で、生まれて初めて車を買った。当時十五歳だったレイランの目には、ミセス・ピンスキーは千歳ぐらいに映った。

その彼女が今も枯れた薔薇を刈り取っている。

「こんにちは、ミセス・ピンスキー！」

彼女は振り向くと眼鏡越しに目を細め、耳に手を当てた——補聴器だ。「何？」

「レイラン・ウェルズです、ミセス・ピンスキー。ジャン・ウェルズの息子の」

「ジャンの息子なの？」彼女は片手を腰に当てた。「お母さんに会いに来たの？」

「トラベラーズ・クリークに引っ越してきたんです」

「本当に？　辺鄙《へんぴ》な田舎へ引っ越してきたのね」

「はい」

「あなたのお母さんは立派な人よ」

「ええ、最高の母親です」

「ちゃんとわかっていてよかったわ。以前うちの芝刈りをしてくれたわね。今は仕事を探しているの？」

「いえ、仕事ならあります」

「うちの芝刈りをしてくれる人が見つからないの」

ミセス・ピンスキーは鷹のような目つきでレイランを見つめているが、いつも仕事に見合った賃金を支払う人だった。それどころか、チップ代わりに二、三枚のクッキーと冷たい飲み物も出してくれた。

「芝刈りならぼくがしますよ」気がつくとそう口走っていて、自分の尻を蹴飛ばしたくなった。

彼女は厳《いか》めしい目つきで彼を見据えた。「いくらで？」

「無料で」

「働いたら、その分の賃金をもらうべきよ」

「もしかすると、マウンテン・ローレル通りの家を購入するかもしれないんです。そうなったら、ご近所さんになります。隣人は助けあうものですよね」

すると、彼女が微笑んだ。「ジャンはあなたを立派に育てたようね。芝刈り機は裏の小屋にあるわ」

「わかりました。今からその家を見学してきます。予約してるんです。よければ、見学したあと、芝を刈りに来ます」

「ええ、いいわ。本当にありがとう」

レイランは歩きだした。もう知りあいと鉢合わせしてもボランティアを請け負ったりするんじゃないぞ。

これで、毎週ミセス・ピンスキーのために芝刈りの時間を捻出しなければならなくなった。すでに母の代わりに芝刈りをすると買ってでたのに。

家を購入して引っ越すうえ、芝刈りまでしなきゃならないなんて。

「どうして黙ってろと言わなかったんだ？」レイランは犬に問いかけた。「ぼくがまた芝刈りをする羽目になる前に」

さらに一ブロック歩いてマウンテン・ローレル通りとの交差点に来たところで、ぴたりと立ちどまった。

この家じゃない——これは見学しに来た物件ではないはずだ。ドアが開いた玄関に、明らかに身重の女性がたたずんでいる。

レイランが足をとめたのは彼女ではなく、こちらに背を向けた女性のせいだった。スパイラルパーマの漆黒の髪を肩の下まで垂らし、すらりと背が高く、ぴったりしたレギンスをはいている——青地に金色の炎の柄が入ったレギンスだ。ブルーのトップスも体に密着するタイプで、日に焼けた長い腕を見せびらかしている——あれはタンクトップか？　ブルーのショートパンツもサイドに炎の柄が入っていた。

彼女の顔は見えなかった——見る必要はない、今はまだ。

半悪魔のコバルト・フレイム。グリーヴァスの罠《わな》にかかって拷問を受けた過去がある。彼女はトゥルー・エンジェルと壮大な戦いを繰り広げ、最終的に同盟を結ぶ。

レイランの頭にぱっとプロットが浮かんだ――火山から流れだす溶岩のように。

なぜなら、コバルト・フレイムは火山で誕生し、炎からエネルギーを得るからだ。

インスピレーションを与えてくれた女性がこちらに背を向けたまま、ポーチから一歩さがった。すると、黒い毛皮の塊がポーチの端から彼女に駆け寄ってきた。

足元でジャスパーが音をたてた。うなり声でも警告の吠え声でもなく、犬にそんなことができるのかどうかわからないが、はっと息をのみ、身を震わせたのだ。見おろして落ち着かせようとした矢先、ジャスパーが飛びだした。

レイランは引っ張られてつんのめった。「おい！」

その叫び声と、男と犬の襲撃を受けて女性が振り返った。

サングラスをさげて彼女が笑う。「レイラン？　レイラン・ウェルズね！」

エイドリアン・リッツォだ。レイランは犬を押さえようとしながら思った。ああ、この顔ならぴったりだ。彼女は昔から美人だった。「やあ、エイドリアン。すまない。こいつはいったいどうしたんだろうな。でも、嚙んだりはしないよ」

ジャスパーはポーチの下に倒れこみ、黒い毛皮の山に向かって階段を這いのぼりだした。

「うちの子もどうしちゃったのかしら」エイドリアンは小首を傾げ、ジャスパーがセディーの足元にひれ伏すのを眺めた。「あなたの犬は何をしているの？」

「わからない」

「きっとプロポーズよ」もうひとりの女性がポーチに出てきた。長いブレイズヘアをうなじでまとめた女性の脚に、四歳ぐらいの男の子が片腕をまわし、もう片方の手にプラスチックのハンマーを持っている。

セディーは巨大な前足をジャスパーの頭にのせ、エイドリアンを横目で見た。

「たぶんこの子は、あなたの犬に落ち着けって言っているんだわ。まだお互い紹介されてもいないし。この子はセディーよ」

「こいつはジャスパーだ。おい、やめろったら。おまえは恥をさらしているぞ」

「きっとジャスパーの目には星が浮かんでいるわね。おかえりなさい、レイラン」

「ありがとう。邪魔してすまない」

「そんなことないわ。わたしはジョギング中で友人の家に立ち寄っただけなの。ティーシャ・カークとフィニアス・グラントよ。ティーシャ、フィニアス、彼はレイラン・ウェルズよ」

「初めまして」ティーシャが彼に向かって微笑んだ。「マヤとジャンはあなたが戻ってきて喜んでるわ」

「ぼくたちもです。実は、隣の家を今から見学させてもらうところで」

「ああ、あのすてきな家ね！」ティーシャが振り返ると、フィニアスはポーチに座って目に見えない釘《くぎ》を打ち始めた。

少年がきっぱりと言った。「ぼくはこの仕事をやり終えないと」

「しょっちゅう隣の家をのぞき見していたの」ティーシャが続けた。「マークの仕事ぶりはすばらしいわ。あなたもお子さんがふたりいるんでしょう？」

「ええ、七歳と五歳の子が。もうじき八歳と六歳になります」

「お隣さんに子供がいたら最高だわ」

フィニアスが釘打ちをやめた。「うんちしないと」そう言って家のなかに直行した。

「ごめんなさい、うんちをさせないと」ティーシャがあわてて息子のあとを追う。

「これにて終了ね」エイドリアンが笑いながら階段をおりてきた。「わたしはもう帰らないと。祖父はあなたとあなたの子供たちにとても会いたがると思うわ。それに、その恋に溺れた犬にも」

「こいつがこんなことをしたのは初めてだよ。でも、セディーは本当に立派だな」

「セクシー・セディーよ。隣の家についてティーシャが言ったことは本当よ――わたしもなかを見たけど、とってもすてきなの。それに、ご近所さんは――」エイドリアンがティーシャの家を指さすと、音楽が――ピアノの音色が響きだした。「最高よ」

「マヤからもそう言われたよ。きみは元気そうだね、エイドリアン。会えてうれしいよ」

「わたしもよ」彼女は身をかがめてジャスパーを撫でると、巨大な犬にリードをつけた。「きっとまた会えるわ、ジャスパー。愛する気持ちには抗えないもの。さあ、行くわよ、セディー！」

セディーはうっとりしているジャスパーを乗り越え、大股で歩み去るエイドリアンと足並みをそろえた。

「立派だな」レイランは哀れな犬を見おろした。「セディーは高嶺《たかね》の花かもしれないが、気持ちはどうすることもできないよな。さあ、家を見に行こう」

12

家の見学を終え、元不良の同級生と奇妙な思い出話をし、二、三人の職人と最後の仕上げをしていた彼の建築業者の兄と話したあと、レイランは考えなければならなかった。

マーク・ウィッカーの了承を得て、一時間後に子供たちを連れてもう一度見学させてもらうことにした。

その後、ミセス・ピンスキーの家に立ち寄り、年代物の芝刈り機で芝を刈った。十五歳のころはもっと広く感じていたせいか、思っていたほど時間はかからなかった。

それでも汗だくになり、ありがたく背の高いグラスに入れてもらったアイスティーを飲んだが、歯が浮くほど甘かった。

ミセス・ピンスキーから、あなたはいい子で、ちゃんと仕事をしてくれたと告げられ、彼を礼儀正しく育てあげた母をまた褒められた。

レイランは犬を連れて実家まで歩き、ジャスパーが裏庭で失恋に浸っている隙に車に飛び乗って、近所の〈リッツォ〉へ向かった。

早めのランチ客でテーブルやボックス席が埋まるなか、母はコンロの前で調理し、ドムはピザ生地を放りあげていた。

クリスマス休暇の帰省中にちらっと見かけたときより、ドムは痩せて老けて見えたが、ピザ生地を投げる腕は衰えていなかった。

マライアは塗り絵帳とクレヨンとともにカウンター席に座り、有頂天でドムを見つめていた。

「もう一回やって、ポピ！　もう一回！」

ドムはピザ生地を台の上で完璧な円にのばすと、彼女にウインクした。「まずこれを作らないと。みんながピザを食べたがっているんだよ」

「わたしにも作ってくれる？　ブラッドリーがお店の奥のゲームを終えたら、ピザを食べましょうっておばあちゃんが言ってたわ」

「とびきり特別なピザを作ってあげるよ。マライアにぴったりサイズの、プリンセスにふさわしいピザを」

セディーを初めて目にしたときのジャスパーのように、マライアははっと息をのみ、それから父親に気づいた。「パパ！　今の聞いた？　ミスター・リッツォがわたしにプリンセス・ピザを作ってくれるって」

「すごいな。お元気ですか、ドム?」

「まあ悪くないよ。おかえり、レイラン」

「ありがとうございます。あの、プリンセス・ピザを作るのはちょっと待ってもらえますか? マライア、ブラッドリーを呼んできてくれないか。今からおまえたちも一緒に家の見学に来てほしいんだ。それがすんだら、戻ってきてピザを食べよう」

「それでも、特別なプリンセス・ピザを食べられる?」

「もちろんだよ。さっき、あなたのお孫さんと彼女が犬と呼ぶ巨大な象にばったり会いました」

「ああ、聞いたよ」ドムはピザ生地にピーマンやマッシュルーム、ブラックオリーヴをのせた。「あそこはしっかりした造りのいい家だ。近所の住民もしっかりしたいい人たちだし。きみが見学したと聞いてうれしいよ」

「どうだった?」ジャンがきいてくる。

「ドムが言ったとおりだよ。でも、子供たちにも見てほしいんだ。あっ、ゲーム好きが戻ってきたぞ」ブラッドリーの表情からすると、最高点は取れなかったらしい。

「もっと二十五セントコインを稼がないと」

「それはあとまわしだ。今から家の見学に行くぞ」

「でも、ピザを食べるんじゃなかったの? おばあちゃんがそう言ってたよ」

「ピザは戻ってきてから食べよう。家主が待ってるんだ」

「おなかがぺこぺこになっちゃうよ」

レイランが口を開く前に、ドムがひと握りのペパロニとチーズをテイクアウト用のボウルに入れてくれた。「これでしばらくはもつだろう。戻ってきたら、特製ピザを作ってあげるよ」

子供のわりにはこだわり屋のブラッドリーが、ドムをじっと見つめた。「どんな特製ピザ？」

「わたしはプリンセス・ピザよ」

「ぼくにはバットマン・ピザを作ってくれる？」

「お父さんと家を見学しに行って、いい子にしていたら、バットマン・ピザを作ってあげよう」

「やった！　ありがとう、ポピ。今すぐ出かけて、さっさと戻ってこよう」

「ああ」

「気にしないで」レイランがクレヨンを片づけようとすると、ジャンが手を振って制した。

「わたしたち、ちゃんとお仕事したわ」レイランが抱きあげると、マライアは言った。

「だから、わたしは塗り絵帳をもらって、ブラッドリーは二十五セントコインをもらったの。ポピに、わたしたちは働き者だって言われたわ」

「それはよかった」

レイランはふたりを連れて店を出ると、車に向かい、チャイルドシートに座らせた。

「ジャスパーはどこ？」ブラッドリーはキャンディのようにペパロニをむさぼった。

「おばあちゃんの家にいる。あいつはもう見学したからね」

「わたしたちはそこに住むの？」

「まずは家を見てから決めよう」

「わたし、おばあちゃんの家に住みたい」

じゃあ、ソファベッドで寝て、狭いシャワー室で体を洗ってみたらどうだ？「そこはおばあちゃんの家の近くだよ」

「どのくらい近く？」

レイランはバックミラーに映る息子の疑念に満ちた目と目が合った。「まあ、見ていればわかるよ。ここがおばあちゃんの家だ」そう言いながら実家を通り過ぎる。大通りを左折して直進し、ミセス・ピンスキーの刈ったばかりの芝生を通り過ぎてマウンテン・ローレル通りへと右折した。

そして、左折して私道に入った。

「ほら、近いだろう」

「前の家と全然似てないね」

ブラッドリーの言葉が妙に胸に響いた。レイランもまったく同感だったからだ。

「ああ、そうだな」

あんなふうに色褪《いろあ》せた風情あるレンガ造りではない。縦ラインのサイディングの外壁は真新しいスモーキーグレーのペンキが塗られ、ダークブルーのシャッターや真っ白な縁取りを引き立てている。

静かな通りと――それも重要な点だ――青々した小さな前庭へとのびる太い歩道。歩道も重要だ。

リフォーム関連のテレビ番組をよく観ていたおかげで、家の土台を覆う茂みや華やかなピンクのハナミズキが住宅の外観の魅力を高めていることがわかる。

細長い明かり取りの窓にはさまれた玄関扉。先ほど会った隣人の家に面した便利そうな側面のドアは、靴脱ぎ場兼洗濯室へと続いている。

それも重要な点だ。

この家はすべての条件を満たしている。レイランは子供たちを車からおろした。自ら自宅を改修した経験から、ここの内装や外装工事の質がかなり高いこともわかる。

だが。

ブルックリンの家とは似ても似つかない。

子供たちと並んでじっと眺めていると、例の隣人に挨拶された。

彼女が家から出てきてこちらにやってくると、その後ろから小さな男の子がついてきた。「鍵を預かっているわ。作業がほぼ終わったから、マークが職人を別の現場に行かせたの。そっちの段取りをすませて用事を片づけたら戻ってくるそうよ。でも、もしあなたが先に到着したら待たせたくないからと言っていたわ」

「ありがとう。彼女はミズ・カークだよ」

ブラッドリーが目を丸くした。「『スター・トレック』のジェームズ・タイベリアス艦長と同じ名前なの？」

「そのとおりよ。きっと彼はわたしの何世代もあとの子孫だと思うわ」

ブラッドリーはさらに目をみはった。「本当に？」

「そう思いたいわ。この子はフィニアスよ」彼女はおなかをぽんと叩いた。「それと、この子にはまだ名前がないわ。もしあなたたちがここに住むことにしたら、わたしたちはお隣さんね」

「赤ちゃんにさわってもいい？」

ティーシャはマライアを見おろした。「この子に？　もちろんいいわよ」

マライアはそっと優しく妊婦のおなかに触れた。「わたしの先生も赤ちゃんがおなかにいるの。とっても大きいのよ。先生は夏に生まれるって言ってたわ」

「この子も十一月に生まれるころにはもっと大きくなるはずよ」

フィニアスは自分と同じ男の子により関心を示し、手にしていたプラスチックの恐竜をブラッドリーに見せた。「ティラノサウルスだよ。人間を食べそうだけど、人間が生まれる前に絶滅したんだ。でも、別の恐竜は食べた。ティラノサウルスはぼくのお気に入りなんだ」

「かっこいいね。ぼくはヴェロキラプトルが好きなんだ、群れで狩りをするから」

「それも持ってるよ！　ヴェロキラプトルはきっと鳥から進化したんだ。見たい？」

「また今度にするよ。今日はこの家を見学しないといけないから」

「工事の人たちがそこで叩いたり、カットしたりしてたよ。ぼくもハンマーとのこぎりを持ってるんだ」

「この子は片時も黙っていられないの」ティーシャがみんなに警告し、手をのばして息子の手をつかんだ。「またねって言いなさい、フィン」

「わかったよ、またね」

「マークから言付けで、もし会えなかったら、鍵はキッチンのアイランドカウンターに置いていけばいいそうよ」

「ありがとう。それじゃ、おまえたち、なかに入ってみるとしようか」

「わたしはあのおなかに赤ちゃんがいる女の人が好き。髪がとてもきれいだったわ」

「そうだね」レイランは客が入る玄関から入ることにした。現時点ではまだここの家主ではないからだ。

床が光り輝いているのは、否定できない。その光沢は玄関から家の奥まで続き、キッチンや、すてきな裏庭へと続く幅広いパティオのドアまで広がっていた。

「とっても大きいね」ブラッドリーが言った。

「開放的な造りで、今は空っぽだからな」

「暖炉があるわ。わたしたちのおうちに暖炉があるのよ」マライアは暖炉に歩み寄った。「サンタクロースはどこから入ればいいか、わかるわね」

だが、レンガ造りではなかった。白地に白のさりげない模様が入ったタイル張りで、薪《まき》ではなくガスの暖炉だ。炉棚もどっしりしたデザインではなく、洗練されている。

「声が響くよ！」ブラッドリーはおもしろがって自分の名前を叫んだ。

だが、この家のどこにも、まだ思い出は刻まれていない。

息子が小走りに引き返し、マライアがそれに続いた。キッチンではなく、幅広いガラス戸から外を眺めるために。キッチンは白の食器棚にステンレスの調理器具、グレーのカウンタートップ、深いシンクを備えていた。

「なんて広い裏庭だ！　ジャスパーが喜ぶぞ」

「ブランコはないの？」マライアの声にショックがにじんだ。「どうして？」

「まだここに誰も住んでないからだよ、ばかだな」ブラッドリーが妹を突いた。「ブランコやなんかは、パパが買ってくれるよ」

「お兄ちゃんだってばかじゃない」マライアが兄をつつき返した。「ここはなんのお部屋？」

彼女は両開きのガラス扉へ駆け戻った。その向こうにはダイニングルームとおぼしき部屋がある。「わたしたちの遊び部屋かしら」

「遊び部屋になりそうな予備の部屋が二階にあるよ」

ガラス扉の向こう側はホームオフィスにぴったりだ。日当たりがよく、庭を一望でき、必要なものがすべてそろっている。

「そのお部屋が見たいわ。二階にあがってもいい？」

「ああ、ここには見学に来たんだからな。寝室も二階にあるぞ」

子供たちが騒がしく階段を駆けあがるなか、レイランはしばしその場にとどまった。階段下の化粧室、キッチンの奥の居間兼ラウンジ、反対側の奥の靴脱ぎ場兼洗濯室。新しい暖房設備、完成間近の完全防水の地下室にある倉庫。

いい家だし、価格も手の届く範囲だ。

子供たちの走りまわる足音や声が響く二階へ彼も向かった。

マライアが瞳を輝かせながら駆け寄ってきた。「わたしのお部屋はどれ、パパ？

選んでもいいの？」

「おまえの寝室は、ジャック&ジル・バスルームと呼ばれるバスルームと隣接してるところだ。この部屋だよ」娘の手を握りながら、四つある寝室のうちのひとつへと導いた。「ここはそのバスルームとつながっていて、反対側に別の寝室がある。ほぼ同じ広さだから――」

「お兄ちゃんと同じバスルームなんて使えないわ！　男の子のバスルームはくさいから！」

レイランは娘のぞっとした顔を見て、ピンク色のパフェのようにマライアを食べてしまいたくなった。

「廊下をはさんだ向かい側に別の寝室がある。でも、こっちのほうが広いから――」

娘が走って見に行ってしまったので、彼は口ごもった。

「この部屋には専用のバスルームがあるわ！　ほら、見て！　男の子は使用禁止のバスルームにする！　わたしだけのバスルームよ！　ねえ、このお部屋を使ってもいいでしょう？　お願い」

ブラッドリーが駆け戻ってきた。「遊び部屋はとっても広いよ！　ぼくは暖炉と大きなバスルーム付きの寝室を使う権利があるよね」

「いや、そんな権利はない。そこは主寝室だ。主寝室を使うには、全額払わなければいけない」

「ぼくには払えないよ」

「もしこの家を購入するとしたら、おまえはこのふたつの寝室のどちらかを使うことになる。マライアはそっちの寝室に目をつけたから、おまえもかなり大きな専用のバスルームがあるぞ」

ブラッドリーは歩きまわりながら唇を尖らせてうなずいた。「わかったよ。ぼくはあっちの部屋にする。あっちのほうがマライアの部屋と離れてるから」

笑顔で振り向いたブラッドリーは、父親を見て真顔になった。「パパはこの家が気に入らないの？」

「えっ？　いいや、もちろん気に入ってるよ」

「でも、気に入らないって顔をしてるよ」

マライアがはずむような足取りで戻ってきた。「わたしのバスタブをピンクに塗ってもいい？　どうしたの？」

「パパはこの家を気に入らないんだ」

「どうして？　いいおうちじゃない。いいにおいもするし」

子供たちはここに住みたいのか。子供たちが望むなら、これが新たなスタートになる。だったら、ここをマイホームにするしかない。前の家を――完全に――手放して、ここをマイホームにするのだ。

「おまえたちは意志が弱いから、これまではパパの偉大な力で丸めこまれてきた」レイランは子供たちに言った。「だが、この家に関しては自分自身の意見を言ってほしい。そのちっぽけな脳みそに、パパの優秀な頭脳の絶大な影響力を受けることなく」

「パパ」ブラッドリーは表情をゆるめ、鼻を鳴らした。「いいかげんにしてよ!」

「ねえ、このおうちに住めるの?」マライアはレイランの両脚に抱きつき、彼を見あげた。「わたし専用のバスルームのバスタブにピンクのペンキを塗ってもいい?」

「その答えは、イエスとノーだ。ピンクのシャワーカーテンとピンクのタオルは買ってあげるが、バスタブにピンクのペンキを塗るのは認めない」

「でも、ブラッドリーには絶対わたしのバスルームでうんちをさせないわ」

「ぼくだって専用バスルームがあるんだ。そっちのほうが広いし、おまえにもぼくのバスルームでうんちはさせないぞ」

子供たちはうんちをめぐってけなしあっている。もうここをマイホームだと思い始めているようだ。

レイランは住宅の購入を決意して、書類の記入や法律上の手続きをすませると、あと何日ソファベッドで寝て、部屋の隅やキッチンカウンターで仕事をしなければならないのか、指折り数え始めた。

近いうちに新学期に向けて買い物をしないといけないが、そんな余裕はとてもなさそうだ。その悪夢はできるだけ直前まで先延ばしにしようと決めた。

だが、そんな労働環境にもかかわらず、レイランはしっかりした新たなプロットと魅力的な新キャラクターを生みだした。最初はトゥルー・エンジェルの敵として登場し、当分は引き立て役だが、最終的に友人となる新キャラクターを。

夏のあいだじゅう、子供たちの相手をして楽しませてくれた母と妹には、感謝の念しかない。レイランが新たなプロットと新キャラクターについて共同経営者と話しあうべく会社へ出向いたときも、子供たちをひと晩預かってくれた。

そのときは、独身のジョナの散らかったアパートメントに一泊した。まだビックとパッツが住む昔の家に泊まる気になれなかったからだ。

この新キャラクターを実際に作品に登場させる前に、インスピレーションを与えてくれた人物に了解を取る必要がある。

もし断られたら、新キャラクターの風貌を変更しなければならないが、それは気が進まなかった。今のままで何もかもが完璧だからだ。ただ、いくぶん希望を抱いている理由は、彼女がかつてレイランの寝室の壁のスケッチを見て、アイアンマンを見分けたからだ。

この件はもう充分に先延ばしにしてきたし、今日の午後は子供たちをマヤに預けてある。レイランはスケッチブックをつかむと犬を連れて、丘の上の大きな家へ車を走らせた。

昔からこの家が大好きだった。どっしりとした外観も、家をぐるりと囲むポーチも、家の裏や側面にある古い大木も。切り妻壁がやや謎めいた雰囲気を醸しだしている。

「ああ、ジャスパー。ぼくはまぬけだな。これは使えるぞ。ちょっぴりゴシック風にすれば、コバルト・フレイムの隠れ家になる。石を黒くして、もっと樹木を密集させ、塔を加えよう。それならうまくいく」

頭のなかでスケッチしながら玄関にたどり着くと、大きなブロンズのノッカーでドアを叩いた。ノッカーは星形ではなくガーゴイルにしよう。歯をむきだしてうなるガーゴイルに。

誰も出てこないので、妹のアドバイスにしたがって家の側面へまわり――頭のなかでさらに細部までスケッチしながら――地下室のパティオのドアに向かう。

ドアが開け放たれていたので、レイランはドア枠を叩こうとしたが、手を持ちあげたまま立ち尽くした。ぽかんと口を開き、閉じることができない。

エイドリアンは部屋の中央にたたずみ、鏡張りの壁のほうを向いていた。黒の小さなショートパンツに、背中でクロスする細いストラップのスポーツブラ。頭のてっぺんでまとめられた髪からカールが垂れている。

片足で立ち、左脚を天井に向くまで持ちあげて垂直のラインを作った。あんな動きは解剖学上不可能なはずだ。

次に、彼女はその脚をおろして後方に持ちあげ、バランスを保ちつつ爪先をつかむと、もう片方の腕を広げながら身を乗りだし、左脚でなめらかなアーチを作った。

脳にいくらか血が戻ったレイランは、のぞき魔になりかけていることに気づき、あとずさろうとした。

だが、そのときエイドリアンがわずかに頭の向きを変え、彼に目をとめた。悲鳴をあげたり、あの怪物のような犬を呼び寄せたりせず、彼女は微笑み、前にのばした手で手招きした。

レイランは開いている戸口から少しだけなかに入った。「すまない。ぼくはただ……邪魔をしたくなくて」

「もうすぐ終わるわ。ちゃんとストレッチをしないといけないから」

「きみは――」においに気づいたジャスパーが戸口から押し入って、暖炉の前に寝そべる片想いの相手に駆け寄ると、レイランは言葉を切った。「ジャスパー、おまえってやつは。申し訳ない」

「大丈夫よ」

たしかにジャスパーは、セディーの前にひれ伏しているだけで無視されていた。

「あとはもう片方をストレッチするだけだから。ポピを探しているの？」

「いや、実は——」レイランは彼女から目をそらせなかった。「どうやっているんだ？　どうしてそんなことができる？　なぜきみには関節がないんだ？」

「わたしにも関節はあるわ。なめらかに動く関節が。柔軟性はフィットネスに欠かせないものなの」

「それは柔軟性じゃない。ガンビー（クレイアニメのキャラクター）だってそんなことはできない」

「バレエやDNA、運動や練習のおかげよ。あなたの体の柔軟性は？」

「そんなにやわらかくないよ。でもぼくは地球の人間だが、明らかにきみは違う。それで思いだしたけど——」

「爪先に触れてみて」

「えっ？」

「膝を曲げずに爪先にさわれる？　さあ、やってみて」

　レイランはまぬけな気分になったが、盗み見ていた罪悪感が今もぬぐえず、爪先に触れた。

「いいわ。あなたには潜在能力があるわね。運動はしているの？」

「ええと……」

「なるほどね」エイドリアンは両足を床につけた。

「ふたりの子供に仕事、一軒家の購入、犬の世話。そして、寝ているのはソファベッドだ」

「忙しいわよね」エイドリアンは微笑んだ。「でも、誰だってそうでしょう。みんな、あなたがマウンテン・ローレル通りの家を買ったことに大喜びしているわ。あなたが新しい家に腰を落ち着けたら、あなた専用のルーティーンを考えてあげる。一日三十分のエクササイズよ。ダンベルはある?」

「いや、ぼくは――」

「ダンベルは用意してもらうわ。少し筋肉をつけたほうがいいわよ」

レイランはむっとして彼女を見据えた。「わかったよ」

「別に侮辱したわけじゃないわ。プロとして指摘しただけよ。有酸素運動、コアや筋力のトレーニング、柔軟性。誰もがそのすべてを必要としている。それに、あなたにはかわいい子供たちがいるわ」

若干いらだちが薄れる。「ああ、ありがとう」

「あなたとロリリーの血を受け継いだあの子たちのことがわたしも大好きよ。これまでに何度か会ったけど、あなたがすばらしい父親だってことは明らかだわ」

「あの子たちのおかげだよ」

「子供たちのために健康を維持することも、父親の役目のひとつよ」

彼は思わずふっと笑った。「姑息《こそく》なやり方だな」

「たしかにそうね。でも真実でしょう。とにかく、あなたのために基礎的なルーティーンを考えてみるわ。で、今日はわたしになんの用？」

「きみはみんなにこういうことをしているのか？　健康とフィットネスのセールストークを」

「誰にでもしているわけじゃないわ、みんなが聞く耳を持つとは限らないから。マヤはわたしの親友のひとりよ。ジャンのことも愛してるわ。そのふたりがあなたのことを心配しているの。あなたもそれを知ってるはずよ。だから、わたしは秘密をもらしているわけじゃないわよね」

「ああ、違う」

レイランは話題を変えたくて、エイドリアンのスタジオを見まわした。「本格的なスタジオだけど、親しみやすい雰囲気だね。ぼくは……あれを見てごらん」

エイドリアンがそちらに目をやると、ジャスパーがセディーにもたれながら身を丸めて目を閉じていた。

「ジャスパーったら、至福の笑みを浮かべているわ。セディーはジャスパーにチャンスを与えたのね。そして、あなたにも」エイドリアンはレイランに言った。「もしセディーがあなたを認めなければ、今ごろここに立ってあなたを見張っているはずよ」

「その状況が変わらないことを願うよ。実は、きみに承諾を得ないといけないことがあるんだ」

「そうなの？　ちょっと座ったほうがいい？」

「ああ」

「そこに座ってて」彼女はソファのほうを指すと、〈ニュー・ジェネレーション〉のロゴ入りのボトルに水を注いだ。その片方をレイランに手渡し、隣に座った。「それはあなたにあげるわ。運動中にこまめに水分補給をするのに便利よ」

「そうだね。で、ぼくの用件なんだが、このところ新たな作品に取り組んでいて、新キャラクターを登場させる予定なんだ」

「わたしは新作の『トゥルー・エンジェル』が大好きよ」

レイランはエイドリアンの言葉にびっくりした――今回も。「読んだのかい？」

「もちろん読んだわ。あなたは親友のお兄さんだし、わたしはグラフィック・ノベルが好きなの」

それなら期待どおりにことが運ぶだろう――いや、運ぶはずだ。「新キャラクターはエンジェルの引き立て役になる――最初は敵だったが、やがて仲間になる。彼女は半悪魔だ」

「グリーヴァスみたいね」

「最初はグリーヴァスとつながっていて、無理やり言うことを聞かされているんだ。苦しめられ、孤独だったが、己の邪悪な衝動に抗って克服し、最終的にはトゥルー・エンジェルによって自由の身となる。彼女は人間として、ひとり暮らしをしている。五百年以上にわたる自分の経験や歴史を小説にしている、ホラー小説作家だ」

「読むのが待ち遠しいわ。でも、どうしてわたしの承諾が必要なの？」

「それは……」彼はスケッチブックを開いて手渡した。「これが彼女だ」

「わたしだわ！　ホット・スタッフを着たわたしよ」

「ああ、かなりセクシー《ホット》だ」

その言葉に、エイドリアンはまた愉快そうな目で彼を見た。「ありがとう。でも、ホット・スタッフっていうのはデザイン名よ。炎の模様が入ったウェアの」

「ああ、そうか……初めてあの家を見学しに行ったとき、きみが着ていたデザインだね。きみの後ろ姿を見て、このキャラクターがぱっと頭に浮かんだんだ。コバルト・フレイムが」

彼女は興味津々でスケッチから顔をあげた。「いつもそうやって思いつくの？」

「たまにね。いつもじゃない。こんなことはめったにないよ」

「ほかにもスケッチがあるの？」そう尋ねながら、エイドリアンはページをめくった。

「あっ、ドラゴンに乗っているわ！　ドラゴンよ！」

「ああ、火を噴くドラゴンだよ。火が彼女の武器なんだ。ドラゴンの名前はウェスタ――火を司《つかさど》るローマの女神からつけた」

「雌のドラゴンなのね。ますますいいわ。わたしはかっこよく描かれているわね。力強くて猛々しいわ」エイドリアンはページをめくり続けた。「なんて意地悪で暴力的なの。ああ、苦悩してる！　すごく気に入ったわ！」

「本当に？　これで大丈夫かい？」

「何を言っているの？　わたしは半悪魔のスーパーヒーローなのよ。まあ、悪党だけど、いずれヒーローになるんだし。どっちでもいいわ。ドラゴンに乗って、槍《やり》も持っているし」

「原案のままなら、その槍から炎が発射される」

「炎を放つ槍。ますますいいわ。彼女はどこに住んでいるの？」

「ここだよ。ここみたいに大きな古い家だ。もっと不気味で邪悪な雰囲気にするつもりだけど、この家がベースになる」

「きっとポピも大喜びするわ。自宅が作品のなかに描かれ、半悪魔の隠れ家になるんだもの」

「じゃあ、ドムも了承してくれるかな？」

「そんなのきくまでもないわ。昔、あなたがポピがピザ生地を投げる姿をスケッチしたでしょう。ポピはその絵を額に入れてオフィスに飾っているんだから」

「本当かい？」

「あなたの才能を称賛しているポピが、その絵を飾らないわけがないでしょう」

エイドリアンがスケッチを眺め続けるなか、レイランはその事実にひどく感動していた。

「たとえ必要じゃなくても、彼女には秘密の部屋があるかもしれないわ。塔や小塔に。あっ、わたしが口出しすることじゃないわね。人間の姿のときは、なんていう名前なの？」

「エイドリアナ・ダークだ。それと、もともと塔は描き加えるつもりだった」

「完璧だわ！　レイラン、わたしはとても光栄よ」

「それを聞いてほっとしたよ。もう取りかかる準備はできているし、彼女の風貌を変えたくなかったんだ」

「ええ、もう変えられないわ。さもないと、わたしの傷つきやすい自尊心が粉々になるから」

「そんなに傷つきやすくないだろう。だが、彼女の風貌は変えないよ」

「ときどき見せてもらってもいい？　進行中の原稿を。それとも、あなたは自分の作品に関して神経質なタイプ？」

「ブルックリンでは改築した元倉庫で働いていた。誰もがすべてを目にできる環境だった。あっ、ぼくはもう行かないと」彼は時間を確認した。「マヤの家まで子供たちを迎えに行かないといけないんだ」

レイランがスケッチブックを手に立ちあがると、エイドリアンも立ちあがった。

「また来てちょうだい、今度はポピがいるときに。子供たちもぜひ連れてきて。ポピはこの家に子供たちが遊びに来ていた時代を懐かしがってるの」

「ああ、そうするよ。さあ、行こう、ジャスパー」

ジャスパーは目を開けたが、そっぽを向いた。

「行くぞ、ロミオ。さもないと、今度来るときはおまえは留守番だ」

エイドリアンが口を開いた。「セディー」すると、大型犬が立ちあがって彼女のもとへやってきた。その後ろからジャスパーがついてくる。「お見送りするわね」

「おかげで、こいつを引きずりださずにすんだよ」

だが、レイランはジャスパーを車に乗せるのに抱えあげなければならなかった。車内でジャスパーが打ちひしがれた声をあげる。

「泣き言を言っていると、女の子に好かれないぞ、ジャスパー。我慢しろ」彼はエイドリアンに手を振って走り去った。

バックミラーに目をやると、とっても小さな布地の黒いウェアを着たエイドリアンが巨大な犬に手をのせているのが見えた。すると、長いあいだ感じていなかったうずきを覚えた。

それは欲望だとわかったが、無視することにした。

まだそんな気にはなれない。もしふたたびその気になったとしても、相手は妹の大親友ではない。

13

新しい詩が届いたのは、じりじりと焼けつくように暑く、古い漆喰《しっくい》色をした空が広がる八月の日だった。今回の消印はウィチタだ。

エイドリアンはスーパーマーケットの駐車場に停めた車内で、今年に入って三通目の手紙に目を通した。

おまえはわたしの頭や心に激しい怒りをもたらすというのに、
なぜこんなにも長くおまえと離れていたのだろう?
だが、おまえを血まみれにするときを待つのは、途方もなく甘美だ。
いつおまえを殺すか決めるのは、このわたしなのだから。

その詩に、エイドリアンの心はさいなまれた。いつだってそうだ。いくらか落ち着きを取り戻すまで、さらに一分ほど車内にとどまっていると、不機嫌な子供にあとでアイスクリームを買ってあげるからと告げる疲れた声が聞こえた。

いつものように封筒に詩を戻し、バッグに入れた。家に帰ったらコピーを取って、毎回しているように警察と連邦捜査官とハリーに送ろう。

もちろん、そんなことをしたところでどうにもならない。これまでも、いっさい事態は改善しなかった。

そのうえ、手紙の頻度が増している。何年も年に一通だけだったのが二通になり、今年はこれで三通目だ。

連邦捜査局《FBI》が情報収集をしているのは知っているが、その大半が本物の脅威と見なされていないのもたしかだ。数行の詩による遠まわしな脅迫だけで、公然と脅したり実際の行為に及んだりしたことは一度もない。

たしかに執着はしているものの、犯人は精神的苦痛を与えるだけでいっさい危害を加えようとしない臆病者だ。

ＦＢＩ捜査官や警察の考えはわかっている。エイドリアンは著名人で、自らそういう道を選んだ。その選択には代償がつきものだと。

母になんて言われるかもわかるし、昔、言われた言葉も覚えている。ファイルにしまって忘れなさいと言われたのだ。

エイドリアンはショッピングカートをつかみ、冷房の効いたスーパーマーケットに足を踏み入れた。携帯電話のショッピングリスト・アプリを立ちあげ、買い物に取りかかる。

祖父が一緒に来ると言い張らなかったことに感謝しないと。もし祖父がついてきたら、倍の時間がかかっただろう。

何しろ食べ物は祖父の情熱の源で、僅差で二位が知りあいだ。

だから祖父はみんなに話しかけ、桃をひとつひとつ吟味し、野菜を見ては新たな料理を思いつき、それを作るための材料を買い物リストに新たに加えたはずだ。

週に一度ふたりでファーマーズ・マーケットへ行くと、否応《いやおう》なしに食べ物について学び、議論し、社交にいそしむという長丁場になる。

エイドリアンは無頓着ではないものの、祖父ほど吟味はせずに農産物をショッピングカートに入れ、小さく微笑んだ。祖父との買い物ははるかに時間がかかるけれど、一緒に過ごすのはいつだって楽しい。

リストの乳製品にチェックマークを入れ、先へ進んだ。

シリアルの棚にたどり着くころには買い物に集中していた――祖父のお気に入りのシリアルはウィーティーズだ。すると、男性の困ったような声が聞こえてきた。

「チェリオスにするって決めただろう」

「でも、これが魔法のようにおいしいんだ」

ブラッドリーがシリアルの箱を手にし、彼の妹は通路に沿って爪先立ちで美しくターンするなか、レイランはまるで敵に包囲されているかのように見えた。「パパはぼくたちにいいシリアルを食べさせたくないの？」

「魔法もおいしいのも、いいことだよ」ブラッドリーが言い張った。

「彼はその場に踏みとどまるべきか、それとも穴を掘って逃げこむべきか？」エイドリアンはつぶやきながら、レイランに歩み寄った。「こんにちは」

「事前に決めていたんだ」明らかに援護射撃を期待して、レイランはエイドリアンに訴えた。

「魔法のようにおいしいシリアルと、チェリオスを混ぜることもできるよ。パパが言ったんじゃないか、ぼくらは妥協しなければならないときがあるって」ブラッドリーがエイドリアンのほうを向いた。「チェリオスにするって」

「あなたはすごく頭が切れるのね」彼女はドムのウィーティーズに手をのばした。「時には妥協も必要だって、パパはいつも言うんだ」

「すごい量の食べ物だ。きっとたくさん食べるんだね！」

　レイランは冷ややかに微笑んだ。「頭が切れる、だって？」

「ええ、そうよ。それに食料をたくさん買いこんでいるのは、大勢のお客さんが数日間、うちに泊まるからよ」

「ぼくの誕生日にもたくさん人が来たよ。もう八歳になったんだ。誕生日はバットマンのケーキを食べた」

「昔から『ダークナイト』は魔法のようにすてきだと思っていたわ」

エイドリアンの言葉にブラッドリーがにやりとすると、マライアが自分の番だとばかりに口をはさんだ。

「わたしは来月六歳になるから、バレリーナのケーキを食べるの。それか、プリンセスのケーキを。どちらか選ばないと」

「どうして両方じゃだめなの？　バレリーナ・プリンセスのケーキにしたら？」

父親譲りのグリーンの瞳がぱっと輝いた。「それがいいわ。パパ、わたしはバレリーナ・プリンセス・ケーキにして」

「頭にメモしたよ」

「すてきなサンダルね」

エイドリアンは微笑んだ。「ありがとう。あなたのサンダルも気に入ったわ、それにペディキュアも。きれいなピンク色ね」

「パパに塗ってもらったの。あなたはフレンチネイルのペディキュアね。あなたの肌にすごく似合ってるわ」

「本当にありがとう。マライアは今度六歳になるのよね？」エイドリアンはレイランに尋ねた。

「ああ、実年齢はね。でもファッションの知識に関して言うと、三十五歳前後だ。きみの撮影クルーが新しいDVDを制作しに来ると聞いたよ」

「その大半が友人なの。だから、みんなわが家に泊まってたくさん食べるのよ。祖父はもう今から楽しみで仕方ないみたい」

ブラッドリーが魔法のようにおいしいシリアルの箱をこっそりとショッピングカートに入れるのが、エイドリアンの目に映った。ミミがかつて、こっそりクッキーを食べていたことを思いだし、思わず微笑む。「みんな、新しい家は気に入った？」

「わたしのバスルームにはピンクのタオルがあるの。ブラッドリーのタオルは赤よ。裏庭には滑り台やブランコがあるけど、プールは買わないから水遊びはしないわ。ねえ、わたしって口紅を塗ってもいい年齢だと思う？」

「そうじゃないの？」エイドリアンは身をかがめて、もっと近くで見た。「もう口紅を塗ってもいい年齢だとは思うけど、あなたの唇はとってもきれいだし、完璧なピンク色よ」

「本当？」

「本当よ。自然な色がそんなにきれいだなんて、あなたは本当に恵まれてるわ」

「見事な回答だ」レイランがつぶやくなか、エイドリアンは身を起こした。

「わたしはもう行かないと。会えてうれしかったわ。ジャスパーにわたしとセディーからよろしく伝えて」

「今度、遊びに来てくれ」気がつくと、レイランはそう口走っていた。「ジャスパーがセディーを恋しがってる」

「それに、わたしの部屋を見てちょうだい。新しいカーテンとかいろいろあるから」

「ぜひお邪魔したいわ。じゃあ、またね」

エイドリアンがショッピングカートを押して歩み去るのを見送りながら、レイランは言った。「あのシリアルを入れるのを見たぞ、ブラッドリー。だが、妥協の精神で今日は買うことにする」

「どうして見えたの?」

「それは……」レイランはくるっと振り向き、ダース・ベイダーのように息を吸った。「ブラッドリー、わたしがおまえの父親だからだ」


エイドリアンは帰宅すると、買ってきたものをしまって、セディーをおもてに出し、詩のコピーを取った。ハリーは家族とともに明日の午後に到着するので、直接手渡すことにした。

リハーサルをしにスタジオへ行こうかと思ったが、二階にあがり、来客用の寝室を意味もなく確認した。

明日の朝、町まで切り花を買いに行こう。でも、とりあえずはすべて準備万端に見える。ハリーとマーシャルの部屋も、彼らのふたりの子供たちの部屋も、ヘクターの部屋も——この一年半一緒に暮らしている女性が今回は来られないので、彼はひとり部屋だ。そしてローレンの部屋も。

バスルームも確認した——そんな必要はなかったのだが、何かしていれば、あの詩のことを考えずにすんだ。

祖父同様、エイドリアンも自宅が人でにぎわうのを楽しみにしていた。友人と仕事ほど、心配ごとから気をそらしてくれるものはない。

それと、エクササイズでいい汗をかくことも。自分の部屋へ着替えに行こうとした矢先、玄関ドアが開く音がした。

彼女は踊り場に向かった。「ポピ。早かったわね」

「商売は順調だし、おまえといろいろ話したいことがあるんだ」

「スペアリブと鶏肉を買ってきたわ」彼女は階段をおり始めた。「サマー・トライフルの材料も全部買ってあるわよ」

「いや、そのことじゃない」エイドリアンがやってくると、ドムは車のキーをさしだした。「わたしは免許を返納するよ。ウッドバインの一時停止標識を危うく無視するところだった。しかもこれが初めてじゃない」

「ポピ」エイドリアンはキーを受け取って祖父を抱きしめた。「つらかったでしょう。これからはわたしが運転手を務めるわ。いつでもどこでも。約束する」

「この老いぼれを快くあちこちに連れていってくれる人は何人もいるよ。おまえもそのメンバーに加わっていいぞ。ということで、さっそくお願いしようか」

彼女は頭をのけぞらせた。「どこへ行きたいの？」

「おまえに見てもらって、いろいろ話したい場所があるんだ」

「秘密の場所ね！」

「セディーはどこだ？」

「裏庭よ」

「セディーを呼んで、ドライブに連れていこう」

一同はエイドリアンの車に乗りこんだ。ドムはここ数年、小さなピックアップトラックを愛用していたが、それだと車内に全員が乗りきれないからだ。エアコン嫌いの祖父のために窓を開けると、セディーが後部座席の窓からうれしそうに顔を出した。

「町に行って大通りを右折してくれ」

「了解。そういえば、スーパーマーケットでレイランと彼の子供たちにばったり会ったわ」

「いい子たちだよな」

「ええ」エイドリアンは運転中、シリアルをめぐる争いやメイクに関するディベートの話を披露してドムを楽しませた。

「わたしが帰ろうとしていたところに、モンローがあのやんちゃ坊主を連れてピザを食べに来たぞ。今日は男同士の日らしい——そうすれば、ティーシャも休めるからな。その信号の角を左折だ。ああ、そこだよ」祖父が指さした。「そこに車を停めてくれ」

「古い校舎ね」

「元小学校だ。昔からあったから、わたしも通った。当時は悪さをするとへら状の板で叩かれたものさ」

「痛そうね」

にっこりして、ドムは眼鏡を押しあげた。「思いだしたくないくらい何度も痛い目に遭ったよ」

校舎の古いレンガはすり減り、モルタルはゆるんでいる。かつての校庭は穴だらけのアスファルトとはびこる雑草に覆われ、古いチェーンのフェンスで封鎖されていた。窓ガラスが数枚割れてベニヤ板で覆われているのは長年の風雨か、うまく狙いを定めた石のせいだろう。排水溝やその名残にも雑草が生い茂っている。

「長年のあいだに何度か再利用の試みがあった」ドムが口を開いた。「しばらくアンティークショップが営業していたが、やがて埃《ほこり》っぽいフリーマーケットになった。

芝刈り機やなんかの修理店になったこともある。だが、どれも長続きしなかった」

「その理由は一目瞭然だわ。ひどい状態だもの」

「しばらく放置されていたせいだよ。ここの所有者には大きな夢がいくつもあって、やり口は狡猾《こうかつ》だったが、充分な資金がなかった。バーを開こうとしたときは安全上の問題が浮上して罰金を課せられ、ここを使用禁止にするという話も出た」

「まあ――」

「そんなことになったら困るんだ、エイドリアン」ドムは顎を引きしめ、かぶりを振った。「そんなのだめだ。この校舎はここに建てられて百年になり、歴史がある。もう一度ここに目的を与えるべきだ」

エイドリアンは祖父の思い入れや校舎の歴史は理解できた。だけど。

「ここを買い取りたいの?」

「この件に関しては、おまえに決めてもらいたい。購入資金はおまえが受け取るはずの遺産から捻出するからな」

「ポピ、ばかなことを言わないで」

「それだけじゃない。わたしがソフィアのもとに旅立ったあとは、おまえが責任を負うことになる」

「なんの責任? いったい何を考えているの?」

「ちょっとなかを見てみよう。鍵を借りたんだ」

「もちろんそうでしょうとも」エイドリアンはセディーを車に残して行くつもりだったが、すでに祖父がドアを開けていた。

「さあ、行くぞ、セディー。今から探検だ」

「ここは安全なの？　あまり安全そうに見えないけど」

「ちょっと見学するくらいなら安全だよ」カーキのショートパンツにネイビーブルーのゴルフシャツを着た祖父が、先に立って歩道を進み、崩れかけたコンクリートの階段をのぼって両開きの玄関ドアにたどり着いた。

「想像力を働かせないとだめだぞ」ドムは鍵を取りだした。

「でしょうね」

校舎内はくさかった。エイドリアンにとっての第一印象は、蜘蛛の巣や埃、肥料、廃棄物、そしてネズミのにおいだった――おそらくネズミがここをトイレ代わりにしているのだろう。

だが、ドムの顔は輝いていた。

「感じるかい？」

「何かが脚を這いのぼっている気がするわ」

ドムはエイドリアンの肩を抱いた。「ここを歩きまわっていた子供たちの思い出を感じないか。もともとの木造校舎がほとんど残っていないのはなんとも残念だ。ここのろくでなしのオーナーは何も考えずに校舎を取り壊してしまったが、土台はまだしっかりしているよ」話し続けながら、歩を進める。「屋根はだめだが、わたしたちが二階を増築すればいい」

「わたしたちが？」

長年のあいだに黄ばんだ古い漆喰壁、誰かがはがそうとしたのか、端がちぎれたビニールの床材。

ドムが床を指さした。「この下には硬材がある。やすりをかければ、またぴかぴかになるはずだ。配管は一新し、古い配線も最新の建築基準を満たすように変えなければならない。レンガ壁は汚れを落としてペンキを塗り直す必要があるだろう。屋外もきれいにして新しくアスファルトを敷き、身障者用のスロープを設置しないとな」

ドムが孫娘の感想を聞こうとこちらを向いた。だがエイドリアンの目には、窓ガラスが割れたり薄汚れたりしている大きな醜い悪臭を放つ建物としか映らなかった。

「マーク・ウィッカーにも見てもらった——彼はずば抜けて優秀な建築業者だ。彼の見積もりだと、工期は一年近くかかり、費用は約百万ドルらしい」

「ドルってこと？　百万ドルなの？　ポピ、ちょっと横になったほうがいいわ。それを言うなら、わたしもだけど」

「そうかもな。でも、まずわたしの話を聞いてくれ。ここの売り値は——いや、もとの売り値は——途方もなく高額だった。わたしが交渉を持ちかけると、売り主は新たな額を提示した。わたしはそれを蹴った。ここを売却しなければならないのは向こうなのに、強欲なことを言ってきたからだ。すると今日になってもっとまともな額を提示してきた。だから、パートナーと相談して連絡すると言ったんだ」

「わたしがポピのパートナーなの？」

「おまえはわたしのすべてだ」

ああ、もう。祖父は何がなんでもここを手に入れたいのだ。

「外に出ましょう。今、自分が何を吸いこんでいるのか考えたくないから。それと、百万ドルもかけていったい何をしたいのか、教えてちょうだい——百万ドルなんて思わず息がとまったわ」

ドムはエイドリアンとともに建物から出ると、ふたたび鍵をかけ、彼女の手をつかんでたわんだフェンスへと向かった。

「そこで何度も膝をすりむいたことがある。鬼ごっこやボール遊びをしたときに」

彼女は祖父にもたれた。

「当時、この町にはそれほど大勢は住んでいなかったし、子供も多くなかった。住民の大半は農家だった。今は違う。町は成長した。ここはいい町だ。だが、何かが欠けている。それが何かわかるかい、エイドリアン?」

「何?」

「子供たちの居場所だよ。放課後や夏場に過ごす場所。ボール遊びや卓球やビデオゲームをしたり、時には宿題をしたり、友達と安全に過ごしたりする場所だ。今は共働きの親が多く、鍵っ子も大勢いる。それが一般的だ」

「つまり、青少年センターを作りたいのね」

「ここでレッスンを行うこともできるぞ。音楽や美術のレッスンを。いろんなアクティビティーを用意して、ルールも設ける」ドムはエイドリアンに微笑んだ。「健康的なスナックとか」

「わたしにこびているのね」

「ちょっとだけだ。放課後のチャイルドケアとか、エクササイズのレッスンとか」

「さらにこびているわ」エイドリアンは祖父の腰に腕をまわした。

「ソフィアと何度もここの話をしたよ。だが、わたしたちには手が出せなかった。今もまだ手が届かないかもしれないが――」

「頑張れば手が届かないことなんてないわ。たしかに、ちょっと恐ろしいし、それに関して嘘はつかない。でも目をすがめて一般常識をかなぐり捨てれば、青少年センターが見えなくもないわ」

それに、祖父がここを手に入れたがっている。それ以上に重要なことはない。

エイドリアンは一歩さがって手をさしだした。「やりましょう、パートナー」

ドムは彼女の手をつかんでぎゅっと握りしめた。「マイ・ジョイ、おまえを誇りに思うよ」

ドムは大勢の人々のために料理することと以上に好きなことはなかった。ただし、自宅を駆けまわる子供たちの声は別だ。

エイドリアンの友人がやってくると、彼はその両方を味わった。

自家製のピリッとしたソースに大きなポークリブを漬けこみ、家庭菜園で採れた夏野菜を焼き、丸々としたオリーヴにミニトマトとズッキーニの細切りを加えた彩り豊かな冷製パスタを作り、フォカッチャを焼いた。

苺《いちご》と生クリームをふんだんに使ったケーキも平らげた。

満腹のうめき声や、子供たちのおしゃべり、完璧に調理した手のこんだ料理のあとの汚れた食器類は、ドムに至福の喜びを与えた。

エイドリアンの高校時代の友人たちとの再会もうれしい。孫娘の父親代わりとも言うべきハリーやその一家との再会も。

テーブルを囲む人々は家族を持ち、家庭を築いた。

ドムはカプチーノを飲みながらケーキを食べ、ハリーの長男のハンターに問いかけた。「青少年センターで特にほしいものはなんだい?」

「プールがいい」ダークブラウンの目をしたハンターがケーキを頰張った。「パパたちは……」親指をかかげると下向きにして、親たちの不賛成を示した。

「乗馬と厩舎《きゅうしゃ》」ハンターの妹のシビルは、ケーキからクリームをかきだしている。

「きみはどうだい、フィニアス?」

「プラネタリウム」

ドムは真剣にうなずき、エイドリアンに目を向けた。「もっと大きな建物が必要だな」

「そうね。ねえ、ゲームはどう? ボードゲームやビデオゲーム、バスケットボールのコート。美術や工作や音楽のレッスン——これについてはあなたの手助けをあてにしているわ、モンロー」

ハンターはモンローに向かってフォークを揺らした。「ギターを弾けるの?」

「ああ、弾けるよ。ギターが好きなのかい?」

「うん。クリスマスにもらったら、ここへ来たときに教えてくれる?」

「もちろんだよ。明日ぼくの家に来てくれたら、ギターを弾いてあげるよ」

「本物のギターを? すごい!」

「ハリー・パパは明日ここでお仕事なんだよね」フィニアスは実験装置を見つめるようにハリーを見た。「だから、マーシャル・パパがきみを連れてきてくれるよ。きみも来ていいよ」愛想よくシビルに言った。「ぼくはクリスマスに望遠鏡をもらうんだ」

「そうなのかい？」モンローはカプチーノを飲みながらきいた。

「うん。だってぼくは天文学者と宇宙飛行士になって、別の惑星の生命体を発見するから。宇宙には別の生命体がいるはずだ」

「この子のこういうところは、ぼくの遺伝子じゃないな」モンローが妻に告げた。

「絶対に違う」

「まあ、数学的にも論理的にも、フィニアスの言っていることは正しいわ。別の惑星には別の生命体が存在するのよ」

モンローはティーシャに向かってフォークを揺らした。「やっぱり、きみの遺伝子だ。ドム、エイドリアン、すばらしいご馳走だった。皿洗いは、ぼくらがするよ」

「ぼくもメンバーに加えてくれ。体を動かさないと、この椅子に根づいてしまいそうだ」角縁の眼鏡をかけ、髪を短いポニーテールにしたヘクターが立ちあがる。「ここの料理を食べるまで、シルヴィーとぼくはそこそこ料理上手だと思ってた。だけど、ドムの足元にも及ばないよ」

「彼女が来られなくて残念だ」ローレンも席を立ち、食器を集めるのを手伝った。真っ赤な髪を短くカットしているせいで、ジーンズやTシャツ姿でもエイドリアンには弁護士らしく見えた。

「シルヴィーも残念がってた。でも、ぼくらはニューヨークに引っ越すから、彼女は荷造りで大忙しなんだ」

身重にもかかわらず、ティーシャがぱっと立ちあがった。「なんですって？」

「まだ黙っているつもりだったんだけど」ヘクターはにやりと笑って肩をすくめた。「シルヴィーにすごいオファーがあって、ぼく自身も仕事の口を探ってみたんだ。それでニューヨークへ戻ることになった。父は喜んでるよ。とりわけ、ぼくがシルヴィーにプロポーズしたから」

ローレンがヘクターの腕をパンチした。「それなのに、ぼくたちに黙っているつもりだったのか？」

「おまえと一緒の車でニューヨークへ行って物件をいくつか見てから、飛行機で帰ろうと思っている」

「長距離ドライブか！」

エイドリアンは立ちあがってヘクターを抱きしめた。「すばらしいニュースだわ。シャンパンの栓を抜かないと」

「いや、まずは皿洗いだ」

ハリーは一同が皿を集めて、子供たちがマーシャルの指示のもとケーキを手放すのを待った。

ハリーがエイドリアンの手をつかんだ。「ちょっと散歩しないか？」

「ええ、いいわ。ちょうど地下室におりて、明日の撮影の準備を確認しようと思っていたの」

「それはヘクターにまかせよう」ハリーはエイドリアンを玄関へと引っ張っていった。

「何かあったの？　あなたや、お母さんは大丈夫？」

「ぼくもリナも元気だよ。リナは二日後にはニューヨークに戻る。そのあと、また親子で制作するＤＶＤについてきみと話したいそうだ。おそらく撮影は冬になるだろう」

「撮影はここでないとだめよ。ポピをひとりにしたくないの。それに、お母さんはポピに会いに来るべきだわ」

ハリーはエイドリアンとともにフロントポーチへ出た。「すばらしい眺めだ。ぼくのような生粋の都会人でも堪能できる。ドムは青少年センターのプロジェクトのおかげで生き生きしているね」

「本当にそうなの。今回の撮影を開始したら、そっちのプロジェクトにも着手するわ。契約書には署名済みよ――ティーシャに一万二千ドル値切ってもらったあとで」

がかかっている。


「彼女は逸材だな」

「ええ、そうね」エイドリアンは歩きながらハリーを眺めた。相変わらずスリムでおしゃれで端整な顔立ちだ。少し白髪交じりになったせいか、ますます美男ぶりに磨きがかかっている。

「それで、本題は何、ハリー？」

「どうしてきみはドムやみんなに最新の詩について話していないんだ？」

「わたしが話していないって誰が言ったの？」

「ぼくだよ、エイドリアン、きみのことはよく知っているからね。日が長い夏の散歩を楽しみながら、その理由を聞かせてくれ」

「みんなに知らせても無意味だと思ったからよ。その気持ちは今も変わらないわ、ハリー。とりわけ、ポピには。あなたが言ったように、ポピは今、生き甲斐を見つけたの。それなのに、なぜ祖父にはどうしようもないことを話して動揺させなきゃいけないの？　ポピはもう九十四歳なのよ、ハリー」

「じゃあ、ほかのみんなはどうなんだ？」

彼女はいらだたしげに長々と息を吐いた。「ヘクターやローレンとは年に二回直接会えるだけでも幸運なのよ、それに、この件に関して、ふたりに何ができるっていうの？　ティーシャは妊娠中だし、彼女にだって話す意味がない。もう何年も続いていることだもの」

「だが、事態はエスカレートしている。お互いわかっているように」

「だから、ちゃんと証拠をファイルしているわ。たしかに、エスカレートしていることは心配よ。動揺せずにはいられないし、いらいらするわ——それこそ、まさに相手の思うつぼでしょう。でも奇妙な電話がかかってきたり、何か破壊されたり、自宅に押し入られそうになったりしたことは一度もないわ。不気味な詩を送りつけられるだけで、それ以上のことは何も」

「もう今年に入って三通目だ。きみが防犯装置を設置して巨大な犬を飼っているのは知っているが、ここは人里離れた場所だ、エイドリアン。きちんと自分の身を守る手段を考えたほうがいい」

心底びっくりして、彼女はぴたりと立ちどまった。「銃を手に入れろってこと？」

ハリーも同様に驚き、隣で足をとめた。「とんでもない！　違うよ。銃の所持はもっと恐ろしい事態を招きかねない。だが、ボディガードを雇うことは可能だ」

エイドリアンは噴きだした。「冗談でしょう、ハリー」

「いや、ぼくは本気だよ。リナはイベント時には警備員を雇っているし、こういう継続的な脅迫は受けていない。常識を働かせるんだ」

「わたしは屋外イベントを行っていないわ」ハリーに思いださせるように言った。

「さっきも言ったように、ポピが九十四だから。それに、ここへ引っ越すと決めたのを機に、自宅で仕事をするのがどれほど好きかわかったの。自宅でも多くを成し遂げ、大勢の人々とつながることが可能だと」

「たしかにそうだが、熟練の警備員を雇えば、ここの警備レベルが一段階あがる」

「それはわたしのプライバシーを侵害するわ、ポピのプライバシーも。地元の警察署は、ここからほんの五分の距離よ。差出人が誰であれ、この人物にはさらなる脅迫や暴力行為を行うチャンスが何年もあった。でも、精神的ストーカー行為だけだった」

「ストーカーはその執着心を行動に移すことがよくある」

ハリーの話を聞いていても、一向に気分はよくならなかった。

もっとも、彼はこちらの気を楽にしようなんて思ってもいないのだろう。

「わたしはどの脅迫状も見て見ぬふりはしないわ。そんなことはできない。でも、最悪のシナリオを——誰かがわたしに危害を加えようとする事態を——考えたとしても、わたしは強くて身軽だし、無力なわけじゃないわ、ハリー」

「ああ、断じて違う」

「あなたは心配でたまらないのがいやなのね。でもこうして話したことで、ポピに何も告げないという決意がますますかたくなったわ。わたしは護身術のレッスンを受けることにする」

ハリーはぐるりと目をまわした。「どこで？」

「オンラインで。やる気さえあれば、オンラインでなんでも学べるのよ。わたしはやる気になったわ。これで警備レベルが一段階あがるわね」

「わかったよ。たぶんだめだと思っていたが、説得を試みずにはいられなかった」

「そういうあなたが大好きよ、まあ、どんなあなたも大好きだけど。護身術のレッスンを調べて、来週にはどれを受講するか決めるわ。わたしは目標達成に意欲を燃やし、競争心旺盛なタイプだから、きっと修了時にはクラスのトップになるはずよ」

「そうなっても驚かないよ」

「それに、しっかり学べばブログ用の動画やDVDの一部にも活用できそうね」

「そういうところだよ」ハリーはエイドリアンとともに家へと引き返した。「きみがリナと似ているのは」

エイドリアンはいらだちながらも肩をすくめた。「そうかもね。少しは似ているかもしれない」

「リナは自力で道を切り開いた女性だ。エイドリアン、それはきみも同じだろう。何か障害があると、きみたちはそれを押しのけるのではなく利用する方法を考える」

「わたし自身が、わたしの存在自体が母の障害なんじゃないかと思うことがあるわ」

「とんでもない」ハリーは彼女の肩を抱いた。「きみはリナにとって決して障害なんかじゃない、ぼくを信じてくれ。きみは彼女が選び取ったものだ」

そうかもしれない。でも、どうして母がわたしを出産することを選んだのか、まったくわからなかった。

14

エイドリアンは本当に彼専用のフィットネス・ビデオをレイランに送ってきた。その予期せぬ短い動画は、決して優しい内容ではなかった。

わざわざエイドリアンが時間をかけて一カ月間の厳しい訓練を考案してくれたことに対して……どう思えばいいのだろう？　毎日欠かすことなく一週間、それを四週間連続って本気か？

エクササイズの前後にはウォームアップとクールダウンも必要だ。それを毎日だなんて。

レイランはキッチンに立ち、ノートパソコンでひとつ目のルーティーンを見ながら、冷凍ささみフライと冷凍ハッシュドポテトをオーブンで焼いていた――今日は長い一日だったし、冷凍食品の埋めあわせにブロッコリーも蒸すつもりだ。子供たちは犬と一緒に裏庭で駆けまわっている――みんな大はしゃぎだ。

一日目は有酸素運動だった。エイドリアンはその場で腿あげトレーニングをやってみせ、レイランにそれを三十秒行うよう指示すると、続いて挙手跳躍運動、フロントランジ、バックランジ、スクワット、バーピーなどを行う。息を乱すことなくすべてを二回繰り返し、三十秒休憩して水分補給するように告げると、フットボールシャッフルやスタンディング・マウンテン・クライマーズといった拷問を続けた。三十分間の汗だくパーティーだ。

一週間のメニューを一カ月続ければ、各エクササイズを四十秒間続けられるようになるとエイドリアンは請けあった。

また、オプションとして三十分のコアトレーニングを毎日行うよう強く勧められた。

「ああ、やらないわけがない。ぼくにあるのは時間だけだ」

動画を流しながらブロッコリーを取りだしていると、エイドリアンは二日目の筋力トレーニングを開始した。ブロッコリーをカットしていたレイランは、彼女の声がとても心地よく感じることに驚いた。エイドリアンはお人好しの彼にバイセップスカールや、ハンマーカール、ショルダープレス、チェストフライ、ローイング、おまけに頭蓋骨つぶし《スカルクラッシャー》なんて名前の筋力トレーニングまでやらせようとしているのに。

ただ、筋肉の動きに魅了されているだけなのかもしれない――グラフィック・ノベルにも活用できそうだ――が、ダンベルなんて持っていない。

それに、レイランは忙しい。

三日目はコアトレーニングで、それも同じくらい大変そうだった。

心安らぐ声や魅力的な筋肉に惹《ひ》かれつつも、動画を停止した。

ブロッコリーを蒸し始め、皿を取りだす。今朝、新学期前の最後の買い物マラソンへ出かける前に放りこんだ洗濯物のことを遅ればせながら思いだした。

どうしてピザを注文しなかったのだろう。洗濯機から乾燥機へ洗濯物を移しながらそう思ったが、ゆうべも買い物マラソンのあとに注文したことを思いだした。

とにかく、子供たちは新品の靴や秋学期用の服、新しいバックパック、弁当箱、バインダーやフォルダー、新品の鉛筆とまっさらな消しゴムを手に入れた。

必要なものはすべて、いやそれ以上を。

真新しいスタートに胸を高鳴らせる子供たちは、あらゆる準備を手伝ってくれた。おかげで、靴脱ぎ場のフックにはもうバックパックがつるされている。あとは明日の朝、レイランが中身を詰めた弁当箱を入れるだけだ。

新学期初日の七時二十分に黄色い大型バスが到着したら、なんとか間に合ったと思うのだろう。

その瞬間、安堵感《あんどかん》と喜びを味わう自分はだめな父親だろうか？　いや、そんなことはない。現実的なだけだ。何時間も邪魔されることなく、空っぽな家で静かな時間を過ごせるのだから。

まさに至福だ。ひと筋の涙が頬を伝うくらい至福のときだ。

ディナーの様子を確かめ、あと五分でできあがりそうだと見積もると、子供たちを呼び寄せようと戸口に向かった。

そして、ただその場にたたずみながら、子供たちを見つめた。

忍者の戦士に扮したブラッドリーに対抗してダンスするマライア、黄色いテニスボールをくわえて駆けまわるジャスパー。

マライアのパステルピンクのショートパンツのお尻には芝生の染みがついている。ブラッドリーの古いコンバースはまた靴紐がゆるみ、薄汚れていた。

子供たちが愛《いと》おしすぎて、レイランは胸が締めつけられた。

ドアを開けると、蒸し暑い空気が入ってきた。どおりで、子供たちが汗だくなわけだ。

最初は普通に呼び寄せようとしたが、衝動にしたがうことにした。

裏庭のホースをつかみ、蛇口を思いきり捻ってみんなをずぶ濡れにした。

子供たちが歓声をあげて飛びあがり、逃げては戻ってきた。

「パパ！」マライアが悲鳴をあげ、水しぶきから逃げようとしたが、ブラッドリーともどもその顔は輝いている。

「裏庭の侵入者たちを仕留めるぞ！　この強力なホースで倒してやる！」

「絶対に負けないぞ！」ブラッドリーはみぞおちに水を浴びながらも、大げさに泳ぐふりをして突進してきた。

その創造力に感心したレイランは、マライアが兄とともに攻撃を仕掛けてくると、わざとふたりに負けた。

ジャスパーが芝生に落ちたホースからうれしそうに水を飲むなか、レイランは子供たちともみあった。

彼もずぶ濡れになり、子供たちを左右の腕に抱きながら仰向けに倒れた。そのとき、開けっ放しの裏口のドアからオーブンのタイマーの音が聞こえた。

「ディナーができたぞ」


翌朝、新品の靴を履いてバックパックを背負った子供たちの輝く顔を、レイランは写真におさめた。そして、ふたりが黄色のスクールバスに乗りこむのを見ると、胸に痛みが走った。

長くは続かなかったが、犬に向き直る前にも胸が痛んだ。「これでおまえとぼくだけになったな。ぼくは仕事に取りかかるから、おまえが皿洗いをしてくれないか？ だめか？ どうやら無理そうだな」

レイランはキッチンを片づけ、静寂に耳を澄ました。ああ、至福のときだ。そう感じながらも、子供たちのことが頭に浮かんだ。新入生。夏休み中に地元の友人ができたが、それでも新入生であることには変わりない。

きっと帰宅するころには、ふたりとも山ほど話すことがあるはずだ——そして、レイランが記入しなければならない書類を大量に持ち帰ってくるだろう。となれば、この静けさが続く限り、それを利用したほうがよさそうだ。

オフィスに入って製図台の前に座ると、背後でジャスパーがこっそりとソファに這いあがった。レイランが考えごとをするときに使うソファに。

すでにシナリオは推敲して磨きをかけ、仕上がっている。途中で若干の変更点があるかもしれないが、なかなかいい出来だった。

すでに取りかかっているネームもいい調子だ。彼は製図台の上の見開き二ページをじっくり眺めた。アイデアや台詞はもう書いたし、追加の文字入れもすんでいる。青鉛筆を手に取ると、キャラクターや背景の細部を描き加えた。ところどころ別の色で強調し、影や光を描き足す。

時折ボードにピンでとめたスケッチを眺め、横顔や容貌、体軀を確認した。

レイランが生みだした悪党は細身で、ウェーブがかったブロンドを肩に垂らし、ロマンティックな詩人を思わせる繊細な顔立ちをしている。

そのうわべが邪悪な怪物を覆い隠しているのだ。

レイランは悪党をやや
つり目にした——まるで妖精みたいだ。普段はクリスタルブルーの目だが、ひとたび獲物を口にすると、真っ赤な悪魔に変身する。

レイランは仕上がりに満足して、次の見開きページやコマ割りに取りかかり、シナリオやレイアウトのテンプレートを確認した。サイズを測ってコマ割りの印をつけるころには、ジャスパーがソファからおり、外へ出たいと身をくねらせていた。

犬をおもてに出したあと、彼はコーラを取ってきた。

いつものように、ふきだしから取りかかった。ふきだしで隠れてしまうものを描いても意味がないからだ。この見開きページは会話文よりモノローグが多く、エイドリアナが馬でさまよいながらグリーヴァスの呼びかけに必死で抗った挙げ句、ついに屈してコバルト・フレイムに変身する場面だ。槍を手にしながら悲しげなまなざしを浮かべる姿は、一ページを占めるコマに描いた。

たしかに認めざるを得ない。彼女はセクシーだ。

コバルト・フレイムが形をなすと、レイランはまたスケッチや前のコマの細部を確認しつつ、彼女の家を描きあげた。

塔の細い窓から夜の闇を見渡す彼女。孤独と、葛藤と、苦悩を抱える姿。

そんなキャラクターを愛せない人がいるだろうか？

彫りの深い顔立ちは、グリーヴァスのようなダイヤモンド形ではないが、力強く輪郭がはっきりしている。彩色をいろいろ試して、自分が思うグリーンがかった金褐色にしなければ。とりあえず今は、輪郭や表情や構図に専念しよう。

細長いコマに変身する彼女の姿を描き始めた矢先、ジャスパーが狂ったように吠えだした。

レイランは全部放りだして裏口へと走った。ジャスパーの姿が見えずどきっとしたが、ふたたび吠える声が聞こえた。

次の瞬間、ジャスパーがフェンスのてっぺんに前足を引っかけ、ちぎれんばかりに尻尾を振りながら頭をのけぞらせてまた吠えるのが目に入った。

車が停車した音は聞こえなかったが、セディーが忍耐強く座っている車内からエイドリアンがジムバッグとヨガのバッグらしきものを取りだすのが見えた。

彼女はそれぞれのバッグを左右の肩にかけたところで、レイランに気づいた。

「騒がしくしてごめんなさい。もしよければ、二、三分セディーとジャスパーを再会させるわ」

「ああ、そうしてやってくれ。ジャスパー、おまえは同性の恥だぞ。それに、こいつは……」レイランはちょん切るまねをした。

「愛が必ずしもセックスを必要とするわけじゃないし、セックスが必ずしも愛を必要とするわけでもないわ」エイドリアンは門に向かった。「さあ、セディー、ジャスパーにチャンスを与えてあげて。あと、あなたにいくつか持ってきたものがあるの」

レイランは彼専用の拷問ビデオのことを思いだし、セディーと一緒に門から入ってきたエイドリアンを用心深く見つめた。「ぼくに持ってきたもの？」

「車内にもまだあって、それは手伝ってもらわないと運べないわ」

ジャスパーがセディーのまわりを駆けまわり、芝生に寝転んだかと思うと飛び跳ねた。エイドリアンは微笑みながら、レイランに黒のヨガバッグを渡した。「新学期の初日はどうだった？」

「今のところ順調だ。でも、今は不安になってきた」

彼女から押しつけられたバッグは、見た目以上に重かった。

「ヨガマットとヨガブロック、ヨガストラップ、エクササイズバンド、手首と足首につけるウエイトよ」

「わざわざ用意してくれなくてもよかったのに」

「あら、友達なんだから当然でしょう。送った動画は受け取ってくれた？」

「ああ。だが……」

彼女は満面の笑みを浮かべた。「はいはい、忙しいのよね」

エイドリアンがおもしろがりながら理解を示すように微笑んだが、レイランは一瞬たりとも鵜呑《うの》みにしなかった。

「これを家のなかに運んだら、車内のバーベルを取りに行きましょう。地下室におろすのを手伝うわ――きっと地下室があなたにとって一番便利でしょうから。それがすんだら、あなたが忙しい生活に戻れるようにわたしはおいとまするわ」

いったい何が起きているんだ？

「バーベル？　ぼくにバーベルを持ってきたのか？」

「一カ月分の無料会員券も持参したから、あなたの準備が整いしだい、『ワークアウト・ナウ』の動画も観られるわよ」エイドリアンはレイランの脇を通り過ぎてキッチンに入った。

芝生を這う蛇さながらのなめらかさだ。

「まあ、レイラン、とってもすてきじゃない。明るいキッチンだわ。整理整頓されて、いい雰囲気。予定表と、子供たちが描いた絵や写真をピンでボードにとめてるのね」

彼女がこちらに振り向いた。「ちょっとだけあなたをうんざりさせてもいいかしら――」

「もうしているよ」

エイドリアンは噴きだし、髪を後ろに振り払った。「それは否定できないわね。でも、ときどき作品を見に来てもいいって言ってくれたでしょう。もう新キャラクターのシーンに取りかかったの？」

「ああ、現在進行中だ」罠にはまったレイランは、バッグをアイランドカウンターに置いた。「ぼくのオフィスはこの先だよ」先導するようにアイランドカウンターを迂回し、開け放たれたガラス扉からなかに入った。

エイドリアンは扉の前で立ちどまった。「わあ、すごい！　絵で埋め尽くされているわ。それに、日当たりもいい——それも重要なんでしょうね。鉛筆や絵筆、製図台があるけど、すごく整然としているのね。てっきりパソコンで全部描いているんだと思っていたわ」

「なかにはそういう人もいる。ぼくもときどき使うけど、昔ながらのやり方が好きなんだ」

「これが昔ながらのやり方なの？」彼女は原稿がのった製図台に近づいた。「この家、すごく気に入ったわ。わたしたちの家によく似ているけど、『ビートルジュース』（ホラーコメディ映画）風よね」

その言葉に思わず笑みを浮かべ、レイランは誇らしい気分になった。「ああ、そうだな」

「彼女はすごく……すごく悲しそうで、とても孤独だわ。つい同情したくなるわね。たとえ——彼女がひどいことをしても、読者が同情しそうだわ。この絵は彼女の全身の動きを表現しているのね」

「ああ、変身する場面だよ」

「あなたは解剖学を学んだの？」

「ああ、大学時代に。紙に描いたキャラクターに命を吹きこむには、体の構造を理解する必要がある。筋肉のつき方や、脊柱や胸郭の構造を」

「そこは共通しているわ。フィットネスも安全に上手に教えるには、身体組織がどうつながって、どう反応するか理解していないといけないから。この仕事場も、あなたの幸せそうな家も気に入ったわ。いつかグラフィック・ノベルの全工程をぜひ説明してちょうだい。でも今はあなたは仕事中だし、わたしは帰らないといけないから、バーベルを運びこみましょう」

「ぼくがまだバーベルを買っていないって、どうしてわかったんだ？」

「ジャンにきいたからよ」

「実の母に裏切られたのか」

結局すべて運ぶのに三十分かかり、今日はもう徹底的に運動したとレイランは思った。バーベルの最後のセットを――一枚につき約十六キロのプレートを二枚――運びこんだときには、エイドリアンは二段ラックを組み立て、残りの器具をすべて収納していた。

近々完成予定だった地下室が、今やちょっと恐ろしげに見える。

「トレーニングベンチもぜひ用意するようおすすめするわ」

「やめてくれ」

「まあ、しばらくは様子を見ましょう」彼女は手を振った。「床は硬材で覆われていて、自然光も悪くない。環境は充分すぎるほど整っているわ」

明るいブルーで縁取られた黒のランニング用ショートパンツからのびる、エイドリアンの長い脚に目が引き寄せられる。おそろいの明るいブルーのタンクトップからは、引きしまった長い腕がこれ見よがしにのぞいていた。

ランニングシューズもおそろいだ。同系色のブルーの地にさりげなく黒字で〝NG〟――〈ニュー・ジェネレーション〉――のロゴが入っている。

マライアが気に入りそうなデザインだ。

「最初のうちはあまり楽しめないと思うわ」エイドリアンが地下室を歩きまわる。

「でも、二週目の最後には効果を実感するはずよ。睡眠の質も高まり、気分もよくなるわ。三週目には習慣化する。シャワーを浴びて歯を磨くように、この地下室におりて運動するようになる。ただの日課になるわ」

「どうかな」

「そうなるって断言するわ。もしどこか痛くなってきたら、必ず中断して。不快なだけなら続行してちょうだい。でも、痛みは中止のサインよ」

「もう痛くなったよ」

「しっかりして、ウェルズ」彼女は彼の胸をつつくと、踵《きびす》を返して階段をのぼった。彼はそれを目で追った。コバルト・フレイムを描くためには後ろ姿も必要だ。

「ねえ、ブレンダーはある？」

レイランはやや不安を覚えながら答えた。「ああ」

「よかった。〈ニュー・ジェネレーション〉のスーパーフード・スムージーのサンプルがバッグに入っているわ。それと自家製の健康ドリンクのおすすめも」

「もう出ていってくれ」

「じゃあ、おいとまするわ、あなたの犬のガールフレンドとともに」

エイドリアンがおもてに出ると、芝生に寝そべるセディーと、ジャスパーがその前に並べたたくさんの貢ぎ物が目に入った。棒きれ、ボールがふたつ、半分嚙まれたチューイングボーン、すり切れたロープ、猫のぬいぐるみ。

「なんてロマンティックなの。セディーはきっと陥落するわ」エイドリアンが予想した。「これほどの愛に抗えるはずがないもの。ときどきジャスパーを預かってもいいわよ。あなたの仕事中に二匹で過ごせるように」

「きみも働いているだろう」

「ええ。でも庭も家も広いし、ポピがきっと喜ぶから」

「わかったよ」

「よかった。さあ、行きましょう、セディー。子供たちによろしく伝えてね」

「ああ」

エイドリアンは意気消沈したジャスパーを撫でてから、門に向かった。

「いろいろ持ってきてくれて礼を言うよ。あくまでも社交辞令だが」

彼女はまた髪を後ろに振り払った。「いずれ本気で感謝するようになるわ」

レイランはこれ以上ジャスパーを吠えさせないよう犬用ビスケットを与え、犬を連れて家に戻ると、その場に立ち尽くしてかぶりを振った。

「おまえはあの美人の大型犬と楽しい時間を過ごしたようだな。だが、ぼくはあのすらりと背が高いゴージャスなフィットネスの女王との関係がしっくりこない。いったいどうすればいいんだろうな」

答えは見つからず、レイランは残り物のチキンフライを昼食にして、ふたたび仕事に戻った。

九月いっぱい夏の暑さが続き、迫りくる秋を押しとどめた。裏庭のプールは店仕舞《みせじま》いとはならず、庭の花は咲き乱れ、エアコンは稼働し続けた。いつまでも青々としているアーチ状の木陰で涼もうと、水遊び客が浮き輪やゴムボートやカヤックを持ってトラベラーズ・クリークにやってきた。

十月に入ったとたん、ぱちんと指を鳴らしたように猛暑がおさまった。秋風が吹き抜け、木々が鮮やかに紅葉すると、ハイキング客やバイカーでにぎわい、カナダガンが北へ飛びたった。

真っ青な空に真っ赤な樹木が映える美しい秋の日に、エイドリアンは〈リッツォ〉の駐車場に車を停めた。ひんやりした秋のそよ風にあおられ、鮮やかに色づいた葉がミニチュアの体操選手のようにくるくるまわっている。

ドムとともに左右のドアからおりたつと、後部ドアを開け、セディーにリードをつないだ。

「あんまり働きすぎないでね、ポピ」

「おまえもな。ディナーまでにはバリーに送ってもらうよ。マニコッティ（太い筒状のパスタにリコッタチーズや挽肉などを詰め、トマトソースをかけて焼いたイタリア料理）をテイクアウトしようか？」

「そんな申し出を断るわけがないわ」エイドリアンは祖父の頬にキスをして、祖父が裏口から店内に消えるまでその場にとどまった。

晩夏の冷えこみで数日、体調を崩していた祖父が、今日は久しぶりに丸一日店に立つ。エイドリアンはセディーを連れて郵便局へ向かった。おそらく祖父が体調を崩したのは、祖父が――いいえ、わたしたちが――設計士やエンジニア、建築業者、町のプランナーと次々に面会したせいだろう。

でも、その甲斐はあった。今や祖父は百パーセント復活し、すべてが予定どおりに進めば、青少年センターでの仕事が始まる。

郵便局の前の駐輪ラックにセディーのリードを結ぼうとした矢先、必死な鳴き声が聞こえた。

「あらあら、あなたのボーイフレンドが近くにいるみたいね。ちょっと郵便物を取ってくるわ。そのあとジャスパーを喜ばせてあげましょう」

セディーはいつものように従順にお座りすると、鳴き声がするほうにかわいい目を向けた。そこには切望感がにじんでいた。

エイドリアンの予想どおり、セディーは陥落したようだ。

「五分で戻るわ」そう約束し、ロビーに入っていく。

すると、カウンターに巨大な箱を置いて女性の郵便局長と話しているレイランが目に入った。エイドリアンはその姿にさっと目を走らせてうなずいた。細身だけれど、もう痩せこけてはいない。じっくり観察すると、彼のジーンズやパーカーがもうぶかぶかではなくなりつつあるとわかった。

前にも思ったが、夏の日ざしのせいか、彼のダークブロンドはところどころ明るくなっていた。

かすかにセディーのような切望感を覚えて押しやると、戸口から顔を突っこんだ。

「こんにちは、ミセス・グライムズ。どうも、レイラン、セディーを駐輪ラックにつないでいたら、ジャスパーの愛の歌が聞こえたわ」

「あいつが車のドアを噛みちぎる前に外へ出たほうがよさそうだ」

「もし時間があるなら、川に沿って公園まであの子たちを散歩させない？」エイドリアンはもともとセディーとそこでジョギングするつもりだった。

「ああ、いいよ。散歩をするゆとりくらいはある。ありがとうございました、ミセス・グライムズ」

「気にしないで。これをニューヨークに送っておくわ。今日もきれいね、エイドリアン」

「ありがとうございます。新作のランニング用タイツを試しているんです」

「孫娘もあなたのブランドが大好きで、毎日トレーニングするときに着ているわ。クロスカントリーをやっているの」ミセス・グライムズがレイランに説明した。「大学の代表チームなのよ。今年も全国大会に出場するわ」

「彼女のサイズはいくつですか？」エイドリアンがきいた。

「孫娘は細枝のようにスリムで、やたらと脚が長いの――あなたみたいに。あの子はサイズ2よ。わたしはあれぐらい若かったときも、サイズ2のウエストに左脚だって入らなかったけど」

「お孫さんの好きな色は？」

「紫よ」

「今度、新作のタイツを持参してお孫さんが気に入るか試してもらいますね」

「エイドリアン、そこまでしてもらうわけにはいかないわ」

「彼女はランニングを楽しみ、わたしにはいいマーケティングになります」

「あの子は飛びあがって喜ぶはずよ」

「ぜひ正直な意見を聞かせてください。じゃあ私書箱から郵便物を取ってきます」

「ふたりともよい一日を。それと、かわいいワンちゃんたちにも」

レイランが歩きだすと、エイドリアンはポケットから私書箱の鍵を取りだした。

「もしかして、きみの好きな色はグリーンか？」

「どうして……あっ、タイツね。わたしたちはこの色をフォレスト・シャドーって呼んでいるわ。パンツとパーカーとトップスはローデン・エクスプロージョンよ」彼女は愛想よく微笑みながら、鍵穴に鍵をさしこんだ。「男性用のランニングタイツも製造しているわよ」

「いや、それは絶対にはかない。タイツをはくくらいなら死を選ぶよ」

エイドリアンが私書箱を開け、郵便物の束に手をのばそうとした。だが、ふと手をとめて、拳を握りしめた。表情も一変している。先ほどまでの愉快そうな表情がかき消え、懸念の色が浮かんでいた。それが不安に変わったあと、彼女は手紙をつかんで斜めがけのバッグに突っこんだ。

「会えてうれしかったわ。わたしはもう行かないと」

エイドリアンが逃げだす前に、レイランは彼女の腕をつかんだ。「いったいどうした？　そこに何が入っていたんだ？」

「なんでもないわ。わたしはただ――」

「なぜそんなに動揺しているのか話してくれ」そう言葉を継ぐと、彼女を外に連れだした。「やあ、セディー」

エイドリアンが取る前に、彼はリードを駐輪ラックから外した。

「余計なお世話だと思っているんだろう」セディーはレイランを窓の隙間から哀れな鳴き声が聞こえてくる車へと精一杯礼儀正しく引っ張った。「そのとおりだよ。でも、それを言うなら、ぼくの家に山ほどダンベルを持ってくるのだって余計なお世話じゃないか」

車へ近づくにつれ、哀れな鳴き声が興奮の声に変わった。ジャスパーは脚にバネでもついているかのように車内で飛び跳ねている。

レイランはリードをエイドリアンに渡すと、助手席側にまわってグローブボックスから予備のリードを取りだした。

ジャスパーはレイランの腕のなかに飛びこんだかと思うと、すり抜けて愛するセディーのもとへ駆け寄った。

犬たちはまるで異なる大陸の戦地に送られていたかのように挨拶した。レイランはやっとのことでジャスパーにリードをつなぐと、身を起こし、すっかりもつれた髪を手ぐしでとかした。

「さあ、恋人同士の犬たちを散歩させよう。きみはさっきの話をしてくれ」

「みんなはわたしが強引だって言うけど」

「たしかに強引だ」

「あなただってそうじゃない」エイドリアンはそう言い返しながらも、彼と肩を並べて歩きだした。犬たちがそれ以外の選択肢を与えてくれなかった。

「ああ、大事なことに関してはね」

暗黙の了解によって、ふたりは大通りではなく脇道を選び、レイランはエイドリアンに気持ちを落ち着かせる時間を与えた。彼女にそれが必要なのは明らかだ。彼は人々の顔や表情、ボディランゲージをよく理解し、それが仕事にも活かされていた。

普段は自信満々で率直なエイドリアン・リッツォが動揺して怯え、押し黙っている。

レイランが待つあいだに、ふたりは住宅や商業施設の裏側を通り過ぎ、美しい緑あふれる公園にたどり着いた。その公園内を縫うように流れる小川に最初の石橋がかかっている。

「郵便物のなかに何かあったんだろう」彼は話を促した。

「ええ」

「差出人は？」

「わからない。それも問題なの」

ふたりは川沿いの小道をたどった。このあたりは流れがゆったりとして穏やかだ。公園を越えると川幅が広がり、流れがくだったりのぼったりし始める。町の先に広がる丘陵地帯には断崖がそびえ、荒涼として高度が増し、川の流れも速度を増す。

その丘陵の奥まで分け入ると、川は泡立つ激流となる。春雨や稲妻が光る夏の嵐のときは突然水かさが増し、川岸が洪水被害に遭うこともあった。

エイドリアンに言わせれば、一見無害なものが死をもたらすことはあまりにも頻繁にある。

「今から話すことは、絶対に誰にも言わないでちょうだい」

「わかった」

「あなたが約束を守る人だってことは知っているわ。マヤがあなたに妊娠したと告げて以来、三回鉢合わせしたけど、あなたはそのことを決して口にしなかった。わたしはつい数日前に聞いたけど、マヤはその前にあなたとジャンに話しているわよね」

「まだ話さないでほしいと、妹に口止めされたんだ」

「やっぱりね。わたしは祖父を動揺させたくないの。数週間後に出産を控えるティーシャにも、これ以上のストレスは必要ないわ。ふたりとも心配することしかできないもの」

「私書箱には何が入っていたんだ、エイドリアン？」

「今見せるわ」

リードを手首に巻きつけると、彼女はバッグから一通の封筒を取りだした。

「まだ開封していないじゃないか」

「でも、中身はわかっているの。十七歳のときからずっとこの几帳面《きちょうめん》なブロック体で書かれた差出人不明の手紙を受け取っているから。今回の消印は……デトロイトね。消印が同じ場所だったことはほぼないわ。ペンナイフなんて持っていないわよね」

「もちろん持ってるよ。持っていないやつなんているのか？」

「わたしは持っていないわ。この手紙は慎重に開封したいの」

レイランはポケットに手を突っこむと、折りたたみ式の小型ナイフを手渡した。

深刻な状況にもかかわらず、エイドリアンは思わず微笑んだ。「スパイダーマンのペンナイフね」

「子供のころ、カーニバルの景品でもらったんだ。ちゃんと使えるよ」

「あなたはものをなくさないタイプなのね」エイドリアンは慎重に封筒の上部をカットした。

ふたりは次の石橋で足をとめ、脇に寄ってランナーたちを通した。犬たちが芝生に横たわるなか、エイドリアンは一枚の便箋を取りだした。レイランは彼女の肩越しにそれを読んだ。

また新たな季節がめぐり、おまえが死ぬべき理由がひとつ増えた。
秋風が吹き渡るなか、おまえにとってたしかなことがひとつある。
おまえがどこへ行こうと、どこへ逃げようと、わたしはあとを追う、
ついにわたしたちが対峙《たいじ》したとき、慈悲を乞うおまえの声は虚《むな》しく響くだろう。

「なんだこれは、最低だな。警察に通報したほうがいい」

「もうしているわ、最初の手紙を受け取ったときからずっと。当時は十七歳で、初めて単独でDVDを発売した一カ月後だった。最初の手紙が届いたのは二月よ。毎年決まって二月に届いたの、邪悪なバレンタインカードみたいに」

彼女は慎重に便箋を封筒へ戻し、それをバッグにしまった。「ルーティーンがあるの――いわば、しきたりのようなものよ。まず、これのコピーを取って現物をＦＢＩに提出する。担当の捜査官がいるの――これが始まってから、三人目の担当者よ。ニューヨークの刑事にもコピーを送るわ。最初に手紙を受け取ったのはニューヨークで、今も捜査中だから。さらに、ここの地元警察とハリーと自分自身のためにコピーを用意するの」

「つまり、切手から指紋やＤＮＡが検出されず、手がかりがないってわけか。だから追跡調査できないんだな」

「そのとおりよ」

「でも、今は二月じゃない」

「ここに引っ越してくるまでは、年に一度のペースだった。トラベラーズ・クリークの私書箱の住所を初めてブログに載せたのは二年前の五月、そのあとすぐに手紙が来たわ。翌年は二月に一通、七月に一通。そして、今年はこれで四通目よ」

「エスカレートしてる」

「みんなそう言っているわ。でも、毎回ただの四行詩なの」

「それでもストーカー行為には変わりない」レイランは公園の美しい木々や小道を見渡した。「これはまぎれもなく精神的虐待だ。よく旅行するやつの犯行だと考えるのが、もっとも論理的だろう」

「ええ、それが犯人像のリストの上位に来るわ」エイドリアンは彼と話すことで徐々に心が落ち着いてきたことに気づいた。「安物のありふれた封筒、よくある白い便箋、黒いインク——決まって黒なの。分析結果はボールペンだった。毎回必ずブロック体で、筆記体じゃない。パソコンやタイプライターも使わない」

「ペンで手書きってことは、より個人的で、より親密だ」

エイドリアンは彼に向かって眉をひそめた。「捜査に加わった犯罪心理学者からもそう言われたわ。なぜそう思うの？」

レイランは肩をすくめた。「ぼくはシナリオはパソコンでタイプするけど、絵の下書きや文字入れ、ペン入れ、彩色は手作業で行うんだ。そのほうが——」

「より個人的なのね」

「きみはこんな悪意や執着心を抱きそうな人物には心当たりがないんだろう？　事情聴取中にどの警官からも質問され、きみ自身幾度となく考えたはずだ。それなのに、ひとりも頭に浮かばなかった」

やっぱり、彼とじっくり話すことで心が落ち着いてきた。

「これが始まった当時、知りあいはほとんどいなかった。新しい学校に転入し、ティーシャやヘクターやローレンとも仲良くなったばかりだったから」

「だが、まわりはきみを知っているよ。きみがお母さんと制作したビデオや、きみ自身が作ったビデオを通して。だから差出人は知りあいや、きみが振った男や、ボーイフレンドになりたがっている男とは限らない」

「あの当時、どっちみちボーイフレンドはいなかったけど」

「それは残念だったね。もっとも、十七歳のきみに捨てられた男がいたとしても、こんなに長いあいだ詩を送りつけるほど、きみに恋い焦がれるとは思えない」

「それはどうも。たしかに、その手の個人的な感じはしないわね。〝きみを愛していたのに、このぼくを拒むなんて〟といった感じではないわ」

「きみが相手のことを知らないように、こいつもきみをよく知らないよ」

エイドリアンは彼に向かって眉根を寄せた。同感だが、なぜそう思ったのか自分でもわからない。

「どうしてそう思うの？」

「きみを知る人間がこんなことをすると思うか？」レイランは彼女のバッグを指で突いた。「犯人は自分に負けないくらい、きみが犯人に執着することを望んでいるように思える。それがそいつの狙いだ。おそらく、きみの頭に取り憑いて、きみの人生を台無しにすることを望み、そうせずにはいられないんだろう。だが、そんなことは実現しない。きみは強すぎるからね」

「今はそんなに強いとは思えないけど」

息をするように自然とレイランは片腕をエイドリアンにまわして、慰め、支えた。

「きみは今、動揺している――こんなときに無反応だったら、そっちのほうがまぬけだよ。でも、きみはまぬけじゃない。しきたりにしたがって脅迫状を処理し、頭から振り払い、自分の人生や仕事に集中している。犯人はそれがわかっていない気がする。つまり、きみのそういう姿を目の当たりにできるこのあたりの住民は犯人じゃない」

「ええ、そうであることを心から願うわ」

「ああ。この詩からは怒りやいらだちがあまり感じられない。差出人はきっと自分を頭が切れる狡猾な人間だと自負しているんだろう。たしかに、うまく正体を隠しながら数行の詩だけを送りつけるだけの頭脳はあるようだが、とりわけ賢くはない。犯人は人間性というものをまったく理解していない。もし理解していたら、きみのビデオを観ただけで――きっと全部のビデオを持っているはずだ――きみが強い意志の持ち主だとわかるはずだ」

「わたしが強い意志の持ち主？」

レイランはぼんやりと彼女の髪を撫でた。「自分でもそうだとわかっているはずだ、人間性については詳しいんだから。きみが仕事で成功しているのもそのおかげだ」

エイドリアンが興味津々で耳を傾けるなか、レイランは公園に目を走らせ、ぼんやりと彼女の背中を撫でた。

それも慰めや支えを与えるしぐさだ。

「だからこそ、ソフィアを亡くしたとき、ここへ引っ越してきたんだろう。きみがそうしなければドムは半年ももたなかったはずだと、母は言っていた。きみはそのことをわかっていたんだ。それから、あのタイツを――おそらく、フィットネス・ウェア一式を――ミセス・グライムズに届けることにしたのは、それが若いスポーツ選手やその祖母にとって大事なことだと知っているからだ。あの忌々しいダンベルを持ってきてくれたのも、そうしないとぼくが運動しないと思ったからだろう」

「でも、あのダンベルは使っているの？」エイドリアンが両方の眉をつりあげ、レイランの上腕をつかんだ。びっくりして、彼の両腕が持ちあがる。「どうやら、使っているようね」

「ずっと目の前にあったからね」彼はエイドリアンの瞳をじっと見つめた――この珍しい色のすばらしい瞳をなんとしても再現しなければ。「犯人はきみを理解していない。DVDに登場するエイドリアン・リッツォのことすら、たいしてわかってない」

「そう聞いて、安心すればいいのか不安になるべきなのかわからない。でも、気が楽になったわ」彼女はとたんに気づいた。「このろくでなしに自分のことを知ってほしくない。まあ、犯人は女性かもしれないけど。いずれにしてもわたしのことを知ってほしくない。あなたのおかげで気分がよくなったわ、本当にありがとう。あのまま帰宅していたら、もっと長く気に病んでいたはずよ」

「気分がよくなったからといって、用心しなくていいわけじゃない」

「ちゃんと用心しているわ。どこにでもついてくる大型犬を飼ったし、毎晩すべてのドアに鍵をかけて防犯装置もセットしてる。それに、護身術を習っているの。オンラインのテコンドーを習い始めてもうじき二カ月になるわ」

「本当かい。強いのか？」

「ええ、強いわよ。ところで、今夜のディナーはどうするの？」レイランが啞然《あぜん》とすると、彼女は噴きだした。「そういう意味じゃないわ！　わが家のディナーに招待するから、子供たちとジャスパーを連れてきてちょうだい。ポピがマニコッティをテイクアウトすることになっているの、あなたたちの分もテイクアウトしてもらうわ。きっとポピは大喜びよ。お子さんたちはマニコッティが好きかしら？」

「パスタとソースとチーズが入っているなら、言うまでもないよ」

「じゃあ、ぜひディナーに来てちょうだい」

「わかった、お邪魔するよ。子供たちも大喜びするだろう」

「六時じゃ遅すぎる？」

「いや、六時で大丈夫だ」

「よかった。さあ、行くわよ、セディー。本当にもう行かないと」エイドリアンがそう言うと、ジャスパーの隣に横たわっていたセディーが頭をもたげた。「ブログを書かないといけないの。あなたも仕事があるでしょう」

「お互い仕事に取りかかるとしよう」

レイランが呼ぶまでもなく、ジャスパーはすべての望みが満たされたような顔でセディーとともにやってきた。

「今日スケッチ帳を持参したら、テコンドーの型をいくつか見せてくれるかな。コバルト・フレイムの攻撃シーンで、きみの動きを参考にしたいんだ」

「今は相手を打ち負かすっていうより攻撃をかわしている状況だけど、いくつか型を披露させてもらうわ」

レイランはエイドリアンがまだ勝っていないとは思えなかったが、たとえそうだとしても、近いうちに相手を打ち負かすだろう。

15

祖父がレイランの家族とのディナーをことのほか喜んだので、エイドリアンは週に一度、順番に客を招き、ディナーパーティーを開くことにした。人数は少なめ、時間は早めだ。本人がどう思っていようと祖父は最近、疲れやすくなっていた。祖父と同世代の友人たちの多くは亡くなったか、より温暖な気候を求めてよそへ移ってしまったため、招待客の顔ぶれは若くなりがちだったが、それも祖父をいっそう活気づけるばかりのようだ。

そういうわけで週に一度、祖父とともにメニューを考えて、料理を作り、客をもてなすうちに、十月が過ぎて十一月に入り、暖炉には火が燃え、卓上にはあたたかなシチューが出され始めた。

炎が燃えてキャンドルが灯り、音楽――祖父の好きな古いスタンダード曲のメドレー――が低く流れるなかで、祖父とフィニアスは『セサミストリート』のキャラクター、オスカー・ザ・グラウチについて真剣そのものの談義を繰り広げた。

「このほっぺたが落ちそうな食事に対してだけじゃなく」ティーシャがささやいた。「ドムの無限の忍耐力にも心から感謝するわ。マペット向けのアンガーマネジメント法を議論したがる四歳児なんて、うちの子ぐらいよ」

「先週まで夢中になっていたのは分子だろう」モンローが妻に思いださせる。「それよりはマペットの精神分析のほうがましだと思うな」

「お母さんが手伝いに来てくれるんでしょう?」エイドリアンはティーシャのおなかをワイングラスで示した。「少なくともマペットの話題なら、お母さんも話を合わせるふりができるわよ」

「まあね」ティーシャは飲むのは水だけにして、ぱんぱんにふくらんだおなかをさすった。「ただし、モンローのお母さまもいらっしゃることになったの」

「おばあちゃん対決の勃発さ」モンローはかぶりを振り、北イタリア風ビーフシチューをスプーンですくった。「すでに火花がばちばちと飛び散っているよ」

「予定日まであと一週間だから、出産中にフィニアスの面倒を見てもらえるよう、わたしの母は月曜に来ることになっていたの」

「で、ぼくの母には分娩《ぶんべん》が始まりしだいメールをして、来てもらうことになっていた。ところがそれでは先を越されると知るや、母も月曜に来ると言いだしてね」

「そう聞いたわたしの母は、前倒しで今週末に来ることにした」

「すると、負けじとぼくの母も週末に来るってわけだ」

「わが家で戦争が始まらないよう祈っていてちょうだい」ティーシャが話を結んだ。

「もっとも、週末でも遅かったみたい」おなかをさすりながら続ける。「今晩にも生まれそう。遅くても明日の朝にはね」

モンローとエイドリアンは声を合わせて驚愕《きょうがく》した。「ええっ?」

「あわてないで。まだ陣痛が始まったばかりよ。六分間隔だわ」

フィニアスはテーブルの下をのぞいて母のおなかを確認した。「パパは間隔を測るんだよ。それがパパのお仕事なんだ。五分間隔になったら、助産師に電話するんだよね」

「ママとパパは経験済みなのよ、おちびさん」ティーシャは息子に微笑みかけた。

「うちの母にはまだ知らせないで。あなたのお母さまにもね」すぐさまモンローに釘をさす。「わたしたちだけでどうにかなるわ」

「ベイブ、ここまで来るのにも時間がかかるんだよ」

フィニアスは腕組みした。お決まりの反抗のポーズだ。チョコレート色の瞳を強情そうに輝かせ、小さな顎をぐっと引く。「おばあちゃんたちとお留守番は、いやだよ。ぼくもママと行く。ぼくの赤ちゃんでもあるんだからね」

「話しあっただろう、フィン。ママはとっても忙しくなるし、パパもお手伝いすることがたくさんあるんだ」

「ひとつ提案していいかな？」ティーシャはドムにうなずきかけた。「どうぞ。モンロー、時間を測って。スタート。これからうろうろ歩きまわるけど気にしないでね。痛みをやり過ごしてるだけだから」

エイドリアンもティーシャと一緒にすぐさま立ちあがった。

「わたしとエイドリアンがフィニアスを病院へ連れていってはどうだろう？　待合室はあるだろう？」

「ええ、あります」

「きみたちの家までフィニアスに必要なものを取りに行って、病院へ連れていき、一緒に待っているよ」

「何時間もかかるかもしれない。いいえ、絶対にかかるわ」

「ぼくのときは十時間三十五分かかったんだよ」フィニアスが誇らしげに告げる。

「そして生まれたときから、髪の毛が生えてた」

「わたしにとっても名誉なことだ」ドムはティーシャに言った。「それに、喜びでもある」

「痛みが薄れて……終わり」

「二十八秒。次の陣痛までの間隔を確認しよう。母たちに知らせるのはとりあえず保留にしておくか」モンローが思案しながら言う。「まだ本陣痛じゃないかもしれないのに、ふたりにここまで来てもらうのも悪いだろう」

ティーシャは彼の視線をとらえて微笑した。「そうね。たしかに悪いわね。はっきりするまで待ちましょう」

「ぼくは行くからね。ポピとエイドリアンと一緒に待ってる。だって、赤ちゃんには家族とのつながりが必要なんだから」フィニアスはまじめな顔でドムを見あげた。

「本にそう書いてあったよ」

「始めはそうしてもいいわ、ありがとう。だけどすごく遅くなって、みんなとってもとっても疲れちゃって眠くなったら、ポピとエイドリアンがあなたをおうちへ連れて帰っても文句を言わないこと」

「ここで眠ってもいい?」

「もちろんよ」エイドリアンはティーシャと歩きながら、もうほとんどなくなっている彼女のウエストに腕をまわした。

八時間後、祖母ふたりが滑りこみで間に合った少しあと、エイドリアンは待合室へ入っていった。

フィニアスはドムの膝の上で丸まっていた。ふたりしてすやすや眠る姿があまりに愛らしく、携帯電話を取りだしてカメラにおさめてから、祖父の肩にそっと触れた。

「ポピ」エイドリアンは彼の腕をさすった。祖父のまぶたが持ちあがり、ぼんやりとしていた目がやがて焦点を結んだ。

「ティーシャは？」

「元気にしてる。元気そのものよ」

フィニアスがぱちりと目を開ける。「赤ちゃんが生まれたの？」

「あなたに弟ができたのよ。とってもかわいい弟。お兄ちゃんを待ってるわ」

「早く、早く、ポピ！　ぼくの弟が待ってる」

「いや、わたしはここで――」

「疲れていなかったら、ティーシャが一緒に来てほしいって」エイドリアンは祖父に言った。

「わたしが疲れすぎて赤ちゃんを見にも行けないと？　まさか、そんなことはないぞ」

分娩室へ行くと、祖母たちは涙目で休戦協定を結んでいた。モンローはティーシャが抱えているおくるみにキスをして背中を起こした。

「おいで。おまえの弟だよ」モンローはフィニアスを抱えあげ、ベッドに座らせた。

「帽子をかぶってる。ぼくのときみたいに、髪の毛はある？」

「ええ、あなたのときとおんなじよ」

「だっこしてもいい？　ぼく、パジャマを脱ぎたい。赤ちゃんにはスキンシップが大事なんだよ」

うなずくティーシャの頬を涙が流れ落ちた。「そのとおりね。手伝ってあげて、パパ」

目をうるませた祖母たちが写真を撮る前で、ティーシャは息子の腕のなかに赤ん坊を慎重に置いた。

「ぼくを見た！　お兄ちゃんだよ。ぼく、いろいろ知ってるから教えてあげるね」

「名前を決めないと」モンローは、自分で選んだ名前を母がすかさず言おうとするのをじろりと目で制した。「弟だった場合の名前の候補が三つあっただろう。覚えているかい？」

フィニアスはうなずいた。「でも、ほかのふたつじゃない。この子はサディアスだ。サッド、お兄ちゃんがお世話を手伝うからね」

ティーシャの手を取るモンローの目にも涙がこみあげる。「よし、それで決まりだ」

ふたたびめぐってきたクリスマスを、レイランは前より楽に受けとめることができた。新しい家、新たな日課、母と妹夫婦もそばにいる。ブルックリンまでの短い出張も、前より楽な気持ちでできるようになった。

子供たちがこの地ですくすくと育っているのは疑いの余地がなく、自分の選択は間違っていなかったとわかり、ほっとした。

年末にあったマライアのバレエの発表会では、観客席に妻の姿がないことに胸が締めつけられたかもしれない。けれど、きらきら光るピンクのチュチュを着て踊るマライアを親戚のみんなが観に来てくれた。

それに、認めるのは癪だが、地下室での毎日のエクササイズはたしかに効果があった。

よく眠れるようになったし、体調もいい。

まったく、腹の立つことに。

社交活動としては、たまに妹の夫とビールを酌み交わしたり、子供たちと〈リッツオ〉で夕食をとったり、昔の友達とばったり会えば、旧交をあたためたりしている。

人生が急転したことで、レイランはそれまでとは異なる方向へ突き飛ばされた。だが、その道をたどり、トラベラーズ・クリークへ到着したことには満足している。

大晦日《おおみそか》の夜、子供たちがソファの上で寝入ってしまい、犬もコーヒーテーブルの下でいびきをかくなか、レイランはビールをかかげて乾杯した。
「また一年が過ぎたよ、ロリリー。きみがいなくて寂しい。でも、ぼくたちはここでうまくやっている。また会いに来てくれてもいいんだよ。もうずいぶん顔を見せていないだろ。きみがいいときに来てくれ。ぼくはいつでもここにいる」

同じころ少し離れた場所で、エイドリアンはタイムズスクエアでの年越しカウントダウンを、ワインを傾けながら観ていた。外はみぞれが降り、パーティーはどれも断った。こんな天気のなかを祖父に出歩いてほしくなかったので、自分の運転の腕を言い訳にして、家にいるよう祖父を説得した。

十一時前に祖父は眠ってしまった。やっぱり、やめにして正解だった。

みんなと騒ぐのも楽しいけれど、こうして静かに新年も迎えるのも悪くない。暖炉ではぱちぱちと薪が燃え、みぞれが窓を叩き、片手にはワイン。

それに、パーティーなら年末にここでたくさん開いた。母もクリスマス前の週末にやってきて四日間滞在し、最長記録を更新した。

母は母なりに、祖父と多くの時間を持つようになった。改築途中の青少年センターの見学までしてくれた。寒風が吹きすさぶ山麓の丘よりも、南国で過ごす年末を母が好むなら、それは母の選択だ。

次の親子合同プロジェクトについてほとんど話しあわなかったのは、年が明けたらすぐに詳細を詰めることになっているからだ。

エイドリアンはすでに自分のアイデアがあり、それに向けて明確なヴィジョンもできあがっていた。だから、年末のあわただしいときに、それをいったん保留にしておくのは賢明な判断に思えた。

タイムズスクエアに集まった人々が歓声をあげ、エイドリアンもワインで乾杯した。グラスを傾けながら、セディーの広い背中に足をすりつける。

「いい一年だったわよね。これから始まる新しい年はもっとよくするわよ」

テレビを消して立ちあがると、セディーも体を起こし、家の戸締まりを確かめて消灯するエイドリアンについてまわった。彼女がふと立ちどまり、窓の外を眺めるのにまでつきあってくれる。

「雪になったわね、セディー。こっちのほうがあなたも好きでしょう。明日はたくさん着込んで雪のなかをお散歩よ。たくさんの明かりが見える？　みんなまだ起きていて、お祝いしてるのね。ハッピー・ニュー・イヤー、トラベラーズ・クリーク。今夜はわたしたちだけで、ちょっと寂しいかもしれない。だけど、わたしたちは何かの一部なの。そのことに感謝しましょう。さあ、ベッドへ行くわよ」

階段をあがろうとしたとき、携帯メールの着信音がした。誰だろうと思いつつ、ポケットから取りだした。

〈ハッピー・ニュー・イヤー、エイドリアン。おじいちゃんにもわたしからの新年の挨拶を伝えてね。ママ〉

「お母さんから新年の挨拶をもらうなんて初めてだわ」

エイドリアンはおもしろがりながらも心を打たれ、返信した。

〈伝えるわ。お母さんもハッピー・ニュー・イヤー。アルバの日ざしを楽しんでね。エイドリアン〉

「今年はいつもと違ったスタートになったわよ、セディー。いい印と受け取りましょう」

新年は身を切るような風をもたらし、風がおさまったあとも、大気がひび割れんばかりに低い気温が骨まで凍えさせた。パンクサトーニーで毎年二月に行われる催しで、冬眠から目覚めたばかりのグラウンドホッグが自分の影を見たから、今年は冬が長引くと発表されると、そんな伝承は信じていないエイドリアンも、グラウンドホッグと一緒に冬眠したくなった。

でも冬眠なんてしている場合じゃないわよ、と自分に言い聞かせた。自分の仕事のほかにも、青少年センターの進捗状況に関するミーティング、それに質問すべきことと答えるべきことがある。寒波に見舞われる前に建物を閉めきれるようになったのは本当によかった。

ほかにも、犬と祖父の世話をし、母との合同プロジェクトの構想を煮詰めないと。それに、祖父の九十五歳の誕生日も計画しなくてはいけない。すべての計画をまとめるまで、あと一カ月ある。三月半ばには気候もよくなるように願うばかりだ。

着替えをしながら――あたたかいスエードのパンツ、防寒シャツの上にカシミヤのセーター、厚底のボアブーツ――頭のなかで用事を列挙し、道順を考えた。最初に青少年センターを見に行って、〈リッツォ〉に車を停めてから、寒さに立ち向かいつつ街の花屋へ行き、祖父の誕生日パーティー用の花を選ぶ。そこからベーカリーまで歩いてケーキとほかのデザートについて話しあい、郵便局に立ち寄って――また詩が送られてくる二月だからぞっとするものの――最後は〈リッツォ〉でジャンとパーティーのメニューを決める。

計算では、たっぷり二時間はかかりそうだ。たぶん、ほぼ三時間かかるだろう。けれど、帰ってきたらあたたかいわが家が待っている。

階下へおりると、祖父がキッチンでお茶をいれていた。

「しっかりあたたかい格好をしていくんだよ、わたしのベイビー・ガール」

「もちろんよ。写真を撮ってきて、改築がどれくらい進んだのかをあとで見せるわね」

「楽しみにしているよ。写真で見るほうが、この寒さで外に出るよりよっぽどいい。わたしみたいな年寄りの骨なんて、凍ってぽきぽき折れてしまうだろう。今日は図書室の暖炉の前でゆっくり過ごすよ。スパイシーなお茶を飲み、先週おまえが選んでくれたスティーヴン・キングを読みながらね」

「寒い冬の日に、ひとりでホラー小説？　セディーを留守番に置いていかなくて本当に大丈夫？」

祖父は笑い声をあげた。「本が怖いことなどあるものか」

「わたしより勇気があるのね。貸してちょうだい、運ぶわ」

「エイドリアン」

「わかってる。クッキーもトレイにのせるつもりだったんでしょう」

祖父は眼鏡を押しあげた。「ばれたか」

「自分のおじいちゃんだもの。先に行って座っていて。持っていくから」

クッキーを出し、切ったリンゴを添え、フルーツボウルからマンダリンを取って皮をむき、トレイを持って、すでに火がちろちろ燃えている図書室へ向かった。祖父の椅子のかたわらにあるテーブルにトレイを置き、一杯目のお茶を注いでから、祖父に膝掛けをかけてやる。

「わたしを甘やかしすぎだ。荷造りして飛行機に乗らないと」

「行き先はどこ?」

「ソレントだよ。ソフィアはソレントをとても愛していた。今もその話をしていたんだ」

エイドリアンは祖父の髪を撫でた。この冬、祖父は亡き祖母と会話をしたとよく口にするようになった。「ソレントなら、わたしも一緒に行きたいわ」

「おまえのためにすてきなイタリア男を見つけてやろう。ハンサムで優しくて金持ちで、おまえにふさわしい男を」祖父はエイドリアンを引き寄せてキスをした。「おまえの結婚式でダンスをするんだ」

「それなら、戻ったらすぐに荷造りしなきゃね」

「おまえなしでは、わたしはやっていけないよ」

「わたしもおじいちゃんなしではやっていけない。ホラー小説を楽しんでね。すぐに戻るわ」

「大事な孫を頼むよ、セディー」エイドリアンとともに部屋を出ていく愛犬に向かって、祖父は声をかけた。

ベストにコート、スカーフ、ウールキャップ、手袋と、完全防備で外へ出たのに、最初の突風でエイドリアンは凍りつくかと思った。

雪景色のなか、街へと車を進めた。細い道路はきれいに雪かきされ、雪だるまたちはびっくりした笑顔を——彼女にはそう見えた——張りつけて、その場に凍りついている。

街では通りを歩いている人影はまばらで、みんな首を縮めて背中を丸め、服の塊がすうっと移動しているようだった。道路脇に寄せられた雪山は凍りつき、遠くに見える山並みは真っ白に輝いていた。

エイドリアンはまっすぐ車を走らせ、改築現場に到着した。

古いレンガ壁の修復と塗り直しは春まで待つことになるだろう。けれど、改築された二階建ては今では屋根があり、青い板壁は延々と悩んだ挙げ句に決めた縦張りのデザインを施されるまで、まだまだ遠く思える春を待つばかりだ。それに、大きな窓はすべて新たにガラスが入れられて、ぴかぴかしている。

エイドリアンは車をおりると、自分も背中を丸め、セディーと一緒に新しい両開きのドアへと急いだ。

なかへ入ると気温は十五度にあがり、それだけでもう天国だった。廃墟《はいきょ》だった建物は――ブルーシートやおがくず、脚立、工具類に目をつぶれば――今や広々とした清潔なスペースに生まれ変わっている。ネイルガンが打ちこまれる音や、電動のこぎりの甲高い音などの作業音があたり一面に反響していた。

一階部分の化粧室は、壁ができあがっており、すぐに写真におさめた。そのまま動画撮影に切り替える。音が聞こえれば祖父も楽しいだろう。特に、二階から聞こえてきた罵声は独創的で傑作だった。

セディーを連れて仮設階段をのぼり、二階へあがると、さらに多くの箇所に壁が張られて部屋らしくなっていた。エイドリアンは胸が躍った。

「やあ、エイドリアン」マーク・ウィッカーが電動のこぎりを置いてこちらへ近づいてくる。「セディーも一緒か。相変わらずのビッグ・ガール、ビッグ・ビューティだな」

自身も大柄なマークは背中を曲げると、尻尾を振る犬の毛をくしゃくしゃとかいてやった。「今日はボスはどこに?」

「ありがたいことに暖炉の前よ。ここは寒すぎるでしょう。写真を撮って、あとで見せるつもり」携帯電話を振ってみせる。「きっと喜ぶわ。先週来たときからずいぶん進んだのね、マーク」

「順調に進んでいるよ」マークは満足げな顔をし、工具ベルトに親指を引っかけた。

「この古い建物が息を吹き返すのを見るのはなんとも感慨深いね。たしかに、ドムにはヴィジョンがある。午後には配管と電気配線の工事が始まるよ。そっちの審査も通ったし、万事うまくいってる」

「本当にそうね。この種のプロジェクトを手がけた経験はまったくないけど、見た目も音も、においまで、いい仕事だってわかるわ」

「うちはいい仕事しかしないよ」

それは事実だろう。写真と動画でいっぱいになった携帯電話を手に車へ戻ったエイドリアンは、祖父に見せるのが待ちきれなかった。二、三日後にまた寄って、配管と電気配線の写真を撮ることと、頭のなかのメモに書き加える。

「わたしには見えなかったのよ、セディー、設計図ができあがったときでさえもね。ポピには見えていたけれど、わたしには見えなかった。それが今はちゃんと見えるわ」

元気をもらい、花屋では一時間近く話しこんだ。寒い冬が長引いたとしても、祖父の誕生日パーティーでは家のなかを花でいっぱいにしたい。

ぶるぶる震えながらベーカリーへ向かい、そのあと気分が沈まないよう気をつけなから郵便局に入った。

「肺炎や凍傷にかかるとかして、今年は届いていないといいわね」

しかし、届いていた。ピンクやイエロー、クリームホワイトの封筒に交ざって、宛て名がブロック体で書かれた安物の白い封筒が一通。

読むのはあとだ、今でなくていい。パーティーの計画でせっかく楽しくなっているのに、台無しにさせるものか。

開封せずにほかの郵便物と一緒にバッグへ入れ、通りを渡って〈リッツォ〉へ向かった。

小さなオフィスでジャンと打ちあわせをするうちに、ふたたび気分が明るくなってきた。

「ダイニングルームを大きなビュッフェにするアイデアは最高よ。居間にメイン・リビングルーム、図書室までフードカウンターを広げるのもね。バーカウンターは三種類考えているの。ノンアルコール・バーにワインとビールのバー、それに両方そろっているもの。あと、コーヒーカウンターも必要ね」

「ねえ、給仕役とバーテンダーなら、この店の従業員でカバーできるわよ」

「だめだめ。その夜は〈リッツォ〉の人たちは誰ひとり働かせないわよ。あなたたちのパーティーでもあるんですもの。人手の確保はティーシャが手伝ってくれているわ」

「赤ちゃんの様子はどう？」

「丸々として元気よ。フィニアスは弟にすっかり夢中なの。マヤもおなかが大きくなったわね。彼女も順調そう」

「丸々として元気よ」ジャンが繰り返す。「コリンは、生まれるのが妹だっていうのが少し不服なようだけど。フィニアスのところには弟ができたんだから、自分も妹じゃなくて弟に替えてほしいって聞かなくて」

「一応、理屈は通っているわね」

「レイランを思いだすわ。なんでうちは妹なのって。だけど、生まれたらマヤにめろめろで。ただし、それもマヤがお兄ちゃんの邪魔ばかりするようになるまでだったわ。もう、一生いがみあうんじゃないかって心配したものよ。それがスイッチを切ったみたいに、また急に仲良くなって」

ジャンは老眼鏡を外して、首にかけているチェーンにぶらさげた。「小さな顔を真っ赤にしてきょうだいげんかをしていたころが、たまに懐かしくなるわ。でもときどきね、ブラッドリーとマライアにあの子たちの姿が見えるの」

「お子さんたちは、すばらしいお子さんたちを生みだしているわ」

「本当にね。さて、これで本決まりかしら？　それとも、ドムにくちばしを入れさせせる？」

「今回は入れさせないわ。だからプランができあがるまでパーティーのことは祖父に黙っていたんだもの。帰宅したらさっそく教えなくっちゃ。きっと、そんなおおごとにすることはないって困った顔をしておいて、いざパーティーが始まると大いに楽しむのよ。そろそろ帰るわね。予定より長居しちゃった。いろいろありがとう、ジャン」

「こちらこそ、手伝わせてくれて本当にありがとう。わたしの今の暮らしがあるのはドムとソフィアのおかげよ。九十五歳でしょう？　大きな節目じゃない。ドムとお祝いするのが待ちきれないわ」

「明日は店に来るつもりみたいだから、覚悟していてね。あなたからメニューを聞きだそうとするはずよ」

立ちあがりながら、ジャンは口にチャックをするしぐさをしてみせた。

エイドリアンはわが家へと車を走らせ、実りの多い、いい一日だったと振り返った。午前中いっぱいかかったけれど、用事はすべて片づいた。家に戻って昼食の用意がまだなら――たぶん祖父は本を開いたまま眠ってしまっただろう――ありあわせのもので祖父の分と何か作ろう。

そのあと、誕生日パーティーのことを打ち明けるのだ。

「これぞ既成事実ってやつね、セディー」

車を停めて郵便物を入れたバッグに手をのばし、そこで思いだした。

「だめよ、まだ思いださないわ。どうせいつものくだらないいやがらせなんだから。そうでしょう?」

セディーを連れて家に入り、キーパッドに入力して防犯システムをふたたび作動させ、帽子や上着を脱ぐ。「ただいま!」郵便物はあとで出そうと、階段脇のテーブルにバッグをのせ、図書室へ向かった。

「ほらね、やっぱり」祖父が本を膝にのせて頭を垂らしているのを見て、エイドリアンはつぶやいた。目をつぶり、眼鏡が鼻からずり落ちそうになっている。

彼女は引き返しかけた。ランチを用意して、それから……。

しかし、セディーが祖父のもとへ行き、膝に頭をのせてものすごく悲しげに鳴きだした。

「しいっ! 眠らせてあげて」あわてて駆け寄り、犬を引っ張っていこうとしたとき、手が祖父の手をかすめた。

「すっかり冷えきってるわ」膝掛けを引きあげようとすると、祖父の腕が椅子の肘掛けからだらりと落ちた。

そして、そのまま垂れさがっていた。

「起きて」エイドリアンは声を荒らげた。「ねえ、ポピ、起きて、起きてよ」持ちあげようとして祖父の顔を両手に包む——冷たい、冷たすぎる。「お願い、ねえ、目を覚まして。お願い、わたしを置いていかないで。ひとりにしないで」けれども祖父が旅立ってしまったのはわかっていた。エイドリアンの体ががたがたと震えだす。

玄関でブロンズ製の大きなノッカーがドアに叩きつけられる音が響いたとき、エイドリアンはびくりとして駆けだしていた。「ポピと一緒にいて」セディーに向かって命じる。「一緒にいてあげて」

玄関へ走って——誰かが助けてくれる——ドアを力まかせに開けた。

挨拶をしようとしていたレイランの顔から、笑みがたちどころに消えた。足を踏みだして彼女の肩をつかむ。「どうした？　何があった？」

「ポピが、ポピが。図書室で」

エイドリアンはすぐさま駆け戻り、椅子の脇で崩れるように座りこんだ。

「目を覚まさないの。起きてくれないの」

ドムは永眠したのだとひと目でわかったが、レイランは彼の動脈に指を二本当てた。

感じられるのは肌の冷たさだけだった。

「起こさなきゃ。ポピを起こして。お願い、起こしてあげて」

レイランは何も言わずに彼女を立ちあがらせて、抱きしめた。エイドリアンが彼の体に腕をまわし、崩れ落ちながら悲痛な泣き声をあげるあいだも、ただ抱きしめていた。

やがて彼女は喉を詰まらせ、しゃくりあげながら言った。「わたしが、祖父を残して出かけたから。外出なんてするんじゃなかった。もっと早く戻ればよかった。出かけなければ――」

「よすんだ」胸を引き裂くやり場のない悲しみを、レイランも理解していた。だから、声も、手も、何もかも優しいままで、彼女をなだめた。「ドムは暖炉の前に座っている。自分の家で、本を開き、しおり代わりに妻の写真をはさんで。そばにはお茶とクッキー、フルーツをのせたトレイ。きみが用意してあげたんだろう。体をくるんでいる膝掛けも、きみがかけてあげたものだね」

「だけど――」

「エイドリアン」レイランは彼女の体を少しだけ後ろへ押した。「ドムは妻の写真を見ながら眠るように静かにこの世を去ったんだ。長く美しく、まわりの人たちへの愛情に満ちた人生を送り、そんな彼に運命は安らかな最期を与えてくれたんだよ」

「どうすればいいの」エイドリアンは彼の肩に顔を押しつけた。「わたしはどうすればいいの」

「大丈夫。ぼくが手伝うよ。さあ、向こうへ行こう」

「ポピをひとりにはできないわ」

「ひとりじゃないよ。ドムはソフィアと一緒だ」


（上巻終わり）

●訳者紹介　香山 栞（かやま　しおり）
英米文学翻訳家。サンフランシスコ州立大学スピーチ・コミュニケーション学科修士課程修了。2002年より翻訳業に携わる。訳書にワイン『猛き戦士のベッドで』、ロバーツ『姿なき蒐集家』『光と闇の魔法』『裏切りのダイヤモンド』（以上、扶桑社ロマンス）等がある。

リッツォ家の愛の遺産（上）

発行日　2021年7月10日　初版第1刷発行

著　者　ノーラ・ロバーツ
訳　者　香山 栞

発行者　久保田榮一
発行所　株式会社 扶桑社
〒105-8070
東京都港区芝浦1-1-1　浜松町ビルディング
電話　03-6368-8870（編集）
03-6368-8891（郵便室）
www.fusosha.co.jp

印刷・製本　図書印刷株式会社

ISBN978-4-594-08831-6 C0197